谢柏梁昆曲及地方戏剧本集

谢柏梁 著

中国戏剧出版社

图书在版编目（CIP）数据

谢柏梁昆曲及地方戏剧本集 / 谢柏梁著. -- 北京：中国戏剧出版社，2019.12
ISBN 978-7-104-04665-3

Ⅰ.①谢… Ⅱ.①谢… Ⅲ.①京剧－剧本－作品集－中国－当代②昆曲－剧本－作品集－中国－当代 Ⅳ.①I232②I232.9

中国版本图书馆CIP数据核字(2018)第098079号

谢柏梁昆曲及地方戏剧本集

责任编辑：王　恬
责任印制：冯志强

| 出版发行：中国戏剧出版社
| 出 版 人：樊国宾
| 社　　址：北京市西城区天宁寺前街2号国家音乐产业基地L座
| 邮　　编：100055
| 网　　址：www.theatrebook.cn
| 电　　话：010-63385980（总编室）
| 传　　真：010-63383910（发行部）

读者服务：010-63387810
邮购地址：北京市西城区天宁寺前街2号国家音乐产业基地L座

| 印　　刷：固安县京平诚乾印刷有限公司
| 开　　本：787mm×1092mm　1/16
| 印　　张：19.375
| 字　　数：252千字
| 版　　次：2019年12月　北京第1版第1次印刷
| 书　　号：ISBN 978-7-104-04665-3
| 定　　价：88.00元

版权专有，违者必究；如有质量问题，请与出版社联系调换。

总　序

在中国的文化发展长河中，诸子百家，诗词曲赋，都已经成为中国人的基本素质修养和宝贵精神财富。其中的曲，通常分为散曲和戏曲两大类别。

戏曲具备综合集成、左右逢源的特点。一边与艺术圣殿融为一体，因为戏曲包括了音乐、舞蹈、绘画、雕塑、建筑乃至表演的诸多艺术元素。从另外一边来看，剧本又构成了戏剧文学的主体，成为文学圣殿中诗歌、散文、戏剧和小说的四大明珠之一。

戏曲艺术需要有人写剧本，这是古今中外的通例。草台班所表演的即兴创作，毕竟言之无文行而不远。所以"剧本剧本，一剧之本"的说法，已经成为大家的共识。而且从文化遗产留存的角度来看，剧本流传的恒久性比舞台演出的保存要长远得多。古希腊当年的剧场以及表演艺术如今安在？但是，约 31 种古希腊悲剧至今还可以看到。中国宋代的戏曲演出杳然难觅，但是当年所演出的宋金杂剧戏目与南戏戏文剧本，却还是可以一叶知秋，看到大概。

就我国来看，目前可以看到的戏曲剧本，先后贯穿了宋、元、明、清及现当代数个历史时期，已经成为中华民族不可或缺的宝贵的文化遗产之一。

近千年来的戏曲剧本写作，大多数情况下属于文人骚客们的业余创作行为，少数属于养家糊口的职业卖剧行为。元杂剧作家几乎很少有机会参加科考，那么大家就扎堆去写剧本。清代的李渔和洪昇，几乎是把写剧本当成一种职业和谋生的手段，他们也同样都很有成就。

百行百业，原本不一定都需要专门的院校设置对口的专业来培养。

但是随着人类社会发展的需求，随着资本主义社会专业分工的细致化和明确化，大学里头的专业设置，几乎实践着社会需要什么人才，大学就培养何种人才的教育模式。

尽管中央戏剧学院和上海戏剧学院也培养出不少戏曲编剧人才，但是这两所明显以培养话剧影视艺术人才作为基本特色的学院，对于民族戏剧的关注只是其副业而已。

中国戏曲学院作为培养中国戏曲艺术高级专门人才的唯一学府，其戏曲文学系也以培养戏曲编剧人才作为自己的立系之本和基本使命。这也是全球范围内唯一独立设置的戏曲编剧专业。

独养的儿子从生存环境来看，未必属于最好的状态。这是因为其没有可比性，不能太多地从兄弟姐妹的行列中分享经验和教训，当然也有可能会被宠爱出固步自封、资源独占的毛病来。戏曲文学系开办以来，也是在一空依傍的情形下，逐步在摸索自己的办学路数。从姚清水、孙月霞到颜全毅、吕育忠，从王若皓、龚孝雄到王晓菁等，都在不同程度上体现出戏曲文学系在戏曲创作人才培养方面的教学成果。

从师不高，学也不妙。戏曲文学系，必须要具备一个较有实力的戏曲创作教学团队。

好的戏曲剧作家，不一定都是好的戏曲创作导师。在一位经验丰富、基础较好的成熟剧作者那里出出主意，有的时候真可以收到点石成金乃至脱胎换骨的功效。但是，就培养一位刚刚高中毕业进入戏曲学院的"生坯子"同学而言，您得要有足够的时间、充分的耐心，按部就班地进行培养。从唱词与念白、小戏改编一直到大戏改编、独立创作，这其中的艰难程度简直可以称之为是戏曲写作者一次艰难的万里长征。聪明、高明而又繁忙事冗的剧作家，富于创见与激情的剧坛才子，不一定都能具备如此的耐心以及忍受那种漫长的等待。有时间的话还不如自己写一出新戏，焕发出作为剧坛才人的又一次富于天才创意的光彩。

于是戏曲文学系必须要延请一批可以以教书为职业、以教授编剧为专业方向的老师。他们勤勤恳恳，心无旁骛，以学生的成长作为自身的快乐，以同学的作品作为自己生命价值的最高体现。在他们身上，天才的闪光可能要少一些，但化作春泥更护花的教师职业所带来的与生俱来的不厌其烦、敬业献身的精神必须要多一些。

我想，较为理想的戏曲编剧教师，尽管自己本人不一定是第一流的剧作家，但却一定要是写过一些剧本，上演过一些作品的实践者，他们必须亲身体验过编剧行当的艰难辛苦，理解整个创作过程中的喜怒哀乐，方能如鱼在水，冷暖自知。这样的老师，指导起学生的创作来，可能会更加游刃有余，得心应手；这样的老师，可能会更能够得到学生的拥戴和业内的认可。我曾经在上戏、国戏的戏文系执教过19年之久，确实常常听到有的学生抱怨个别编剧教师说："这个老师自己从来不写剧本，他凭什么要对我的构思横加指责、全面否定，非要让我另起炉灶？"

不能说同学们的抱怨都对，但也必须承认编剧教师自身一定要具备编剧的足够的经验。要求编剧教师的作品具备全国乃至世界性的影响，那只是一种希望而已；但是，老师的作品至少要能立得住，可以搬上舞台，可以比较规范，能够成为自己所论的编剧法则的些许论据。即使失之于规整，甚至时过境迁之后还有几丝平庸之感，但编剧教师创作剧本这一必备经验，从个人角度来看，还是万万不可省略的。

有鉴于此，我开始特别关注中国戏曲学院戏文系教师的戏曲创作，并决定把其中部分教师的作品作为一套丛书，分别结集出版。如此做法，不仅是为了戏曲学院65年校庆的一瓣小小献礼，也不仅是为了体现出本系戏文创作与理论专业作为北京市优秀教学团队和北京市特色教学建设专业的光彩以及为了反映该专业作为北京市优秀教学成果奖得主的教师实力，更为重要的是要让学生们知道，老师们是在以自己的创作和教学的多年实践，在与大家同甘共苦，共同分享创作和生命活动的苦涩与欢趣。这也将激励更加年轻的老师们教有余力，最好要投身到戏曲创作的专业实践领域之中去。

榜样的力量是无穷的。如果中戏与上戏的老师不写话剧与影视作品，学生们就会没有专业敬仰和崇拜的对象，甚至连参与分集"打工"的前提条件和基本氛围都没有。上戏陈耘先生的《年轻的一代》，勾起了上戏学子多少光荣的梦想啊。同样道理，国戏戏文系的同学要有所景仰、师范和继承，同样还是需要从自己身边最为熟悉而亲切的老师这里，获得写作剧作的第一动力。

因此，将本系教师的戏曲与话剧创作结集出版，符合戏曲戏剧教学的基本规律，既符合戏曲文学系的办学方向，也符合中国戏曲学院对于戏文专业的根本定位。

当然，这些作品跨越了老中青几代人，也见证着不同时代的社会烙印，也未必都是当时和今日的佳作，但都体现出编剧教师们的匠心、苦心和忠诚于戏曲教育事业的一片真心。至于创作水平之高低优劣，时过境迁之后的不合时宜，也都见证出历史和个人的选择，以及这种选择之后是否合乎个人与社会的目的性的成败体验来。即使当年的创作未必高明，但是以老师们的挫折乃至失败作为借鉴，也许更能够使学生少走一点弯路，在戏曲创作方面逐渐变得聪明起来。

我们首批所推出的戏文系戏曲编剧教师的剧作专集有：

一、《奎生京剧剧作集》

奎生先生是曾经的戏文系的老主任，受过中国戏校严格的表演科班训练。近些年来，奎生先生致力于京剧新剧目的整理改编和创作，他所主创的《对花枪》，他所指导的《夜莺》，都是中国京剧史上不能忽略的作品。自然，先生之文字，有时略显粗糙，先生之剧目，大多为改编；但是先生之作品大多可以搬上舞台，可以称之为是名副其实的场上之作。

我与奎先生，最早相识于 1986 年。彼时的我，刚从上海华东师范大学中文系中国文学批评史戏曲理论方向硕士毕业。因为导师徐中玉和齐森华教授的影响较大，所以家乡的华中师范大学人事处处长，特地来到丽娃河招贤，希望我到桂子山任教；北京的中国戏曲学院，希望我到该校去任职。出于对戏曲事业的热爱，我最终选择了戏曲学院，奎生老师代表戏曲学院到上海来接我进京。

就在这一事关个人去向的关键时刻，中山大学王季思与黄天骥先生向我抛来了就读博士生的录取简帖。我便及时将此事向奎生师汇报，奎生师马上爽快地说："年轻人读书上进是好事。中大博士毕业之后再到中国戏曲学院工作，我们也同样欢迎！"

当然，中大毕业之后，我先到上海戏剧学院、多伦多大学、上海交通大学和南京师范大学等地教学达 25 年之久，直到 2008 年才又履践前约，来到戏曲学院任教，与奎生老师再度重逢。人生有命运，人际有缘分，于此可见一斑。

二、《郝荫柏戏曲剧作集》

郝荫柏老师作为抗日忠良之后，先学京胡，后转创作，经历了几度人生起伏，终于回到戏曲学院戏文系担任戏曲编剧教师。作为戏文系的副主任，他在工作上勤勉认真；作为编剧教师，他对学生热情负责；作为戏曲编剧，他这么多年来创作出不少剧本，体现出对于戏曲事业的赤诚之心。其剧本体现出不同时期的历史政治风云和价值评判观念，而由他所改编的京剧《悲惨世界》，在京沪演出时深得观众好评，体现出艺术品对于时空的超越力量。

三、《谢柏梁戏曲剧作集》

这几年，我的戏曲作品被先后搬上越剧、京剧等剧种的舞台，这令好多朋友们特别惊讶，因为他们都知道我是一位戏剧史论方面较为资深的学者，怎么会在几年之间华丽转型为编剧？其实，我自小就曾在基层剧团担任编剧之职，还担任过全国棉花会议文艺节目的总撰稿。

更为重要的还在于我的两位祖师爷——吴梅与老舍先生,同时也是戏曲和话剧方面的创作大家。作为他们的再传弟子,尽管心向往之而不能至,但却不可以不为;作为戏曲文学系的主任,如果连我都不参与戏曲创作,那么大家都可以在教授编剧时进行空谈式的纯理论教学。为此,我在近几年重拾旧业,顺理成章地回到了戏曲创作专业领域,希望在编剧与理论上齐头并进。

四、《颜全毅戏曲剧作集》

前面提到过,颜全毅是戏文系所培养出来的学生,也曾跟随我就读过博士生。他在创作与理论方面都比较擅长,特别在戏曲剧本创作方面,可以说在戏曲学院乃至在北京市的青年戏曲编剧人才里头,都是一枝独秀,独领风骚。北京市愿意专门从事戏曲创作但又每年都有新作推出的青年才俊,实在是凤毛麟角,而颜全毅就是成果较为丰硕的默默耕耘者。唯其如此,他先后进入北京市和教育部的人才培育序列,前景无限美好。

五、《胡叠戏曲创作集》

胡叠是我系的青年女教师。她特别钟爱戏曲编剧,也曾经获得过老舍青年文艺奖项。她的剧本,具备唯美化的倾向,也带有案头文学的诸多气质和个人性情的诸多烙印。她的小剧场戏曲剧作《倾国》搬上舞台后,引起了大家的关注和好评。相信她今后会有更多剧作被剧团慧眼识珠,付诸演出。

六、《钟鸣剧作集》

钟鸣是我的副将,目前担任着中国戏曲学院戏文系副主任之职,分管本科教学工作。他曾先后在厦门大学、上海戏剧学院等高校就读,属于转益多师的复合型人才。在戏剧理论方面有建树,在话剧创作方面有成果,在戏曲创作方面有开拓。我也相信他将会在理论与实践方面双丰收,在戏曲与话剧创作方面皆能取得较为丰硕的成果。

七、《韩萌剧作集》

韩萌属于戏文系教师中的年轻一代,但却成绩不菲。这些年来,他所编写的剧作有现代戏《古城女人》(菏泽市地方戏曲传承研究院)、现代戏《南下》(菏泽市地方戏曲传承研究院)、现代戏《河都老店》(济宁市山东梆子剧院)、古装戏《红颜钦差》(河南豫剧院一团)、古装戏《李清照》(平顶山市豫剧团)、古装戏《青天泪》(焦作市豫剧团)、古装戏《玉梳记》(太康县道情剧团)、现代戏《口上的女人》(周口市豫剧团)、现代戏《忠诚》(菏泽市地方戏曲传承研究院)、青春版神话戏《白蛇传》(郸城县豫剧团)、神话剧《升仙桥》(郸城县豫剧团)、戏曲音乐剧《羊脂球》(中国戏曲学院大学生艺术团)等。此外,还参加了18集电视剧《山里的汉子》(中央电视台)、100集电视剧《清明上河图》(河南电视台)等电视剧的编创工作。作品曾荣获国家"文华剧作奖"(第14届),电视剧"飞天奖"戏曲电视剧二等奖(第28届),"田汉戏剧奖"剧本三等奖(第24届),河南省戏剧大赛金奖及剧本一等奖,山东省戏剧大赛金奖及剧本一等奖、河南省及山东省"五个一"工程奖、河南省委宣传部"优秀剧本征集评选"入选奖等。

八、《陈云升剧作选》

陈云升是中国戏曲学院戏曲文学系教师。2006年至2010年曾在广东文艺职业学院、广东省戏剧家协会、广州市海珠区文化馆工作;2010年以全校专业第一的成绩考入中国戏曲学院,被录取为学术型硕士研究生;2013年毕业留校任教;2014年被评为系部先进个人、优秀信息员,优秀班主任。主要作品有《熙宁变法》《梦唐》《王昭君》《郑板桥为官》《精忠魂》《范进中举》《沈清传》《三笑记》等剧作22部,其中上演剧目5部。作品曾获2015年中国－东盟戏剧周优秀剧目奖,第五届中国戏剧奖·理论评论奖提名奖,第八届全国戏剧文化奖编剧银奖、导演银奖,第四届中国戏剧文学奖剧本奖,第五届中国戏剧文学奖铜奖,第二届广东戏剧文学奖·入围剧本奖,第二届广东省戏剧文学奖·戏剧理论评论奖二等奖，第三届广东戏剧文学奖·评论奖三等奖，第六届福建艺术节剧目三等奖，陕西省2013年度剧本征集三等奖；另有若干作品在《剧本》增刊以及《新剧本》《当代戏剧》《中国京剧》《新世纪剧坛》《广东艺术》《广东文艺研究》等刊物发表。

今后，国戏戏曲文学系不仅要继续为教师出版剧作专集，还要为本科生与研究生的佳作提供更多的出版和上演的园地与平台。我们已经与《剧本》月刊合作，为国戏同学的戏曲剧作出版过4期专辑。中国戏剧出版社也已经先后出版了我们本科生与研究生的三册剧作集。我们还曾与浙江艺术学院合作，将我系同学的"红楼小戏"搬上了舞台。近些年来，戏文系的老师与同学的剧本创作势头，出现了一个井喷式的大好局面，众多戏曲与话剧作品搬上舞台，呈现出前所未有的大好局面。

戏文数种，心香几瓣，付梓问世，其中或有佳作场境，人物风标，化身为诸多妙像，倘若会引起共鸣，提供一些启发，则善莫大焉。希望得到社会各界的批评与指正，也希望得到戏曲文学系同学们的品评和建议。

在这个地球上，只有一家中国戏曲学院，也只有一个以戏曲创作为主体、以影视创作为侧翼的戏文系。因此，我们的创作勾连着传统与现代的贴近，我们的成绩彰显着民族与人类的未来。读者诸君，务请支持我们；各大院团，希望能联手将我们的作品搬上舞台。

为了戏曲事业的明天，为了中华民族优秀文化的复兴，我们必须团结一致，共同依傍，努力前行。

是为序。

中国戏曲学院戏文系主任

（2008—2018）

谢柏梁

序　言

2020年春夏之交，在荆楚大地、四海五洲漫长而又痛苦的抗疫期间，我也先后校订好了四本新著，行将由中国戏剧出版社付梓发行。

这四本新著的名称是：

《缤纷舞台审美谈——谢柏梁戏曲评论集》（上下册）。

《国戏红烛，场上案头——谢柏梁京剧及地方戏剧本集》

《国戏红烛，场上案头——谢柏梁昆曲及地方戏剧本集》

由此，个人撰写或主编出版的学术与创作专著约40种，主编出版的传记类著作约90种，个人担任首席专家将要鱼贯出版的国家哲学社会科学重大项目丛书15种。

多乎哉，不多也。145种书籍先后面世，看起来洋洋大观，实在是汗颜自惭。

从读书人转型为写书人，其中陶铸成型的过程太为漫长。从小学到初中，从本科到博士，用了将近20年的青葱岁月。

从写书人又兼职业的教书匠，从1989到如今，也已经有了整整31年。

1989年夏天，我在中山大学博士毕业，承蒙余秋雨院长之聘请，来到上海戏剧学院首执教鞭13年。

2000年到2005年，又蒙何永康院长之邀约，徐中玉先生与章培恒先生之推荐，我到南京师范大学文学院，担任该校该院特聘教授与学科带头人5年。

2002年到2007年，接受我和何院长的博士生胡惠林教授的建议，感谢叶取源校长、方明光主任和江晓原院长等人之约请，我来到上海交通大学担任中文系主任5年。

2008年至今，接受我的博士生颜全毅教授的建议，感谢杜长胜院长的再三诚请、巴图院长与龚裕书记的多次挽留，我得以谢绝了多所大学的重金诱惑，在中国戏曲学院先后担任系主任和中国文艺评论基地主任，又在京城走过了12年的漫漫长路。

在海外大学的教学也有两年。

上海戏剧学院胡妙胜院长，推举我1991年到加拿大多伦多大学教授中国戏剧史；

多亏都文伟教授之举荐，我申请了美国学术委员会（USLS）的项目。得到批准和邀请后，我从1999到2000年到美国的佛萨大学、斯坦福大学、加州大学柏克莱分校研习讲学。

半个世纪来，为了养家糊口、求学问道而转徙于南北西东，为了开阔眼界、交流文化而奔波于美洲欧洲，漫漫长路学到了不少知识，也耗费了诸多的精力。

作为一位博士毕业就从业31年的职业教师，上课和讲演是我的本行。从课堂到会堂，看起来津津乐道、侃侃而谈，看起来轻松潇洒，博闻强记，不看书能讲，不做PPT能说，听起来口吐莲花，舌吐珠玑，其实备课的历程很长很长，准备资料的过程饱受艰苦。

对着听众讲得最多的一次，是文化部组织的一次创作培训班，我居然能够接连讲了整整五天课。个中的辛苦，只有自己知道，比起主演在台上唱大戏，可能还要不容易一些。

最痛苦难堪的一次讲座，是在河南给全国的豫剧培训班学员讲了三个半天的戏剧美学。因为严重的感冒，生活中基本失声，半句话也说不出来。然而只要一上讲台，居然就能够神定气闲地说话布道。这简直是个人讲课史上的一次奇迹。

是老师，就要批改作业，指导论文或者创作。因为20年来担任综合性大学和戏剧学院的系主任与学科带头人，我还是古典文学、比较文学和戏曲类硕士与博士论文、戏曲创作的天然评委之一,也是各种会议的参与者和组织者之一。

做教师批改作业,耗费时间,天经地义。

做了20年的系主任与学科带头人,这更是一个无比耗费时间的差事。如果我从一开始就严肃拒绝,坚决不当这一高校的系科"弼马温",我想我的学术研究和艺术创作,原本应该有着更多的成绩。

一位高校基层的处级干部,不得不开各种有聊和无聊的会议,填写各种有用和无用的表格和计划,执行上级各种英明和无奈的指令,面对教师们永远的的升职压力,处理种种"野火烧不尽,春风吹又生"的学生们的大小事务,这又耗费了大量的时间和生命。

凡此种种,都是我学业不精、创作不美的理由。更兼天性上的慵懒不达,得过且过,于是数十年来,碌碌无为,建树不多,遗憾不少。

可以将我自己的学术简历,大致罗列如下:

第一、个人简历

谢柏樑(谢柏梁),1958年9月25日生,湖北天门人。

湖北师范大学文学学士(1983)。

华东师范大学文学硕士(1986),导师徐中玉、齐森华。

中山大学文学博士(1989)。导师王起(季思)、黄天骥。

获国务院政府特殊津贴专家(1996)。

2018年入选香港政府优秀人才,同时拥有北京和香港两地的户籍与身份。

现任北京市特聘教授、二级教授、北京市教学名师,北京市高创计划领军人物,中国戏曲学院戏文系主任(2008—2018)。中国戏曲学院学术委员会副主任、创作委员会副主任。中国文艺评论基地主任。国家社科重大项目首席专家。北京剧协常务理事,中国戏曲学会常务理事,中国戏剧文学学会副会长,国际戏剧家评论学会中国分会副理事长。中国作家协会会员。

香港港澳非遗委员会顾问，香港崇正牛津学校中国文化顾问。

2019年起在北京师范大学担任博士生导师。

曾任上海戏剧学院副教授（1991）、教授（1996—2002），戏剧史论教研室主任。

南京师范大学特聘教授，戏剧影视学科带头人、博士生导师（2000—2005）。

上海交通大学跨文化交流与研究中心主任、中文系主任、交大外国语学院博士生导师（2002—2008）。

加拿大多伦多大学客座教授（1993），美国佛萨大学、加州大学柏克莱分校、斯坦福大学（1999—2000）等校访问与讲座教授。

组织并代表上海交大与加州大学北岭分校在洛杉矶共同举办犹太人在中国会议，在上海交大举行《长生殿》国际学术研讨会（2005）。上海交大中文系本科点与三个硕士点、外国语言文学博士后流动站的主要开拓者之一。

上海市高校第二届"曙光学者"（1996），上海市大学语文研究会会长。曾担任民进上海市委委员、文化艺术委员会主任。《文化与传播》丛刊主编。曾任上海市戏剧精品工程评委、国家艺术节暨文华大奖评委、教育部项目、国家哲学社会科学基金项目终审评委。

兼任四川师范大学、湖北师范大学和中南大学、武汉大学、北京大学等校客座教授。湖北省楚天学者。

主要从事中国古典文学史、古代戏曲、西方戏剧史、比较文学和影视文化学的教学研究工作。先后开设的主要课程有：《中国文学史》《中国古代戏曲》《戏曲编剧教程》《世界悲剧文学》《中国电影史》《中国电影批评史》等。曾在《中国社会科学》《文学遗产》和《文艺研究》等学术杂志上发表过60万字以上学术论文。

出版专著有：《中国悲剧史纲》（学林出版社1993）、《中国分类戏剧学史纲》（台湾商务印书馆1994）、《世界悲剧文学史》（上海文艺出版社 1995)、《中国当代戏曲文学史》(中国社会科学出版社 1995 年初版。入选教育部 2004—2005 优秀研究生教材之后，由高等教育出版社出版 2006 年增订版)、《中国公案戏曲》(东方出版中心 1996)、《〈诗经〉、〈尔雅〉注译》(国际文化交流出版中心 1997 年)、《中国文学史——明代戏剧部分》(教育部统编教材，袁行霈主编，高等教育出版社 1999 年版)、《戏剧宗师关汉卿》(上海书店出版社 2002 年版)、《世界古典悲剧史》《世界近代悲剧史》(中国戏剧出版社 2004 年版)、《中华戏曲文化学》(国家"十五"重点出版规划项目，南京师大出版社"随园文库" 2004 年版)、《中国悲剧文学史》(台北"国家出版社" 2010 年版)、《中国悲剧美学史》(台北"国家出版社" 2010 年版)。

与袁玉琴教授共同主编《影视艺术概论》(中国文联出版社 2002)和《中国影视发展史》(中国电影出版社 2005 年版)等书。主编《随园影视论丛》(6 种)(中国电影出版社 2005 年版)。

《中国悲剧史纲》曾获得过全国青年美学著作优秀奖(1993)、《世界悲剧文学史》获全国外国文学著作优秀著作奖(1998)等多种奖项。参编的《中国文学史》先后获北京市哲学社会科学特别奖，2001 年第 5 届中国图书奖，2002 年教育部优秀教材奖。《中国当代戏曲文学史》入选教育部 2004—2005 年度优秀研究生教材。《中华戏曲文化学》获得北京市 2007—2008 哲学社会科学优秀成果奖二等奖、江苏省优秀出版读物奖。先后承担过国家社科基金项目 2 项，上海市"曙光工程"基金项目 1 项，上海市教育委员会青年教师学术基金项目 1 项，上海市新闻出版局学术著作出版基金项目 1 项，美国学术委员会中美学者交流基金项目 1 项，上海市社会科学项目 1 项，上海交大学术基金 1 项。承担北京市特聘教授科研基金 1 项、北京市哲学社会科学项目 1 项。先后主持国家社会科学基金青年项目、一般项目、重大项目共 3 项。先后创作主持国家艺术基金项目 4 项。

2008 年《中华戏曲文化学》获得北京市哲学社会科学二等奖、江苏省优秀学术出版物奖；《中国当代戏曲文学史》获得北京市精品教材奖；《红楼元妃梦》获得北京市文化局、河南省委宣传部优秀剧本奖。

领衔中国戏曲学院戏曲创作与理论团队，获得北京市2008年优秀教学团队奖、获得2009年北京市教学成果二等奖。

获2009年北京市教学名师称号。

2010年获精品课程奖。2012年获得全国戏剧文化奖杰出贡献奖，2013年获得全国戏剧文化奖戏剧丛书主编金奖。

2015年获得北京市"高创计划"领军人才称号。

2015以来先后担任武汉大学、中南大学、楚天学者湖北师范大学、四川师范大学的特约研究员和讲座教授。

第二、科研成果简目。

1. 专著部分（1993年起）

（1）《中国悲剧史纲》（学林出版社1993年版）。获1992年第二届全国青年优秀美学著作奖。

（2）《世界悲剧文学史》（上海文艺出版社1995年版）。该书是国家哲学社会科学基金项目，上海市新闻出版局出版资助项目。获上海戏剧学院1996年科研一等奖。国家新闻出版总署、全国外国文学学会1998年外国文学研究著作优秀奖。

（3）《中国分类戏剧学史纲》（台湾商务印书馆1994年版）。

（4）《中国当代戏曲文学史》（中国社会科学出版社1995年版）。

（5）《中国公案戏曲》（东方出版中心1996年版）。

（6）《〈诗经〉、〈尔雅〉注译》（国际文化交流出版中心《白话十三经》1997年版）。

（7）《中国文学史——明代戏剧部分》（高等教育出版社1999年版）。该书系面向21世纪系列教材之一，主编为袁行霈先生，获北京市人民政府第六届哲学社会科学优秀成果特等奖，第五届国家图书奖。

（8）《戏剧宗师关汉卿》（上海书店出版社2002年版）。

（9）《影视艺术概论》（与袁玉琴教授共同主编，中国文联出版社2002年版）

（10）《中华戏曲文化学》（南京师范大学出版社2004年版，国家十五重点图书规划项目）

（11）《世界古典悲剧史》（中国戏剧出版社2004年版）

（12）《世界近代悲剧史》（中国戏剧出版社2004年版）

（13）《走近中国艺术大师》（中国戏剧出版社2005年版）

（14）《海派文化与传播》（中国戏剧出版社2005年版）

（15）《中国影视艺术简史》（中国电影出版社2005年版）

（16）《影视艺术概论》（中国电影出版社2005年版）

（17）《比翼长生——昆曲圣殿帝妃情》（古吴轩出版社2005年版）

（18）《中国当代戏曲文学史》（高等教育出版社2006年修订版，该书获得教育部2004-2005年研究生教材奖）

（19）《千古情缘——〈长生殿〉国际学术研讨会论文集》（上海古籍出版社2006年版）

（20）《海派文化与传播》（第二辑）（上海古籍出版社2008年版）

（21）《国戏文脉》（主编）上海古籍出版社2008年版）

（22）《中国悲剧文学史》（台北"国家出版社"2010年版）

（23）《中国悲剧美学史》（台北"国家出版社"2010年版）

（24）主编《梅韵兰芳》（上海古籍出版社2010年版）

（25）《李渔传奇》（上海古籍出版社2011年版）

（26）《我辈岂是蓬蒿人》（中央编译出版社2011年版）

（27）《春华秋实——谢柏梁戏曲创作集》（上海古籍出版社2011年版）

（28）《中国昆曲大官生——蔡正仁评传》（上海古籍出版社2012年版）

（29）《世界悲剧通史》（上海古籍出版社2014年版）

（30）《中国悲剧美学史》（上海古籍出版社2014年版）

（31）《中国悲剧文学史》（上海古籍出版社2014年版）

（32）主编《中国戏曲评论》（中国文联出版社2017年版、2018年版、2019年版）

（33）主编《中国戏曲艺术家传记丛书》（上海古籍出版社、中华书局、中国文史出版、中国戏剧出版社、中国文联出版社至2019年为止已经出版《俞振飞传》《吴梅传》《昆曲传字辈》《李淑君传》等95部）

（34）《诗经全注全译》商务印书馆2020年版

（35）主持国家社科重大项目丛书15种（中国戏剧出版社2019-2020年版）

（36）主编《中国戏曲文学史》（高等教育出版社2020年版）

（37）（38）《缤纷舞台审美谈——谢柏梁戏曲评论集》（上下册）（中国戏剧出版社2020年版）

（39）（40）《国戏红烛，场上案头——谢柏梁京昆及地方戏剧本集》（上下册）（中国戏剧出版社2020年版）

（41）《红尘四梦：汤显祖传》（作家出版社2020年版）

2. 主编《中国戏曲家列传丛书》

（截止到2020年4月，共出版81种，持续更新中）

上海古籍出版社

（1）同光十三绝（张永和）

（2）程长庚（王灵均）

（3）谭鑫培（周传家）

（4）王瑶卿（孙红霞）

（5）余叔岩（翁思再）

（6）言菊朋（张伟品）

（7）马连良（张永和）

序　言

（8）梅兰芳（李伶伶）

（9）程砚秋（陈培仲）

（10）尚小云（李伶伶）

（11）盖叫天（龚义江）

（12）唐韵笙（林殿弼）

（13）李万春（周桓）

（14）李少春（魏子晨）

（15）厉慧良（魏子晨）

（16）田汉（田本相、吴卫民、宋宝珍）

（17）欧阳予倩（陈珂）

（18）吴石坚（顾聆森）

（19）吴梅（王卫民）

（20）俞振飞（唐葆祥）

（21）昆曲传字辈（桑毓喜）

（22）永嘉昆曲人物（沈不沉）

（23）扬昆人物传（林鑫、林喆）

（24）蔡正仁（谢柏梁、钮君怡）

（25）梁谷音（王悦阳）

（26）丛兆桓（陈均）

（27）李淑君（陈均）

（28）侯少奎（胡明明）

（29）蔡瑶铣（胡明明）

（30）柯军（顾聆森）

（31）昆曲发源地人物传（陈益）

上海人民出版社

（1）王芝泉（张泓）

（2）小王桂卿（金勇勤）

（3）张美娟（忻鼎亮）

（4）赵燕侠（和宝堂）

（5）孟小冬（许锦文）

（6）童芷苓（朱继彭）

（7）言慧珠（费三金）

（8）杨宝森（许锦文）

（9）李玉茹（李如茹）

（10）李少春（许锦文）

中国文史出版社

（1）梅葆玖（吴迎）

（2）谭元寿（和宝堂、张思琦）

（3）叶少兰（张正贵）

商务印书馆

（1）清代伶官传（王芷章）

（2）张庚（安葵）

（3）刘秀荣（卢哲）

（4）周信芳（沈鸿鑫）

（5）王金璐（朱继彭）

（6）孙毓敏（李成伟）

中国文联出版社

（1）红线女（谭志湘）

（2）白驹荣（张紫伶、尚德贤）

（3）胡芝风（陈建平）

（4）范均宏（郝荫柏）

（5）张爱珍（陈衡英）

（6）王安祈（张启丰、曾建凯）

（7）郭启宏（钟鸣）

（8）郎咸芬（赵峰、于学剑）

（9）张继青（田支平、刘诗嘉、夏源）

（10）袁雪芬（卢哲、唐含章、李俊蓉）

（11）高盛麟（牛绪妹）

（12）陈巧茹（潘乃奇）

（13）赵松樵（赵绪昕）

（14）黄遵宪（赵峰、于学剑等）

（15）冯保全（牟妮、于学剑等）

（16）迟皓文（莫非、于学剑）

（17）孔祥启（王笃祥）

（18）李松云（郑娇娇）

（19）李艳珍（李磊）

（20）黄新德

（21）王文娟

（22）徐玉兰

中国戏剧出版社

（1）宋丽（印成）

（2）刘忠河（方俊涛）

（3）张爱珍（陈衡英）

上海书店出版社

（1）大戏剧家关汉卿（谢柏梁）

作家出版社

（1）《红尘四梦：汤显祖传》（谢柏梁）

学苑出版社

（1）民国京昆史料集第16辑

（2）民国京昆史料集第17辑

（3）民国京昆史料集第18辑

3. 主编《中华戏曲剧本集萃》（从宋元南戏到当代优秀戏曲剧本整理汇编，共 12 册。中国戏剧出版社）

第三、科研项目

1.《中国当代戏曲文学史》（上海教委 1990 年青年教师基金项目）

2.《世界悲剧文学史》（1991 年国家哲学社会科学青年基金项目，1993 年结项。上海市新闻出版局资助项目）

3.《世界近代悲剧史》[1995 年国家哲学社会科学基金九五规划项目（95CWW001）、上海曙光计划基金项目，于 2002 年 7 月 28 日结项。全国哲学社会科学规划办公室颁发的结项证书号为：20020275]

4. 美国学术委员会基金项目《上海戏曲的人文精神与外来影响》，2002 年 3 月完成。

5.《中国近代悲剧史》（2002 年上海交通大学人文科学基金项目）

6.《中国悲剧美学史》（2003 年上海市哲学社会科学基金项目）

7.《中国京剧批评史》（2008 年北京市哲学社会科学项目）

8.《中国京昆艺术家系列评传一百部》（2009—2020 年北京市教委、上海市文化基金会、全国政协文史馆持续支持项目）

9.《戏曲艺术当代发展路径研究》，国家社科基金艺术学重大项目（2014ZD01）

第四、国家艺术基金项目

1.《红珠记》（赣剧）编剧 国家艺术基金 2015 年原创大戏支持项目。

2.《红珠记》巡回演出项目 国家艺术基金 2015 年支持项目。

该剧早在北京市文化局征集评选为 2012 年度优秀剧作和重点排演剧目，2015 年获得国家艺术基金资助项目原创剧目支持，2016 年 4 月 13 日起，由南昌大学赣剧中心推上舞台。2018 年获得国家艺术基金传播推广项目支持，并在全国各地巡回演出已满 155 场。

3.《槐花谣》（黄梅戏）国家艺术基金 2016 年原创大戏支持项目，已经先后演出 55 场。

4.《鄢氏夫人》(曲剧)国家艺术基金 2017 年原创大戏支持项目,同时获得北京市文化基金支持,获得北京市文艺作品重大项目支持。目前已经演出 10 场。

5.《玉龙飞驰》(湘剧)国家艺术基金 2018 年原创大戏支持项目,目前已经演出 8 场。

第五、论文部分

1977 年

《一朵鲜艳的小花——试论民间曲艺莲花落》(《群众演唱》1977 年第 8 期)

1978 年

《白玉栏杆寄深情》(《天门文艺》1978 年第 4 期)

1979 年

《腊梅朵朵迎新春》(《评论简报》1979 年元月)

1980 年

《中小学文言课文应使用繁体字》(《湖北师院学报》1980 年第 1 期)

1981 年

《李北桂长篇小说〈贼狼滩〉的情节设置》(《湖北师院学报》1981 年第 2 期)

1982 年

《从〈琵琶行〉到〈青衫泪〉》(《湖北师院学报》1982 年第 3 期)

1983 年

《钟惺〈夏梅说〉浅探》(《竟陵风》1983 年第 1 期)

《钟惺〈谐丛〉小引》(《竟陵风》1983 年第 4 期)

1984 年

《古代戏曲序跋刍议》(《光明日报〈文学遗产〉》1984 年 11 月 27 日)

1987 年

《中国戏曲序跋的发展规律》(《戏曲艺术》1987 年第 1 期)

《中国古典戏曲序跋的批评模式》(《华东师大学报》1987年第3期)
《金圣叹论戏剧人物典型化》(《湖北大学学报》1987年第2期)
《古代曲序的文化史意义》(《戏剧艺术》1987年第3期)
《牡丹亭的主题是情战胜理》(《中大研究生学报》1987年第4期)
《古代戏曲理论家研究掠影》(《文学研究参考》1987年第9期)
《关汉卿的戏剧创作》(《读书》1987年第6期)

1988年

《关于戏曲定名的新发现》(《学术研究》1988年第2期)
《王正祥的剧场学说发微》(《戏剧艺术》1988年第3期)
《南戏之祖，剧中之珠——〈琵琶记/糟糠自餍〉赏析》
《专心投水浒，回首望天朝——〈宝剑记/林冲夜奔〉品鉴》
《春心锁不住，牡丹出园来——〈牡丹亭/闺塾〉撷英》
《古典名篇欣赏》(学林出版社1988年版)
《吴祖光剧论谈片》(《读书》1988年第9期)

1989年

《宋代戏剧评论的基本趋势》(《中大研究生学刊》1989年第2期)
《王骥德与晚明剧论》(《中大学报》1989年第2期)
《王正祥的"剧场"学说发微——〈新订十二律京腔谱〉的理论精神》(《戏剧艺术》1989年第3期)
《明代戏曲悲剧观》(《文学遗产》1989年第1期)
《古典戏曲序跋的美学系统》(《文学遗产》1989年第6期)
《戏曲批评史上的南戏源流问题》(《南戏学术研讨会论文集》)

1990年

《沈汤之争的历史渊源及其流变》(《广东社会科学》1990年第1期)
《明代戏剧人物论的整体研讨》(《戏剧艺术》1990年第2期)
《戏剧文学与影视》(《戏剧艺术》1990年第3期)
《周信芳的演剧美学》(《艺术百家》1990年第2期)

《中国戏剧观念的历史演进》(《艺术百家》1990年第4期)

《近年来四部古代曲论专著略评》(《古代文艺理论研究》,上海古籍出版社1990年)

《元明演剧理论的历史演进》(《剧论》,中山大学出版社1990年)

《中国悲剧的美学本质》(《中国社会科学》1990年第6期)

1991年

《中国戏曲体系的宏观描述》(《戏曲艺术》1991年第1期)

《戏剧作品与时代精神》(《上海艺术家》1991年第2期)

《走向世界的中国戏剧》(《戏剧艺术》1991年第2期)

《元稹〈莺莺传〉非文过饰非作》(《中国文学研究》1991年第2期)

《清代苦戏风格论》(《湖北师院学报》1991年第2期)

《中国悲剧的审美特性》(《文艺理论研究》1991年第3期)

1992年

《中国悲剧美学的历史发展》(《艺术界》1992年第1期)

《上古东方悲剧雏形》(《戏剧》1992年第4期)

《梨园才子有知音——读安葵的〈当代戏曲作家论〉》(《上海戏剧》1992年06期)

1993年

《中国戏剧的历史发展》(1993年上半年在多伦多大学的系列讲演)

《黄梅季说黄梅戏》(《黄梅戏艺术》1993年第1期)

《多伦多观剧记》(《戏剧艺术》1993年第3期)

《中国戏剧百年繁荣的十大标志》(《上海戏剧》1993年第4期)

《戏曲的兴与衰》谢柏梁、朱文相(《上海戏剧》1993年第6期)

《李渔的戏曲美学体系》(上)(《戏曲艺术》1993年第3期)

《李渔的戏曲美学体系》(下)(《戏曲艺术》1993年第3期)

1994年

《中国戏剧发展的地域性特征》(《文艺研究》1994年第6期)

1995 年

《跨世纪的昆曲传人》(《上海戏剧》1995 年第 6 期)

《杨村彬的〈清宫外史〉三部曲》(《杨村彬艺术世界》,上海文艺出版社 1995 年版)

1996 年

《辨戏曲成说,成一家之言》(《戏剧艺术》1996 年第 1 期)

《上海话剧的文化定位》(《上海艺术家》1996 年 6 期、人大报刊复印资料《戏剧戏曲研究》1996 年第 8 期)

《计镇华与当代昆曲》(《戏曲艺术》1996 年第 4 期、人大报刊复印资料《戏剧戏曲研究》1997 年第 1 期)

1997 年

《上海京剧的历史定位》(《中国戏剧》1997 年第 8 期、人大报刊复印资料《戏剧戏曲研究》1997 年第 11 期)

《平凡中包蕴着的诗意》(《徐虎师傅》,中国美术学院出版社 1997 年版)

《穆欣欣与美丽街》(《澳门日报》1997 年 6 月 3 日)

《澳门戏剧今昔谈》(《澳门日报》《文艺专刊》1997 年 12 月)

《澳门文化史话》(连载 7 篇)(《澳门日报》1997 年 9 月—12 月)

《上海与港、澳的文化个性比较》(《澳门杂志》创刊号 1997 年 7 月)

《明代杂剧概论》(《戏剧》1997 年第 4 期)

《澳门戏剧录序言》(澳门戏剧出版社 1997 年)

1998 年

《罗怀臻与都市新淮剧》(《剧本月刊》1998 年第 2 期)

《汤显祖及其四大名剧》(上、下)(《佳木斯大学学报》1998 年第 1 期、第 2 期)

《澳门文学一瞥》(《文学报》台港澳文学专版 1998 年 6 月)

《澳门作家过眼录》(《新民晚报》文学角 1998 年 6 月)

《我看世界三大戏剧体系》(《中国戏剧》1998年第9期、中国人民大学《戏剧戏曲研究》1998年11期)

《〈杨门女将〉中的穆桂英形象》(《中国京剧》1998年第6期)

《关于〈中国戏剧通史〉》(《中国戏剧》1998年第11期)

1999年

《京剧〈狸猫换太子〉的历史源流》(《中国电视戏曲》1999年4月)

《台上佳人台下师,演出教学总相宜》(《中国戏剧》1999年第4期)

《新版越剧〈红楼梦〉在戏曲史上的意义》(《文汇报》《文艺百家》1999年8月)

《盛世红楼谱新章——新版越剧〈红楼梦〉观后》(《今日上海》1999年第10期)

《新编淮剧〈西楚霸王〉的文化品格》(《今日上海》1999年第8期)

《中国戏曲的审美特点》(1999年10月在纽约佛萨大学东亚系的演讲)

2000年

《中国历史悲剧中的新女性》(2000年11月纽约亚洲学会戏曲分会场宣读)

《三千年修史 一百年辉煌——中国文学史编写的回顾与小结》(2000年2月加州大学柏克莱分校、斯坦福大学中国文化系列讲座专题演讲稿)

《中国喜剧文化的新纪元》(《人民日报》2000年1月12日)

《世界悲剧与近代悲剧》(《学术月刊》2000年第7期)

《耕耘在文学史的学术土壤中——谢柏梁教授访谈录》(《学术月刊》2000年第7期)

《大都市戏剧文化的转型》(《戏剧》2000年第2期)

《探索人性人格》(《戏曲艺术》2000年第3期)

2001年

《屏幕文学——中国文学史的新纪元》(《文艺理论研究》2001年

第 2 期，CSSCI 论文）

《20 世纪中国戏曲史著作回顾》(《中国文化报》2001 年 10 月 12 日）

2002 年

《简论中国戏曲发展史》(《中国戏剧》2002 年第 8 期）

《汤显祖的四大名剧》(《明代文学国际讨论会论文集》,2002 年，南京）

《金圣叹的戏曲评点》(中国文学评点国际讨论会，2002 年，上海）

2003 年

《中国式的典型观》(《中国文学评点研究论集》，上海古籍出版社 2003 年版;《南京师范大学学报》2003 年第 5 期）

《与时俱进觅新路——上海淮剧团建团 50 周年启示录》(《中国戏剧》2003 年第 8 期）

《淮剧：长三角的第一大剧种》(《上海戏剧》2003 年第 3 期）

《传统文化审美精神的再度回归》(《电影艺术》2003 年第 4 期，CSSCI 论文）

《荡漾在电影与戏剧之间：〈红灯记〉系列作品的演进》(《南京师大文学院学报》2003/4）

2004 年

《当代剧作家的出处与风格》(台湾大学戏剧编剧研讨会 2004 年 4 月）

《中国戏剧学的地望与学派》(厦门大学戏剧戏曲学研讨会 2004 年 5 月）

《戏剧批评的四部力作》(《戏剧》2004/4　CSSCI 论文）

《亚洲近代悲剧之花》(《艺术学》，学林出版社 2004 年版）

《先秦悲哀原则的逻辑秩序》(《海南师范学院学报》2004/4）

《曹禺悲剧艺术论》(《湖南文理学院学报》2004/4）

《江南有幽兰》(《中国戏剧》2004/11）

2005 年

《苏州园林与昆曲》(《上海交通大学学报》2005 年第 3 期、《高等学校文科学报文摘》《新华文摘》摘要转载，CSSCI 论文）

《昆苏融通归然境》(《艺术百家》2005年第3期，CSSCI论文)

《清代京剧文学史序言》(北京出版社2005年版)

2006年

《昆曲〈长生殿〉国际研讨会综述》(《上海交通大学学报》2006/1，CSSCI论文)

《从〈长恨歌〉到〈长生殿〉》(《上海交通大学学报》2006/1,CSSCI论文)

《老中国通国际学术研讨会综述》(《上海文化》2006/1)

《21世纪京剧艺术的曙光》(《戏曲艺术》2006/3)

《从〈房间〉话语看男性霸权》(《山东外语教学》2006/6)

《企盼高校招生的更多自主权》(《教育发展研究》2006年/7，CSSCI论文)

《从交大到无锡国专》(《文汇报》《我与上海交大》征文：2006-3-31)

《百年越剧的世界性辉煌》(《绍兴日报》2006年/9月/24日)

《楚国戏剧文化的传统精神》(《光明日报》2006.11.24)

2007年

《红楼梦中的悲剧角色》(《东南大学学报》2007/2，CSSCI论文)

《〈金锁记〉：从小说到戏剧的嬗变》(《台北艺术大学学报》2007/2)

2008年

《共同的骄傲》(《光明日报》2008年7月27日)

《戏曲复兴文学归位——20世纪中国戏曲文学之崛起》(《戏曲研究》第76辑，CSSCI论文)

2009年

《泛戏剧时代的观念与实践》[《艺术百家》(第31届国际戏剧节论文专辑)2009/1]

《吴梅王起与北京昆曲》(《戏曲艺术》2009/2)

《陈西汀的古典戏文》(《戏剧丛刊》2009年第6期)

《新中国戏曲六十年》(《中国艺术报》2009 年 9 月 29 日)
《当代戏曲发展概观》(《中国戏剧》2009 年第 12 期)
《越剧百年的战略思考》(《文化艺术研究》2009 年第 2 期)
《国际文化交流的先行者张彭春》(南开大学校庆专辑 2009 年 10、22)
《徐进及其越剧红楼梦》(《越剧红楼梦艺术谈》,中国戏剧出版社 2009 年 12 月)

  2010 年

《全球化语境下的中国戏曲》(《艺术百家》2010 年第 3 期,CSSCI 论文)
《孟称舜的怨世曲论》(《戏曲艺术》2010 年第 2 期)
《元杂剧中的佛法救世精神》(《东南大学学报》2010 年第 3 期,CSSCI 论文)
《昆曲艺术的复兴之光》(《艺术百家》2010 年第 6 期,CSSCI 论文)

  2011 年

《中国导演,还能走多远》(约 5 千字)(《光明日报》2011 年 3 月 2 日)
《曾静萍表演艺术谈》(《中国戏剧》2011 年第 3 期)
《北京平谷赋》(《中华辞赋百家赋选》新华出版社 2011 年版)
《世界戏剧都会中的北京小剧场风景》(《文艺报》2011 年 11 月 25 日)
《国戏幽兰分外娇》(《中国戏剧》2011 年第 1 期)

  2012 年

《从楚调汉戏到京剧崛起》(《艺术百家》2012 年第 1 期,CSSCI 论文)
《伍子胥变文源流简析》(《曲艺》2012 年第 2 期)
《孟姜女变文源流简析》(《曲艺》2012 年第 3 期)
《敦煌变文中的复仇哀曲》(《曲艺》2012 年第 4 期)
《楚国文化背景下的湖北京剧》(《戏曲艺术》2012 年第 3 期)

《越剧百年之后的文化思考》(《地方戏论坛》中国戏剧出版社 2012年)

《如何纪念世界文化巨人汤显祖》(《光明日报》2012年12月22日大版文章)

2013年

《奏响国际剧坛中国声部》(《艺术百家》2013年第1期，CSSCI)

《戏曲新戏打破独占，走向全国》(《光明日报》2013年5月25日整版文章)

《呼唤反映当下生活的戏剧诗篇》(《光明日报》2013年11月30日整版文章)

《石磊新古典戏剧的文化意义》(《艺术评论》2013年第8期)

《韩世昌的文化意义》(《戏曲艺术》增刊2013年第6期)

2014年

《请给编剧们以应有的尊严》(《光明日报》2014年1月25日大版文章)

《韩世昌与"二梅"的文化夙缘》(《艺术百家》2014年第1期，CSSCI)

《余笑予与鄂派京剧》(《戏曲艺术》2014年第1期，CSSCI)

《中国戏曲的现代化与国际化》(《光明日报》2014年7月30日大版文章)

《亚洲悲剧文化的发展》(《戏剧》2014年第2期)

《中国首届小剧场戏曲节的反思》(《剧本月刊》2014年第6期)

2015年

《亚洲悲剧的审美特色》(中央戏剧学院学报《戏剧》2015年第3期，CSSCI)

《中国小剧场戏曲的缘起与发展》(中央戏剧学院学报《戏剧》2015年第3期，CSSCI)

《论戏曲编剧的培养历程》（《光明日报》大版文章）

《昆曲演员返乡演出的文化思考》（2015年4月27日《光明日报》大版文章）

《如何培养更多的戏曲编剧》（2015年05月25日《光明日报》大版文章）

《豫剧新时代的领军人物李树建》（《光明日报》2015年5月28日大版文章）

《国务院关于支持戏曲传承发展若干政策的解读》（《艺术百家》2015年第3期）

2016年

《洞庭波涌连天雪——第二届湖北艺术节、第五届湖南艺术节侧记》（《艺术百家》2016年第1期，CSSCI）

《姚金成：戏曲当代题材创作的一面旗帜》（《戏剧艺术》2016年第1期，CSSCI）

《程派张韵：张火丁现象的文化解读》（《中国文艺评论》2016年第1期，CSSCI）

《人类口头与非物质文化戏剧代表作保护的中国模式》（《中国文艺评论》2016年第3期）

《风雨故园中的朱安夫人》（《光明日报》2016年4月11日）

《走向世界的汤显祖》（《光明日报》2016年4月25日）

《汤显祖的编剧创作》（《新剧本》2016年第2期）

《草根基层的仁义之情》（《中国文化报》2016年8月26日）

《生命密码呼唤人间大爱》（《光明日报》2016年8月27日）

《戏进京的文化自信》（《艺海》2016年10月）

《2015年我国戏曲发展态势》（《中国社会科学报》2016年10月11日）

《当代戏剧的发展趋势》（《上海戏剧》2016年11月）

《戏曲编剧的"国家军"崛起》(《光明日报》2016年12月5日)
《2015年中国戏曲发展趋势》(《艺术百家》2016年第5期,CSSCI)
《汤显祖戏剧的艺术魅力与审美意蕴》(《人民论坛》2016年12月3日)

2017年

《花鼓戏〈我叫马翠花〉观后》(《艺海》2017年1月)
《多剧种牡丹亭姹紫嫣红开遍》(《光明日报》2017年1月6日)
《谱写三国英雄的新篇章——评新编湘剧〈赵子龙取桂阳〉》(《艺海》2017年5月)
《戏曲艺术中母亲形象的新拓展》(《光明日报》2017年9月29日)
《繁荣戏剧创作,无愧伟大时代》(《光明日报》2017年10月27日)
《当代中国文艺评论的文化传统与话语特色》(《中国文艺评论》2017年第5期)
《蒯氏夫人》(《艺海》2017年第1期)
《曲艺学科之发展趋势》(《艺海》2017年第8期)
《精准扶贫剧目的诗意演绎》(《中国戏剧》2017年10月)
《中国创世神话的戏曲呈现》(《上海采风》2017年11月)

2018年

《飘逸教戏,优雅远行》(《中国戏剧》2018年2月)
《越剧〈红楼梦〉的经典意义》(《中国文艺评论》2018年第3期)
《〈槐花谣〉剧本与阐述》(《新剧本》2018年第4期)
《与时代同步,铸传世经典——田汉戏曲创作的当代启示》(《光明日报》2018年7月21)
《推进基层院团发展,促进戏曲行业交流》(《中国文化报》2018年8月28)
《越剧〈红楼梦〉的经典意义》(《中国文艺评论》2018年8月)
《中国戏曲的欧洲守护者》(《光明日报》2018年10月31)
《烟雨江南 寸草春晖——越剧〈游子吟〉观后》(《光明日报》2018-

05-05）

《盛世奇观，功莫大焉》(《中国文化报》2018年12月12日)

2019年

《徐中玉先生的诲人之道》(《文艺争鸣》2019年8月)

《瓯剧〈杀狗记〉的返本开新》(《中国戏剧》2019年10月)

第六、中国戏曲评论基地板块

1. 主编出版《张火丁艺术论集》

2. 主编出版《2017中国戏曲评论》《2018中国戏曲评论》《2019中国戏曲评论集》（3部）

3. 主编出版《中国戏曲学院京剧研究生班访谈录》

第七、2020年国家社科重大项目板块

国家艺术基金重大项目已经完成并且行将出版的书籍有15部。先期出版的是：

1.《中国戏曲教育发展路径研究》、

2.《北京市戏曲艺术发展路径研究》

3.《中国戏曲广播发展路径研究》

4.《中国戏曲电视发展路径研究》

5.《中国戏曲电影发展路径研究》

6.《中国戏曲文学发展路径研究》

7.《中国戏曲舞美发展路径研究》

8.《中国戏曲绘画发展路径研究》

9.《中国戏曲音像资料发展路径研究》

第八、艺术创作与演出

1. 散文集《走近南方艺术大师》中国戏剧出版社

2. 散文集《我辈岂是蓬蒿人》中央文史出版社

3. 戏曲剧本集《春华秋实——谢柏梁戏曲剧本集》

4. 戏曲剧本论集《李渔与三姬》

5. 戏曲编剧作品上演、传播、获国家艺术基金简况

《孔雀东南飞》越剧版和动漫剧版，都先后多次在央视播放过，并获得中国越剧节银奖和全国动漫剧评选银奖。

京剧《杨七娘》（北京京剧院演出）中央电视台两次播放过全剧。

京剧《李渔与三姬》（中国戏曲学院、东城区文化馆、国家大剧院演出版），获得全国戏剧文化奖优秀剧目。中央电视台播放过该剧片段。

《红珠记》被北京市文化局征集评选为2012年度优秀剧作和重点排演剧目，2015年获得国家艺术基金资助项目原创剧目支持，2016年4月13日起，由南昌大学赣剧中心推上舞台。2017年获得国家艺术基金传播推广项目支持。先后选出185场。

《槐花谣》（合作）获得2017年国家艺术基金原创剧目支持，先后演出50场。

《鉴真传佛》获得2017年江苏省艺术基金原创剧目资助，演出20场。

《蒯氏夫人》获得2017年国家艺术基金支持、北京市文化基金支持，共演出8场。

《玉龙飞驰》获得2018年湖南省重点扶持项目支持，并先后演出10场。

第九、所获奖项

2015年获得推动京昆艺术杰出贡献奖。

2015年获得北京市"高创计划"领军人物教学名师奖。

2015年获评湖北师范大学湖北省楚天学者讲座教授。

2014年《中华戏曲文化学》获得北京市优秀社科成果奖二等奖。

2013年参编之《中国文学史》先后获得国家图书奖、北京市哲社成果特别奖、教育部优秀教材奖。

2012年获得全国戏剧文化奖戏剧丛书主编金奖。

2011年获得全国戏剧文化奖杰出贡献奖，

2010年起主编《中国京昆艺术家系列评传》《中国非遗戏曲艺术家列传》，先后获得北京市教委、上海市委宣传部和中国政协文史馆立项支持。到2019年已经出版95种。

2010年起主持《中国当代戏曲文学史》，获北京市精品课程，获教育部优秀教材奖。

2010年主持戏文系戏曲创作与教学团队，获得北京市特色教学专业称号。

2009年专著《中国当代戏曲文学史》获得北京市精品教材奖，2006年获得教育部颁优秀教材。

2009年获得北京市优秀教学名师奖。

2008年主持戏曲创作与理论专业获得北京市优秀教学成果二等奖。

2008年主持戏曲创作与理论专业获得北京市专业特色建设基地。

2008年《中华戏曲文化学》获得北京市委市政府哲学社会科学二等奖。

2008年主持戏曲创作与理论专业获得北京市优秀教学团队。

2008年《中国悲剧美学史》获得上海市社会科学项目优秀成果一等奖。

2007年起获聘北京市特聘教授（2000—2005年获聘南京师范大学特聘教授）。

2014年以来先后获聘湖北师范大学、四川师范大学、南昌大学、武汉大学讲座教授与研究员。

2019获聘中南大学讲座教授。

2019年获聘北京师范大学博士生导师。

第十、港台与海外讲学简表

1993年1月—4月

加拿大多伦多大学戏剧学院客座教授。讲授中国戏曲史。对象：

序　言

本科生、研究生 35 人

1999 年 9 月—2000 年 5 月

美国学术委员会基金会项目支持，到美国佛萨大学、加州大学伯克利分校、斯坦福大学讲授中国戏曲史研究与中国文学史研究专题。期间，在 2000 年 3 月加拿大召开的北美亚洲年会上，与美国都文伟、傅鸿础等教授主持元杂剧分会场。

2006 年 7 月　代表上海交大与美国加州大学北岭分校：联合主持召开"上海避难犹太人"学术研讨会

2008 年 11 月在芝加哥大学为硕士、博士研究生讲解：中国戏曲研究流派

2011 年起多次在日本相关大学访学交流。日本大学艺术学部的讲座题目是：中国戏曲学院的戏文教学与研究。

2013 年 3 月　美国圣地亚哥：亚洲文学年会、北美中国戏曲曲艺年会：中国戏曲教育

2013 年 6 月　德国海德堡大学、维也纳大学、维也纳音乐学院：《昆曲〈牡丹亭〉演讲》

2015 年 1 月　美国佛萨大学讲座：中美戏曲学研究。

2016 年 3 月　美国艺术大学讲座：中国京剧艺术撷英。

2018 年 5 月，作为香港政府引进的优才，多次在香港浸会大学、香港城市大学、香港理工大学等院校讲座、交流并参加学术会议，与香港非遗委员会展开多项活动。被聘为香港港澳非遗委员会顾问。

2019 年 10 月　与台湾大学先后在台北、北京联合召开第 9 届海峡两岸创作会议。

弹指一挥间，博士毕业已经有 31 年了。

借四部新著出版之际，简要回顾一下过往的雪泥鸿爪，也是对自己的总结、反省和鞭策。

俱往矣，以上种种小小的学术与创作成绩，匆匆的文化过往活动，

要说太偷懒也过于矫情；要说较勤奋，也远不如我的好些同辈人用功。

当然太用功也有问题，同辈好友和后代精英中，就有好几位优秀学者归天去也。但是他们的精神还是在激励着我们。

从师范类大学到综合性大学，从211、985和双一流大学到戏剧与戏曲等艺术学院，我一直在学术的江湖泛舟，在艺术的天地中跋涉。

如果说个人还小有成就，那都是托徐中玉、王季思、齐森华、黄天骥、阮国华等诸多导师们的提携之恩，教化之福，都是托祖师爷老舍、吴梅的大树浓荫之庇佑。是他们，使我从一位荆楚大地江汉平原上的青年农民，转型为一位学术人和艺术人。

应该说个人能把生命中的大部分时间用在了学术文化事业上，那是因为父母亲多少年来含辛茹苦的鼎力支持。

但是今年3月31日，我82岁的老母遽然离世，归天去也，这令我的生命中第一次受到无可挽回的沉重打击，深切领会到已丧慈妣的无边痛苦。作为一位职业编写传记的学人，这段时间来，我为老母亲写了一部传记，希望这部传记能够成为个人生命和家族后代的永恒的记忆。

2020年，谨以《缤纷舞台审美谈——谢柏梁戏曲评论集》（上下册）、《国戏红烛，场上案头——谢柏梁京剧及地方戏剧本集》《国戏红烛，场上案头——谢柏梁昆曲及地方戏剧本集》《红尘四梦——汤显祖传》，还有主编的《中国戏曲文学史》（古代近代部分）、即将修订完成的《中国当代戏曲文学史》《诗经译注》8部新著，献给我敬爱的老师和亲爱的读者们。

谨以无边的深爱，献给新近归天的敬爱的慈母。星河永照，母亲的光辉常在；世代沐恩，母亲的功绩永恒。

是为序。

谢柏梁

2020年4月23日星期四写于京西青龙湖畔

目录

1	总序
9	序言
1	昆曲电影台本：《红楼梦》
89	小剧场实验昆曲：《一旦三梦》
111	大型原创历史剧：《签约记》
141	大型现代黄梅戏：《槐花谣》
181	大型湘剧现代戏：《玉龙飞驰》
225	大型现代戏：《敦煌绝恋》

昆曲电影台本

红 楼 梦

（根据曹雪芹《红楼梦》、2011年北昆《红楼梦》改编）

（上本）

引　子

第一折　投亲　　第二折　聚宝　　第三折　筑园

第四折　共读　　第五折　设局　　第六折　酿祸

第七折　答玉

（下本）

第八折　　省亲　　第九折　　葬花　　第十折　　逼逝

第十一折　抄园　　第十二折　失玉　　第十三折　玉殒

第十四折　哭灵　尾声

引　子

〔茫茫大荒之境。

〔一僧一道翩然而至，僧人手托扇坠般美玉，道士手擎一株绛珠仙草。

僧　人　（唱）【出队子】
　　　　　　开辟鸿蒙，
　　　　　　谁为情种？
　　　　　　悲金悼玉红楼梦，
　　　　　　都只为风月情浓。

道　士　（唱）灵河奔涌，
　　　　　　绛珠草丰。
　　　　　　滴水之恩涌泉报，
　　　　　　果然是血泪染红。

僧　人
道　士　（合）我乃——

僧　人　茫茫大士。

道　士　渺渺真人。敢问大士，手中所托何物？

僧　人　只为那女娲补天，共用奇石三万六千五百块。独弃此石在此，通了灵性，遂自怨自叹，悲号惭愧，欲往人间护花去也。真人你又身携何物？

道　士　此乃灵河岸上三生石畔绛珠草是也。只因受天地精华，得甘露滋养，遂修成女体。常思滴水之恩，涌泉相报，便欲下世为人，把她一生所有的眼泪，归还给有缘之人。

僧　人　　只怕是红尘世界，爱河汹涌，一梦醒来，万境归空，不去也罢。

道　士　　大士此言差矣，不历风月情浓，如何醍醐梦醒，直往虚空？还是去的好！

僧　人　　不去的好！

道　士　　去的好！

僧　人　　不去！

道　士　　去！

僧　人　　你我不必对争，由其自行定夺。

道　士　　有理，那且问来。

僧　人　　你这顽石，果然心思已定，要到那红尘世界，大梦一场？（听石，点头）哎！果然是在劫难逃哟。

道　士　　你这小小的绛珠草，也要到人间历经劫难，爱河漂流么？（观草，草频频点头）你看看，她竟喜极而泣也。

僧　人　　想这两件灵物，原本有木石前缘。

道　士　　如此就令其结伴而行，凤愿得偿。

僧　人　　只怕情魔万种，愈添凄凉。

道　士　　正好劫波度尽，归我大荒。

僧人
道士　　（合）也罢，令这一石一草，即刻下凡，了却孽缘百般、红楼一梦也。

僧　人　　前往那花柳繁华之地，

道　士　　昌明隆盛之邦。

僧　人　　诗礼簪缨之族，

道　士　　温柔富贵之乡。

　　　　　（二人飘然下）

　　　　　〔伴唱：【洞仙歌】

（男声）无才可去补苍天，
　　　　枉入红尘若许年。
（女声）红颜胜人多薄命，
　　　　莫怨东风当自怜。

第一折　投　亲

〔荣国府荣禧堂。一派花团锦簇。

众　人　（唱）乳燕呢喃蒙恩眷，
　　　　慈母早逝，外婆苦挂牵。
　　　　江南江北路迢远。
　　　　孤帆一片，
　　　　万里投亲也心酸。

紫　鹃　（喜气洋洋地喊上）林姑娘来了！林姑娘来了！林姑娘来了！（小丫环跟上）

〔众婆子引黛玉上，雪雁随上。接黛玉的仆人一旁侍候。

林黛玉　（唱）【皂罗袍】
　　　　原来朱门大宅豪院，
　　　　似这般富甲连云豪气冲天。
　　　　背井离乡情更怯，
　　　　花寄篱下红泪添。
　　　　乳燕岂惯换新所，
　　　　荣国府哪有竹万杆。
　　　　呢呢喃喃，孤孤单单，
　　　　凄凄苦苦，惨惨潸潸，

恨不得哭醒慈母返人间。

〔鸳鸯搀贾母上,贾政、贾琏、王夫人、邢夫人、迎春、探春、惜春、袭人等大丫环随上。

贾　　母　　黛玉,外孙女,快过来!

林黛玉　　（扑向贾母）外祖母!

贾　　母　　（抱住黛玉,哭泣）孙女,我那苦命的心肝儿啊……

（唱）【耍孩儿】

伤心怎堪,

猛可地泪涟涟。

白发老娘依然在,

岂知小女归黄泉。

无娘的孩子天照应,

接来孙女心相连。

娇花苍柏护,明珠擎掌间,

晨昏相看总相怜。

王夫人
邢夫人　　（合）老祖宗节哀,千万别哭坏了身子。

贾　　母　　唉,你们有所不知,黛玉她妈妈,原是我最最疼爱的幺姑娘、命根子也。

贾　　政　　母亲!妹妹已殁,不能复生;且喜我甥女聪明机智,留下了妹妹慧根。依我看来,今日甥女投亲,骨肉团圆,母亲你应该高兴才是。

（唱）【幺篇】

孤雁栖身荣国府,

祖孙团聚俱欢颜。

贾　　母　　此言甚是。黛玉,来,见过你二舅。

林黛玉　　（拜）拜见二舅。

贾　母　　这是你大舅母、二舅母。

林黛玉　　甥女黛玉，给大舅母、二舅母请安。

邢夫人　　外甥女呀！

　　　　　（唱）【吴音子】

　　　　　　　楚楚动人好容颜，

　　　　　　　谁人不疼不爱怜。

王夫人　　黛玉！青春年少，却为何这般弱不胜衣？

黛　玉　　黛玉生来弱小，一直是伴着药罐子长大的。

王夫人　　也罢，甥女可要好生调养。

　　　　　（唱）舅妈只当你亲生看，

　　　　　　　宝玉胡闹你莫讨嫌。

　　　　〔迎春、探春、惜春在一旁偷觑黛玉，惊讶。贾母连忙招呼——

贾　母　　你们几个丫头，傻傻站着，还不快快见过妹妹！

　　　　〔众姐妹笑拥上。

众姐妹　　妹妹！

贾迎春　　（唱）妹妹愿展卷，

　　　　　　　姐姐我晨昏共读西窗前。

贾探春　　（唱）姐姐想游园，

　　　　　　　探春我同行共止把手牵。

贾惜春　　（唱）姐姐欲丹青，

　　　　　　　惜春愿铺排宣纸奉笔砚。

众　人　　（唱）林姑娘锦心慧口，

　　　　　　　众姐妹锦上花添。

　　　　〔内笑声，王熙凤上，贾琏上，平儿捧着礼品随上。

王熙凤　　啊呀呀，我来迟了，不曾迎接远客。

贾　母　　黛玉，快快拜见你琏二哥、琏二嫂。

黛　　玉　　拜见二哥、二嫂！

王熙凤　　（扶着黛玉）天下竟有这样标致的人儿，我今儿算见了。这通身的气派竟不像老祖宗的外孙女，竟是个嫡亲的孙女。怪不得老祖宗天天口头、心头一直在念叨！

贾　　母　　哈哈哈，凤丫头这张嘴啊，就像涂了蜜似的。果然厉害，怪不得人称凤辣子！外孙女，快过来，你莫怕她。

黛　　玉　　二嫂！

王熙凤　　哎哟，老祖宗把你当孙女看，你就叫我凤姐姐吧。好妹妹！
（唱）【梅梢月】
　　你有迎春的柔，
　　你有探春的俏，
　　你有惜春的娇，
　　花丛里，
　　更显你如仙的容貌，
　　弱柳扶风，别样的妖娆。
　　我姑母命短，你泪湿红绡。
　　好妹妹，从今后，破涕为笑——
　　上有老祖宗做主，
　　下有众亲戚周到，
　　还有我嫂子撑腰！

贾　　母　　凤丫头又是夸人又是帮人，果然厉害，怪不得人称凤辣子！

王熙凤　　老祖宗夸奖。林姑娘的行李可搬进来了？带了几个丫环来？（雪雁上前，怯生生行礼。凤姐皱眉）这丫头太小。太太，我看妹妹身子单薄，理应拨个懂事的大丫头伺候才是。

王夫人　　这……

贾　　母　　那，就让我身边的紫鹃去跟我外孙女吧，有她陪伴，我也放心。

紫　　鹃　　谢老太太，见过林姑娘。

〔贾母与王夫人耳语。

王夫人　　（笑）老祖宗让黛玉和宝玉，平常多与老祖宗一同吃住。

王熙凤　　（拍手）啊呀呀，一个是孙儿，一个是孙女，都是心头肉，老祖宗你好福气啊！

贾　　母　　（大笑）什么福气，宝玉这混世魔王，少让我生气，那就是天大的造化了！

〔宝玉策马急上。

贾宝玉　　（唱）【燕归梁】

喜闻妹妹姑苏至，

凤愿得偿心儿甜，

天堂仙子降人间。

马如飞燕柳如鞭，

恨不得须臾到面前。

贾宝玉　　（一迭声地）林妹妹，林妹妹，老祖宗啊，我那苦命的林妹妹，她在哪儿啊？

〔黛玉与宝玉相互吸引，四目相对。

〔伴唱：【枉凝眉】

一个是阆苑仙葩，

一个是美玉无瑕，

若说没奇缘，今生偏又遇着他；

若说有奇缘，如何心事终虚化……

王夫人　　宝玉，这就是你姑表妹黛玉。

贾宝玉　　这个妹妹，倒像魂梦中见过多次的仙子啊。

（唱）【瑞云浓】

怪不得，人人皆道苏杭美，

莫非是，天堂仙子降人间。

> 片片轻愁锁眉眼，
> 翩翩行动风拂柳，
> 娴静名花映水妍！

贾　母　孙女啊，这就是你那宝玉哥哥，你可别怕他。

林黛玉　宝哥哥好——世间竟有如此面熟之人！

（唱）【前腔】

> 蓦然里，一天愁云暖风扫，
> 月轮转，浮云阴霾尽相抛。
> 天然风骚在眼角，
> 万种情思堆眉梢，
> 护花人唤醒春晓。

贾宝玉　（合）好生奇怪也……
林黛玉　（合唱）魂灵儿飘摇，
> 问前世何处相识早，
> 红尘里相逢一笑，
> 情天恨海，从此涌波涛。

贾宝玉　敢问妹妹，可有玉否？

林黛玉　无有。哥哥衔玉而生，此乃稀罕之物，岂可人人皆有。

〔贾宝玉顿时发狂，发狠将玉扯下摔去。

贾宝玉　什么罕物，妄说通灵，连人之高低都不知所择，我不要这劳什子了！

王夫人　孽障！你生气要打骂人容易，何苦摔那命根子！

贾宝玉　家中姐妹，俱无此物，今天来了个神仙妹妹，也无此玉，可见不是好东西，摔了也罢！

贾　政　小奴才，休得无礼。

〔王熙凤拾起玉来，与贾母耳语。

贾　母　（急忙劝解）你林妹妹原也有玉，只因你姑妈下葬，一并带去了，也算是尽了一片孝心……

〔凤姐示意老祖宗和贾政等众人下。

〔宝玉哭闹，凤姐哄。黛玉惊呆，一旁暗自沉吟。

林黛玉　（唱）【意难忘】

　　　　叹惊鸟，

　　　　悚然独沉吟。

　　　　蓦然黯伤神，

　　　　凄然落花魂。

〔袭人见黛玉独自流泪，连忙上前安慰。

紫　鹃　林姑娘，为何一人独处？哎呀，你落泪了！

林黛玉　（抽泣）今日方来，便惹出宝玉哥哥的病。倘若将玉摔坏，岂不因我之过！（哭泣）

紫　鹃　姑娘快休如此，宝主子常常任性，将来比这更奇怪的事还有呢。你若伤心，只怕伤心不过来呢。

贾宝玉　妹妹要哭，大家都陪着哭个够。

王熙凤　（为宝玉戴玉）快戴上吧，当心你爹爹来了。

贾宝玉　这……

王熙凤　倒是听说，金陵薛府的宝钗小姐，也是衔钗而生……

众　人　啊。

〔收光。

第二折　聚　宝

〔宝玉书房。

〔伴唱：大观园，群芳歇，

　　　　　　富贵莫如宝姐姐，
　　　　　　金锁随身贴。
　　　　　　丰年好大雪，
　　　　　　珍珠如土金如铁。
　　　〔薛宝钗与莺儿上。

薛宝钗　（唱）【舞霓裳】
　　　　　　千里入京待召选，
　　　　　　众姐妹齐聚大观园。
　　　　　　漫道金玉信有缘，
　　　　　　芙蓉天然面，
　　　　　　凡事须周全。
　　　〔宝玉与晴雯打闹上，差点撞到薛宝钗。

贾宝玉　（连忙道歉）不知宝姐姐驾到，有失远迎。

薛宝钗　宝玉要是如此客气，以后我就不敢来了。

贾宝玉　姐姐快请坐下。晴雯看茶！
　　　〔宝钗礼让，坐下。
　　　〔黛玉暗上，示意晴雯不要声张。

贾宝玉　怪不得眼前一亮，原来是宝姐姐的花容月貌，雪肤冰肌，照亮了宝玉书房！
　　　　（唱）【前腔】
　　　　　　蓬荜生辉，
　　　　　　日暖庭生香。
　　　　　　名花倾国天然样，
　　　　　　怎一双玉臂生辉，
　　　　　　堪比贵妃杨！
　　　〔欲去拉宝钗手，宝钗躲开。

薛宝钗　宝玉语含讥刺，敢是将我比玉环丰腴么？

（唱）【前腔】

风卷绛云，

高下不胜春。

名花解语应倾城，

任是无情也动人。

何处避芳尘？

贾宝玉　（闻到香气）呀，宝姐姐身上，好一股异香也！

莺　儿　我家姑娘，常年服用冷香丸，故而通体幽香。

薛宝钗　莺儿不许胡说。

贾宝玉　（一派天真）冷香丸？有此等灵药，不妨赐宝玉一尝。

林黛玉　（忽上）人不分彼此倒也罢了，药岂可浑吃？

薛宝钗　林妹妹好！

贾宝玉　是呀，林妹妹怎么刺溜一下，就飞进来啦？

林黛玉　是呀，来得早不如来得巧。我也来问问，这冷香丸究竟是如何酿造而成的？

薛宝钗　要说起来，只不过是春天开的白牡丹花蕊、夏天开的白荷花蕊、秋天开的白芙蓉花蕊、冬天开的白梅花蕊各十二两，于次年春分这日晒干，跟药引子一起研好。又要雨水这日的雨水、白露这日的露水、霜降这日的霜、小雪这日的雪各十二钱调匀了，再加蜂蜜、白糖，做成龙眼大的丸子，盛在旧瓷坛内，埋在花根底下……

贾宝玉　真是不经一番寒彻骨，怎来梅花扑鼻香？

林黛玉　只是忒费人工了。

莺　儿　宝姑娘，太太在家常说，宝二爷出生之时，口中衔玉，玉上有和尚、道士送的字，今日何不细细瞧瞧？

薛宝钗　莺儿不可造次。

林黛玉　偏要看看，见识见识的好。

贾宝玉　　这有何难，姐妹们随便看！（宝玉取下玉，递与黛玉）
林黛玉　　先给你花容月貌、雪肤冰肌的宝姐姐看吧。
　　　　　〔宝玉再将玉递与宝钗。
薛宝钗　　林妹妹见笑了。这宝玉之上，写的是"莫失莫忘，仙寿恒昌"！
莺　儿　　呀，我听这两句话，与我家姑娘金锁上的两句话正好是一对。
贾宝玉　　哦！原来姐姐金锁上也有八个字，我也要亲眼看看。
薛宝钗　　莫听莺儿胡说，也就两句吉利话，无有什么趣的。
贾宝玉　　好姐姐，你就与我看看吧。
林黛玉　　也要看，也要看。
　　　　　〔薛宝钗只得摘下金锁，递与贾宝玉。
贾宝玉　　不离不弃，芳龄永继！不离不弃，芳龄永继！
莺　儿　　这金锁也是个和尚让挂的呢。
贾宝玉　　（诧异）哎呀，金锁宝玉，果然真是一对……
林黛玉　　（吃醋）金玉成对，好事成双啊。
薛宝钗　　妹妹不必在意，原本是娘胎里带来的佩物而已。
贾宝玉　　（已觉语失）和尚、道士的话，岂可当真！
林黛玉　　（猛醒，羞）你二人当不当真，与我何干！
　　　　　〔黛玉欲走，宝钗拉住，宝玉喊住。三人凝神。
薛宝钗　　（唱）【安乐神】
　　　　　　蓦然见金玉成双，
　　　　　　持玉人又别一段风流状。
　　　　　　三生有缘非虚妄，
　　　　　　霎时间缱绻万千心神荡漾。
　　　　　　却怎生黛玉妹妹无玉戴，
　　　　　　他二人心猿意马正彷徨。

　　　　　　　此情费思量，
　　　　　　　仙家语最难参详。
贾宝玉　　（唱）【安乐神】
　　　　　　　蓦然见金玉成双，
　　　　　　　姐姐是富贵牡丹散幽香。
　　　　　　　妹妹是空谷幽兰灵霄上，
　　　　　　　遗世独立添惆怅。
　　　　　　　她二人环肥燕瘦俱娇样，
　　　　　　　百花之主总芬芳，
　　　　　　　护花人左右忙。
林黛玉　　（唱）【安乐神】
　　　　　　　蓦然见金玉成双，
　　　　　　　又何必明遮暗藏。
　　　　　　　我生来无金又无玉，
　　　　　　　先丧幼弟又失娘。
　　　　　　　他二人门当户对般配样，
　　　　　　　我春恨秋悲，孤芳只自赏。
　　　　　　　起舞弄清影，
　　　　　　　映照出潇湘憔悴样，
　　　　　　　心更冷，情自伤。
　　　　　　〔湘云开心跑上。
史湘云　　爱哥哥！林姐姐！啊，宝姐姐？！你们都在这儿啊？！
林黛玉　　偏是咬舌子爱说话，连个二哥哥也叫不出来，只是爱哥哥爱哥哥的，好不笑人。
薛宝钗　　湘云妹妹，钟爱大家，说话急了，就容易口误。
贾宝玉　　（应付着）湘云妹妹，你来得正好，大家一起玩儿。
史湘云　　爱哥哥，宝姐姐一家来了，这么多人聚在一块儿，可热闹

　　　　　　了！打牌、掷骰子……爱哥哥……
林黛玉　　哼！（下）
贾宝玉　　林妹妹！你去哪里呀？（回身）宝姐姐、云妹妹，我去去就来。（追下）
　　　　　〔湘云惊愕。
史湘云　　宝姐姐，林姐姐、宝哥哥怎么不理我了？
　　　　　〔薛宝钗无语。
　　　　　〔收光。

第三折　筑　园

　　　　　〔鼓乐齐鸣，内官黄门太监率众人到。宣读圣旨，荣、宁二府主仆上场接旨。
太　监　　奉天承运皇帝诏曰：贾元妃被晋封为凤藻宫尚书，加封贤德妃，准贾府修盖省亲别院，以迎贵妃省亲。钦此，谢恩！
众　人　　（跪下齐呼）皇恩浩荡，万岁，万岁，万万岁！
贾　母　　政儿、二媳妇，元春孙儿荣升皇妃，宝玉啊，你亲姐姐与你好福气也！
贾　政　　（携宝玉再跪）贾府祖宗积德、世代光辉。
贾　母　　着凤丫头统领省亲别院修建事务。
王熙凤　　遵命！大家听我号令，各掌其事，不得有误。
众　人　　是！
　　　　　（唱）鲜花着锦荣华喜添，
　　　　　　　　元妃娘娘福德无边，
　　　　　　　　体仁沐德祥云高悬。

　　　　　　皇亲国戚荣国府，
　　　　　　　筑别院，待驾天颜。
　　　〔初具规模的省亲别墅。
　　　〔贾府管家林之孝指挥家奴搬花盆，管家周瑞照应家奴抬
　　　　家具，捧器皿。贾蓉一旁谨慎监察。
　　　〔贾琏上，旺儿、兴儿紧随。凤姐上，平儿、林之孝家的随上。

贾　琏　（唱）【哨遍】
　　　　　　省亲事，非同寻常，
　　　　　　修别苑，金碧辉煌，
　　　　　　此时间权柄掌，
　　　　　　万绪千头督事忙。

王熙凤　（唱）金紫万千气象，
　　　　　　治家邦，自古须眉让红妆。
　　　　　　一点一滴都在心上，
　　　　　　决断莫彷徨。

贾　琏
王熙凤　（合唱）挥洒得黄金如泥土，
　　　　　　　定换得省亲院富丽堂皇。

贾　蓉　叔叔、婶婶，蓉儿率管家林之孝、周瑞在此恭候多时。
贾　琏　速将一应事理报来。
贾　蓉　是！
　　　　（念）筑园造墅事已济，
　　　　　　楼台亭榭格局齐。
　　　　　　层层装点无巨细，
　　　　　　只待叔叔婶婶细察视。

林之孝
周　瑞　（合）管家林之孝（周瑞）禀报二爷、二奶奶——

林之孝	（念）古玩铜鼎，金银器皿，几案桌椅，皆已办置；
周　瑞	（念）古董玩器，琴棋书画，刻丝弹墨，名家手笔。
林之孝	（念）妆蟒绣堆，绸绫帐幔，椅搭桌围，精挑细选；
周　瑞	（念）五彩花帘，猩猩毡帘，湘妃竹帘，光彩熠熠。
林之孝	（念）还有那：山石树木，
周　瑞	（念）梅兰竹菊。
林之孝	（念）奇花异草，
周　瑞	（念）舟船碧溪。
林之孝	（念）孔雀仙鹤，
周　瑞	（念）鹿兔虫鱼。
贾　琏	（念）还有那昆曲戏班，道姑女尼……
林之孝 周　瑞	（合念）人人精挑细选，件件置办整齐。
贾　琏	（点头）嗯，此乃一桩大事，你等受累，尽心竭力。日后，少不得老爷那里有赏！
众　人	（齐跪）多谢二爷！
王熙凤	省亲一事，繁复庞杂，大家还需多多用心，不可大意！
众　人	是！我等谨记！
王熙凤	都忙去吧！（林之孝一行人下）
贾　蓉	叔叔、婶子，侄儿长进了吧，这偌大的差事还算周全！
贾　琏	嗯，还算周全。

〔贾蔷急上。宝玉跟上。

贾　蔷	见过叔叔、婶子。
贾　琏	从姑苏回来了？
贾　蔷	回来了。侄儿禀报二爷、二奶奶，此番去姑苏采办的十二伶人，人人绿袖善舞。十二个女尼道姑，个个晨钟暮鼓。教习已聘好，行头已置齐。（一想）二奶奶是否先一一过目？

贾宝玉　　果然是名不虚传。人物齐整，品格清奇，实实地可爱煞人也。

王熙凤　　（满意）罢了，难得宝玉都如此抬举，你那元妃亲姐姐定然满意也。

贾宝玉　　当然当然，我还要去仔细观赏一番。（下）

王熙凤　　贾蔷你方归府中，先歇息片刻，我再仔细察你！

贾　蓉　　（悄悄地）婶婶要什么宝物，吩咐侄儿，即刻送来。

王熙凤　　（笑）放你娘的屁！我的东西还没处撂呢，稀罕你们鬼鬼祟祟的。

贾　琏　　兴儿、旺儿，随我上那边看看去。（一行人下）

〔妙玉上，身后跟一位抱琴的小尼，宝玉跟上。

〔妙玉如入无人之境，从凤姐身边擦身而过，扬长而去。

贾宝玉　　（唱）【海棠春】

　　　　　　气质美若兰，

　　　　　　才华馥比仙。

　　　　　　天生厌俗成孤僻，

　　　　　　世人皆罕。

〔欲下，看着凤姐，又停下来。

王熙凤　　（善解人意）宝二爷，你可是咱荣国府的命根子，顶梁柱。您呀，爱看美女就看个够。快去，快去！

贾宝玉　　别过凤姐姐。

净　虚　　（上）阿弥陀佛，琏二奶奶，贫尼这厢有礼了。

贾　蓉　　净虚法师，方才那位不食人间烟火的美人，是何处来历？

净　虚　　她是栊翠庵的住持，唤作妙玉。

贾　蓉
贾　蔷　　（合）妙玉？

净　虚　　乃是苏州人氏，一十八岁。祖上也是读书官宦人家，因自幼多病，入在空门带发修行。

贾　蔷　　　哼！见着奶奶也没个礼数，矫情！

王熙凤　　　你们晓得什么，妙玉师父文墨极通，经典极熟，是太太下帖备轿请来的，日后休得无礼。都忙去吧！你们也忙了半日，歇息去吧！

〔众人退下。场上留下凤姐、平儿、净虚。

净　虚　　　哎呀呀，二奶奶仁厚体恤不说，又果然女中豪杰，一言九鼎……

王熙凤　　　有事就说吧。

净　虚　　　回奶奶，张家小姐与守备公子婚约之事，多亏二奶奶你从中周旋，俱已办妥。

王熙凤　　　嗯！

净　虚　　　当初奶奶说，叫张家拿三千银子来，我就替他做了这个主。如今大事已毕，银子一文不少，奶奶请过目笑纳！

〔王熙凤不语，净虚转递与一旁的平儿。

平　儿　　　二奶奶……（犹豫接下）

净　虚　　　贫尼告辞。（下）

平　儿　　　二奶奶……

　　　　　　（唱）【罗帐里坐】
　　　　　　　　闻说道，
　　　　　　　　那旷女怨男共殉情，
　　　　　　　　李衙内竹篮打水空寻。
　　　　　　　　眼见得两条人命，
　　　　　　　　隔墙有耳不免心惊。

王熙凤　　　（唱）俺不信因果报应，
　　　　　　　　自小便争强好赢！
　　　　　　　　情与义，值几文？
　　　　　　　　权与利，挂心旌。

　　　　　　且漫说欠下了两条人命,
　　　　　　天塌下独自撑,
　　　　　　但把皇家别墅安排定,
　　　　　　苦海烟波霎时息宁。
　　　　〔王熙凤下,平儿紧随。
　　　　〔贾瑞从假山石旁急上。
贾　瑞　　小生贾瑞,给凤姐姐请安。
王熙凤　　(猛吃一惊)啊,原来是瑞大爷在此。
贾　瑞　　合该我与嫂子有缘,一出来就遇见我那天仙嫂子也。我常要到嫂子家里去请安,又怕嫂子年轻,不肯轻易见人。
　　　　〔凤姐示意平儿闪开一边。平儿避下。
王熙凤　　一家骨肉,说什么年轻不年轻的话。你自来吧。
贾　瑞　　多谢嫂嫂成全。
王熙凤　　快去入席吧,不然又要被罚酒了。平儿快来。
贾　瑞　　是了,好嫂子、亲嫂子后会有期。(下)
　　　　〔平儿上。
王熙凤　　这才是"知人知面不知心"呢。梦想欺兄霸嫂,哪里有这样禽兽的人?
平　儿　　癞蛤蟆想吃天鹅肉,没人伦的混账东西,起这样念头,叫他不得好死!
王熙凤　　他果如此,几时叫他死在我手里,他才知道我的手段!

第四折　共　读

　　　　〔伴唱:宝鼎茶好,

青梅竹马绕。
棋悔幽窗闹，
小儿女悟情偏早。
耳鬓厮磨，
说笑也须恼。
《西厢》奇文共欣赏，
偏教他青春年少。

〔伴唱中，宝玉和黛玉下围棋，晴雯、紫鹃一旁伺候。有婆子送来花，晴雯接下。

〔黛玉接紫鹃茶盅喝茶，不料一子被宝玉盯死。

贾宝玉　（叫）我提妹妹一子！
林黛玉　（悔棋）此步不算！
贾宝玉　落子无悔！
林黛玉　我方才吃茶走神，被你偷袭！
贾宝玉　哈哈哈，妹妹赖棋，晴雯姐姐来看，林妹妹输了！
林黛玉　我不与你下了！
紫　鹃　宝二爷，你是哥哥，可要让着妹妹才好。
晴　雯　是啊，宝二爷你要让着妹妹才好。
贾宝玉　好好好，让让让！（接过晴雯给他的扇子）

〔宝玉落子，黛玉笑提子。宝玉悔棋，黛玉摁住。

林黛玉　落子无悔！
贾宝玉　不算！不算！
晴　雯　（故意）宝二爷，你是堂堂男儿，怎会这样小器量！
紫　鹃　（故意）小器量！小器量！
贾宝玉　你们都帮她，就知道欺侮我。

〔宝玉生气，众人抿嘴乐。黛玉发现宝玉的香袋不见了。

林黛玉　哎，我送你的香袋呢？（宝玉气头上，不答）那可是我亲

　　　　　手为你做的！（宝玉仍不理）你敢是把我的东西送人了?！
　　　　　（宝玉怔住，生气）我明白了，你送与新来的宝姐姐了！
　　　　　（哭）

贾宝玉　（气极，掏出香袋）香袋藏在俺内衣心口之处，我何曾送
　　　　　人！你既如此猜疑，当初何必送我？

林黛玉　（被怄，抢过香袋，拿起剪刀便剪）算我多此一举，如今
　　　　　铰了它，便一了百了。

紫　鹃　（忙抢）姑娘何必动气，何苦剪那香袋！

贾宝玉　（又急又气，跺脚）能了百了，我也就省心了。

晴　雯　（劝）宝二爷！你就少说两句吧！

　　　〔晴雯、紫鹃劝说无效，黛玉扑向床头哭，宝玉垂头丧气
　　　　呆坐一旁。

　　　〔袭人端点心上，见状明白一切。

袭　人　啊，又闹气了？宝二爷，定是你莽撞，惹恼了姑娘，快去
　　　　　赔个不是吧！（宝玉哭了，没动身）林姑娘，莫哭了，当
　　　　　心哭坏身子。（无效，一笑）唉！
　　　　　（唱）【啄木鹂】
　　　　　　　一会儿唇枪舌剑，
　　　　　　　一会儿情投意甜。
　　　　　　　一会儿亲亲爱爱，
　　　　　　　一会儿双目睁圆。
　　　　　　　耳鬓厮磨般近，
　　　　　　　天涯海角地远，
　　　　　　　不是冤家不见面。
　　　　　　　大气还属宝姐姐，
　　　　　　　善解人意最能言。

晴　雯　（故意地）袭人姐姐，不必劝解，解铃还须系铃人！（三人

笑下)

〔宝玉走近黛玉,黛玉用帕盖脸躺下,不理。

贾宝玉　　(讨好地)妹妹,你和衣睡着,容易受凉。起来说话!

林黛玉　　(故意地)我想一人安静,你往别处说话去!

贾宝玉　　我往哪里去呢,但是见了别人,便觉十分厌烦!

林黛玉　　谁信,要是见到你宝姐姐呢?

贾宝玉　　唉,这一件,咱们是姑舅姐妹,宝姐姐是两姨姐妹,论亲戚也比你远。第二件,你先来,宝姐姐后来的,先来后到,岂有个为她远你的呢?

林黛玉　　啐,我难道叫你远她?我成了什么人了呢?我为的是我的心!

贾宝玉　　我也为的是我的心。(挤在黛玉身边)不管,我就是要与你说话,与你说话!咦,好妹妹,这胭脂真美、真香,我倒要尝尝。

林黛玉　　(掀开手帕起身)好好,越发地欺负人了,真真是奈何不了你。老实坐着,好好说话。

贾宝玉　　我也歪着,我们同倚一个枕头。

林黛玉　　好没羞。(扔个枕头给他)

贾宝玉　　(垫住斜靠着,高兴了)妹妹,我与你讲个故事吧——
　　　　　(唱)【看花回】
　　　　　　　说的是扬州城有座黛山,
　　　　　　　山中有群耗子精得道成仙。
　　　　　　　那一回城中庙会热闹非凡,
　　　　　　　小耗子偷香芋置办过年,
　　　　　　　一摇身变成了个大小姐,
　　　　　　　众耗子唧唧喳喳闹翻了天。
　　　　　(白)妹妹,你道那小耗子如何应答?

林黛玉　　（认真地问）如何应答？

贾宝玉　　那小耗子说道，你们只认得这果子是香芋，却不知姑苏林黛玉小姐才是真正的香玉呢！

林黛玉　　（恍然大悟，追打宝玉）我打你个烂了嘴的！我就知道你是编派我呢。

贾宝玉　　（躲）好妹妹，饶了我吧，再不敢了！我是闻着你身上的香气，才故意编派你的。

林黛玉　　（取出香袋）是它的香吧？不比你宝姐姐的冷香！

贾宝玉　　（喜出望外）啊！原来妹妹方才是吓我的呢！（挠黛玉痒）我让你诓我！我让你诓我！

〔俩人乱追一气，下场。

〔莺儿伴宝钗上。

薛宝钗　　（唱）【破齐阵】

　　　　　　白玉堂前春解舞，

　　　　　　东风卷得均匀。

　　　　　　蜂团蝶阵乱纷纷，

　　　　　　挣扎随逝水，

　　　　　　风流何处寻？

　　　　　　金碧园中花万寻，

　　　　　　王者始终称尊。

　　　　　　韶华原自有根本，

　　　　　　好风凭借力，

　　　　　　送我上青云。

薛宝钗　　娘娘省亲，筑此花园，闻道宝玉及我等姐妹，日后都将入园，从此朝夕相处，倒也合意。一径行来，宝玉、黛玉，怎生皆不见了。待我细细寻来。

〔竣工的省亲别墅。

〔沁芳桥畔，桃花底下，贾宝玉聚精会神地读一部书卷。

贾宝玉 "落红成阵，风飘万点正愁人。池塘梦晓，阑槛辞春。蝶粉轻沾飞絮雪……"

〔黛玉蹑脚轻上，发现宝玉躲在一处看书，要吓宝玉。

林黛玉 好哇，四处寻你不见，哼！你又觅来什么书?!

贾宝玉 （机密地）好妹妹，若论你我是不怕的。这真正是本好书，你若看了连饭都不想吃呢。

林黛玉 拿来我看。"晓来谁染霜林醉？总是离人泪。"呀，词藻警人，余香满口……（翻书）《西厢记》！

贾宝玉 此书如何？

林黛玉 （专注，点头）真真有趣，果然好书！

〔贾宝玉兴趣来了，进入戏中情境，扮演张生。

贾宝玉 小生姓张，名珙，字君瑞，本贯西洛人也，年方二十三岁，正月十七日子时建生，并不曾娶妻……

林黛玉 （也来兴趣，扮莺莺）月儿呀月儿，你团圆呵，想我莺莺却怎生是了……

贾宝玉 （冲动地脱口而出）妹妹，我就是这多愁多病身，你便是倾国倾城貌……

〔一刹那，宝、黛二人情窦初开，相视良久。黛玉猛醒，羞涩。

林黛玉 （佯怒）该死！

（唱）【小梁州】

弄些个艳曲淫词，

满嘴里胡说八道。

无端欺人，

且到舅舅堂前诉告。

听你狠遭训教，

看你何处讨饶！

〔扭头就走，宝玉吓得连忙拦住。

贾宝玉　（唱）【九回肠】

好妹妹千万饶我这一遭，

在下得罪了。

若是有意欺负你，

手脚变为乌龟爪，

硬背驮碑，不辞辛劳，

你说好不好？

林黛玉　（转嗔为笑）呸！原来你也是苗而不秀，是个银样镴枪头！

贾宝玉　（转惊为喜）啊呀，妹妹吓我，自家引的亦是《西厢》之语。

林黛玉　（深情地）这花花世界，

贾宝玉　滚滚红尘，

林黛玉　芸芸众生，

贾宝玉　谁为知音？

贾宝玉
林黛玉　（合）如此好书，只有与妹妹（哥哥）你可共读也。

〔俩人此时情心已通，共读《西厢》。

〔薛宝钗上。

〔宝、黛共念《西厢记》词，薛宝钗闻声，避至一旁。

贾宝玉
林黛玉　（合）"夜深香霭散空庭，帘幕东风静。拜罢也，斜将曲栏凭，长吁了两三声……"

薛宝钗　倒是绝妙好辞也。

贾宝玉　（一惊）嗯嗯……宝姐姐如何在此？

薛宝钗　（不理宝玉，对黛玉一本正经）颦儿跪下，我待审你。

林黛玉　（心中发虚）宝丫头疯了，何事审我？

薛宝钗　（一把夺过书）《西厢记》！好个大胆的丫头！

贾宝玉　　　宝姐姐息怒。是我从府外弄来的书，不关妹妹的事。

薛宝钗　　　（宝钗拿过书）你看看！这都是些离经叛道之词！只有红娘的几句还可警世。（突然学红娘口气）"孟子曰'男女授受不亲，礼也'。道不得个'非礼勿视，非礼勿听，非礼勿言，非礼勿动。'"

林黛玉　　　（忽明白）宝姐姐怎知出处？想必也读过《西厢》的！

薛宝钗　　　（笑了）你们当我是谁？我小时候也是个极淘气的！

　　　　　　（唱）【卜金钱】

　　　　　　　　兄妹相处，也曾翻杂书。
　　　　　　　　长辈教诲，方知性情误。
　　　　　　　　女儿家，艳曲吟哦忒糊涂，
　　　　　　　　无才便是德是福。
　　　　　　　　宝兄弟，经世济国为要务，
　　　　　　　　皇妃亲弟弟，光宗耀祖，
　　　　　　　　你且将正经书读。

林黛玉　　　这……

贾宝玉　　　（扫兴）唉……

　　　　　　〔切光。

第五折　设　局

〔合唱：相思苦，
　　　　太岁头上敢动土，
　　　　癞蛤蟆想吃天鹅肉。

　　　　　　　今生魂梦断，
　　　　　　　做鬼不风流。
　　　　〔王熙凤起居室。
丫　环　　报，瑞大爷求见。
王熙凤　　请进来吧。
平　儿　　请瑞大爷，奉茶。（下）
　　　　〔贾瑞上。
贾　瑞　　嫂子一向安好？
王熙凤　　也好。请坐，品茶。
贾　瑞　　亲嫂子啊，
　　　　（唱）如花似玉，风流粉黛，
　　　　　　　只怨哥哥，不肯回来。
　　　　　　　野草闲花处处开，
　　　　　　　嫂子愁闷，谁来排解，遣谁排解？
王熙凤　　唉，可知男人家啊。
　　　　（接唱）野草闲花，随性便采，
贾　瑞　　嫂子这话错了，我就不是这样人。
王熙凤　　（接唱）正室妻房，狠心抛开。
　　　　　　　瑞弟情重好人才，
　　　　　　　嫂子居家，盼你常来，可能常来？
贾　瑞　　我倒天天闲着。我愿意天天过来替嫂子解解闷儿。
王熙凤　　你哄我呢！你哪里肯往我这里来？
贾　瑞　　我在嫂子面前若有一句谎话，天打雷劈！只因素日闻得人说，嫂子是个厉害人，所以唬住我了。我如今见嫂子是个有说有笑极疼人的，我怎么不来？死了也情愿。
王熙凤　　果然你是个明白人，比蓉儿兄弟两个强远了。他俩那样清秀，谁知竟是两个糊涂虫，一点儿不知人心。

贾　瑞　　嫂子的手指真好看，戴着什么戒指？
王熙凤　　放尊重些，别叫丫头们看见了。你该去了。
贾　瑞　　我想再坐一坐儿，好狠心的嫂子！
王熙凤　　大天白日人来人往，你就在这里也不方便。你且去，等到晚上起了更你来，在我这房后小过道儿里头那间空屋子里等我。
贾　瑞　　果真么？
王熙凤　　你不信就别来！
贾　瑞　　必来，必来！死也要来的。
王熙凤　　好，晚上见。

〔暗转，荣府空房。

〔贾瑞上。

贾　瑞　　（唱）漆黑无人影，
　　　　　　　　玉人何处寻？
　　　　　　　　早则是害下相思病，
　　　　　　　　世界万般冷，
　　　　　　　　一命待归阴。
　　　　　　　　亲嫂子啊，
　　　　　　　　再不来就是死，
　　　　　　　　亲一口便转生！

〔黑夜之中一人进来。贾瑞一把抱住。

贾　瑞　　亲嫂子，等死我了！亲亲，我想你！

〔贾蔷举蜡台上。

贾　蔷　　谁在这屋里乱叫呢？
贾　蓉　　（笑）啊呀救命，瑞大叔抱紧我了，气也喘不过来呢！
贾　瑞　　哎呀不好，我被你们作弄了。

〔贾瑞回身要跑，被贾蔷一把揪住。

贾　蔷　　哪里走？！如今琏二婶子已经告到太太跟前，说你调戏他，这会子叫我来拿你。快跟我走吧！

贾　瑞　　好侄儿！放了我吧，我明日重重地谢你！

贾　蔷　　拿来！

贾　瑞　　拿什么？

贾　蓉　　（踹上一脚）别装蒜，拿银子来！

贾　瑞　　好侄儿，我身边没带银子，改日必定奉上。

贾　蔷　　口说无凭，写一张借据才算。

贾　瑞　　这个……

贾　蓉　　什么这个、那个的，明日告诉族中的人去。

贾　瑞　　（叩头）我写、我写：今欠蔷大爷、蓉大爷银钱各一百两，三日内一定奉还！

贾　蔷
贾　蓉　　（收到字据，合）这还差不多。（踢开）还不快滚蛋！

　　　　　〔贾瑞欲走。

贾　蔷　　慢，前门人多，你只能走后门。

贾　蓉　　你先乖乖地蹲在大石阶边上，待我们先为你望望风。

贾　瑞　　得令，待命。

　　　　　〔贾瑞蹲在那台阶下。一净桶尿粪从上面直泼下来。

贾　蔷　　快走吧，再晚可就没有命了！

　　　　　〔贾瑞狼狈奔跑。
　　　　　〔伴　　唱：　"哗啦啦"一桶屎尿浇上头，
　　　　　　　　　　　　痛煞煞相思魂梦咬指头，
　　　　　〔贾瑞魂梦中，犹自与凤姐双人舞。
　　　　　（接唱）悲切切欲待忘记惊回头，
　　　　　　　　　才下眉头，
　　　　　　　　　却上心头，

　　　　　吃尽苦头，
　　　　　梦想甜头，
　　　　　髓尽精干处，
　　　　　人生下场头。
〔内　声：贾瑞大爷大殓了！宁国府请王熙凤帮忙，打理
　　　　　一应后事啰。
〔悲乐起，切光。

第六折　酿　祸

〔伴唱：宁国府正哭丧，
　　　　荣国府题园意气扬。
　　　　一家欢喜一家惆怅，
　　　　否泰相转换，
　　　　悲欢日月长。
〔修葺竣工的省亲别墅。
〔贾政、众清客、宝玉上，男仆随上。

贾　政　（唱）【青山口】
　　　　　人间筑苑夺天工，
　　　　　省亲墅气势恢宏。
　　　　　漫道那亭台楼阁无名号，
　　　　　门庭楹联欠题咏。

众清客　（唱）却原来画龙最难在点睛，
　　　　　只盼等那文曲星辰来分封。
〔来到入口一翠嶂处。

众清客　好山，好山。

清客一　　非胸中大有丘壑，焉想及此。

贾　政　　诸公请看，此处题以何字为妙？

清客一　　叠翠二字可否？（贾政不置可否）

清客二　　可题锦嶂二字！

清客三　　（见贾政神色，拍马）现有二世兄在，我们着忙什么？

贾　政　　（对宝玉）呆愣作甚，还不速速拟来。

贾宝玉　　（惴惴不安）编新不如述旧，刻古终胜雕今，莫若"曲径通幽"。

众清客　　（讨好地）妙极，妙极。二世兄好见地。

林之孝　　诸公请。

贾　政　　（来到溪流亭畔）好个所在！

　　　　　（唱）【幺篇】

　　　　　　　清溪泻玉桥镇港，

　　　　　　　有亭翼然翘苍茫。

　　　　　（对宝玉）拟来。

贾宝玉　　（唱）绕堤柳借三篙翠，

　　　　　　　隔岸花分一脉香。

　　　　　（白）此处不妨题"沁芳"。

清客一　　"沁芳"二字，用词清雅。

贾　政　　（微微点头）嗯。

林之孝　　诸公请看。

清客一　　（唱）千竿幽篁，

　　　　　　　遮映那曲折游廊。

贾宝玉　　（唱）湘竹长，

　　　　　　　宝鼎茶闲烟尚绿，

　　　　　　　幽窗棋罢指犹凉。

　　　　　（白）此处题作"有凤来仪"。

众清客　　妙！

清客三　　二世兄好才情！

众清客　　好才情！

贾　政　　（对宝玉）休得轻狂！不过是管窥蠡测！

林之孝　　诸公请。

清客二　　（唱）薜荔藤萝，

　　　　　　　　蔽绕在山石崖墙。

贾宝玉　　（唱）芭蕉翠遮阳，

　　　　　　　　吟成豆蔻才犹艳，

　　　　　　　　睡醒荼蘼梦也香。

　　　　　（白）"蘅芷清芬"可好？

众清客　　贴切得很！贴切得很！贴切得很！

贾　政　　不足为奇！

清客一　　诸公那厢去看看。

〔众人到一处黄泥筑就的矮墙处，众清客顿时兴趣高涨。

贾　政　　（唱）茅舍竹篱黄泥墙，

　　　　　　　　阡陌田畦杏花香。

　　　　　　　　此处别有风光好，

　　　　　　　　公卿也羡田舍郎。

　　　　　（白）哈哈哈，诸公请题。

清客一　　方才世兄所云"编新不如述旧"，此处莫若直书"杏花村"。

贾宝玉　　（冷笑）俗陋不堪。

清客一　　（讪笑）愿听世兄指教。

贾宝玉　　依我看来——

　　　　　（唱）【古竹马】

　　　　　　　　远无邻坊，

　　　　　　　　近不负岗，

     背山山无形势，

     临水水无脉象，

     下无通市桥，

     高无古寺香，

     此处置田庄，

     甚荒唐。

贾　政　（生气）叉出去。（宝玉连忙跑，贾政喝住）回来，再题一名，若不通，一并打嘴。

贾宝玉　是！古人云"柴门临水稻花香"，何不就叫稻香村。

众清客　（击掌）好！好好好！

清客一　亏世兄想得出这三个字来！

贾　政　（心下满意，故意地）平常！平常！

〔众人又到一处，有一玉牌坊，是正殿，宝玉若有所思。

贾宝玉　呀！

   （唱）【归塞北】

     崇阁拔地层楼起，

     玉栏绕砌。

     堂皇富丽，

     疑是仙家旧迹？

贾　政　怎么？到正地方你就拟不出名堂了？不登大雅之堂的蠢货！

清客一　世兄年少，方才辛苦，不如明日再题。

贾　政　（冷笑）你这畜生，也竟有不能之时了。还呆愣着？难道还未逛足？还不到老太太、太太处请安。

〔贾政引众人下。宝玉发呆，茗烟等小厮上。

茗　烟　（将宝玉抱住）二爷！今儿个人人都说你的题咏，比世人的都强。

锄　药	得了彩头，是奴才们伺候好了二爷，该赏我们。
贾宝玉	好好好！每人一吊钱！
茗　烟	就一吊钱？那哪儿成啊？
锄　药	不成！（搜身）香袋归我了。
茗　烟	佛珠归我了。（搜宝玉的身，发现了什么）慢着！茗烟记得，前几日袭人姐姐亲手给二爷系的是松花汗巾，今日怎么变成这大红的汗巾了呢?!
贾宝玉	（连忙制止）前日去观戏，与忠顺王府的小生琪官互视知音，故而对换汗巾以示心迹。拜托各位千万掩下，倘若被人知晓，丢我半条性命！
锄　药	二爷，小的不解，对那些官场要人、文人清客，二爷每每骂他们是禄蠹，不与应酬。却为何倒与那些戏子之流来往甚密呢？
贾宝玉	漫说戏子，只怕是天生人物、色艺双绝之俊才也。
茗　烟	宝二爷，茗烟也不解，二爷又为何反把那些闺中女儿们看得那么贵重呢？
贾宝玉	（突发痴狂）嘟！女儿是水做的骨肉，男人是泥做的形骸。我见了女儿就觉神清气爽，见了男人便觉浊臭逼人。尔等哪里知晓，这世间万物中"女儿"两字的珍贵！ （唱）【罗江怨】 　　美妙绝伦，世间天仙真。 　　花为肌肤月为色， 　　冰雪为质玉为魂， 　　日月星斗焕其身。 　　女儿至尊性， 　　宝玉护花神。 　　愿与群芳拭泪痕，

甘随女儿共死生。

〔宝玉至太太房中,王夫人午休,金钏儿守着打盹,凉扇掉地上,宝玉拾起与金钏儿打扇。

金钏儿　（醒,见宝玉为自己打扇,笑了）宝二爷,别这样,太太还歇着哪。

贾宝玉　金钏妹妹,赶明儿我和太太讨了你,我们一块玩儿。

金钏儿　我们一块玩儿……金簪儿掉在井里头,有你的只是有你的!

贾宝玉　快说你愿意吗?

金钏儿　（不回答,忽悄声）我告诉你,到东小院子拿环哥儿同彩云去。

王夫人　（猛一耳光打去）下作的小娼妇,好好的爷,都被你们教坏了!把她娘叫来,将她带走!

金钏儿　（惊吓跪下）太太!太太要打要骂只管发落,这回撵我出去,叫金钏儿如何做人?

贾宝玉　（也跪下）母亲,孩儿一时孟浪,与金钏儿妹妹无关。

王夫人　（气急）堂堂贵公子,竟然为奴婢下跪!（对金钏儿）小贱人!还不滚出园去!

〔金钏儿掩面而下。宝玉欲追,王夫人喊住。

王夫人　宝玉!宝玉,你这冤孽啊……
　　　　（唱）【赏花时】
　　　　　　通灵寓玉宝,
　　　　　　缘何世间是非搅。
　　　　　　混世魔王污光耀,
　　　　　　娘亲苦,没着落。
　　　　　　荣国府诗礼簪缨谁承继,
　　　　　　乌眼鸡白眼狼鼠辈谋划早,
　　　　　　你怎不知坏与好,

　　　　　　　不晓地厚共天高。
　　　　　　　只恐我偿清孽债归山后，
　　　　　　　看你小冤家纵有冤屈何人保，
　　　　　　　哀哀地哭嚎啕。
　　　　　　（白）宝玉，为娘方才所言，你究竟知也不知？
贾　宝　玉　（心挂金钏儿）宝玉不知……
王　夫　人　苍天有眼，醒我痴儿……
林之孝家的　（突然惊慌大喊）太太不好了，金钏儿投井了……
　　　　　　〔宝玉和王夫人震惊。
　　　　　　〔切光。

第七折　答　玉

　　　　　　〔伴唱：忠顺王，觅琪官，
　　　　　　　　　　苦命娘，哭金钏。
　　　　　　　　　　学堂之内打出手，
　　　　　　　　　　数劣迹斑斑。
　　　　　　〔贾政书房。贾政怒气不休。男仆侍立，大气不敢出。
　　　　　　　茗烟、锄药跪着，吓得浑身打抖。
贾　　　政　（呵斥茗烟、锄药）大胆奴才，且将宝玉私藏戏子、
　　　　　　　大闹学堂之事一一招来，若有半点隐瞒，家法不饶。
茗　　　烟　老……老……老爷明鉴，那……那琪官与二爷互换汗巾，
　　　　　　　我等奴才……也是事后方知。
贾　　　政　这个……
锄　　　药　二爷私……私……私藏的戏子，在东郊紫檀堡。

贾　政　（听此言心凉半截）果有此事？！孽障啊孽障！那琪官乃是忠顺王驾前奉承之人，你无故引逗出来，如今祸及于我！

（唱）【得胜令】

忤逆子一意横行，

老夫我心灰意冷。

不甘上进自沉沦，

闹学堂辱先圣，

朽木怎雕得栋梁成。

私藏戏子惹祸生。

不堪思忖，

胆战心沉。

（白）快传宝玉！（一男仆跑下）

贾　环　（上场乱喊）快跑，快跑！吓死人了！吓死人了！（一头撞在贾政身上）

贾　政　（怒喝）你野马一般乱跑什么，与我打！

贾　环　父亲，那边有人跳井死了，样子吓人，故而急跑。

贾　政　啊？好端端的，谁去跳井？！

〔贾环见跪着的茗烟、锄药，有所明白，顿生恶念。

贾　环　父亲大人，有一事，合家不许通风报信于您。

贾　政　何事？竟敢瞒我？！

贾　环　（示意父亲让周围人退下）我听母亲说，宝玉哥哥在太太房中拉着丫头金钏儿强奸不遂，打了一顿，那金钏儿一赌气，便投井死了。我刚经过井边，真正吓死我了。

贾　政　（气得七窍生烟）啊？！快拿宝玉来！拿大棍！将各门关上，有人传信往里头去，立刻打死！

贾　环　宝玉啊宝玉，你也有今天。

〔贾环一脸奸笑下，与匆匆上场的宝玉擦肩而过，宝玉吓得面无人色。

贾宝玉　（唱）拜高堂如上刑场，
　　　　　　　参严父似见阎王。
　　　　　　怕只怕凶多吉少难商量，
　　　　　　　骨筋抽、魂魄荡，杖下命丧。（进门）

贾　政　（见宝玉，顿时拍案而起）孽障！懈怠功课闹学堂，私藏戏子在东方，淫逼奴婢井底亡！给我捆绑起来，重重地打。

贾宝玉　啊！爹爹，容孩儿禀告！

贾　政　堵起嘴来，着实打死！
　　　〔小厮们将宝玉按在凳上举棒便打，贾政觉得太轻，夺过棍棒，踢开小厮，自己狠打。

贾　政　（唱）【太平令】
　　　　　　雷霆动，
　　　　　　棍杖挥舞家法重，
　　　　　　不肖子生又何用？
　　　　　　亲近优伶来供奉，
　　　　　　私物相赠送。
　　　　　　疏远圣贤不记诵，
　　　　　　逼母婢羞辱跳井，
　　　　　　罪大恶忒凶。
　　　　　　若待你弑父弑君祸万重，
　　　　　　黄泉下怎堪对列祖列宗？
　　　　　　倒不如灭祸根把你小命送，
　　　　　　一了百了后，
　　　　　　也落得干净从容。

王夫人　（飞速上场，跪倒在地）老爷息怒！老爷罢手！（二丫环紧随跑上）

(唱)【乔牌儿】

悲吟,

棍棒无重轻,

怎可地忒轻贱父子情。

珠儿早凋零,

只留宝玉一命根,在膝下欢承。

老爷呀,

他是你我肝与心,

心肝无有不是人,

万不可绝儿性命,

苦煞我夕阳光阴!

倒不如伴儿阴间行,

随儿了残生!

贾 政 (边打边骂)素日里皆是你们把他酿坏,到这步田地还来解劝?!(怒喊)我定要打死这孽障!

贾 母 (内声)既要打死他,你先打死我!

〔鸳鸯扶贾母颤巍巍急上,二小丫环紧随上,贾政急迎。

贾 母 (唱)【北刮地风】

哎呀恨无端衰草卷狂风,

颤巍巍顾不得岁高心恸。

贾 政 (唱)【南滴滴金】

若垂训,何劳娘亲驾动?

年迈人怎禁得暑气浓。

贾 母 (唱)【北刮地风】

"垂训"二字本虚空,

奈膝下并无孝子侍奉。

贾 政 (忙跪下)母亲!

(唱)【南滴滴金】

　　母亲言重，

　　为儿的起惶恐！

贾　母　（唱）【北刮地风】

　　你道我言重，

　　我道你板子到，泰山崩。

　　下死手，小孩儿万疼千痛！（伤感泪下）

贾　政　（赔笑，唱）【南滴滴金】

　　皆是儿一时怒气冲，

　　从今再不敢棒打逞凶。

贾　母　（冷笑，唱）【北刮地风】

　　你待将亲子命送，

　　苦煞我年迈人衰草枯蓬。

　　不如回金陵，

　　孤老也归宗！

贾　政　母亲此话，做儿的如何禁得起……

贾　母　我说一句话你就禁不起，你如此下毒手，宝玉儿就禁得起了？！

贾　政　（跪下）母亲……

贾　母　（不理贾政，抚摸宝玉）

　　（唱）【北随煞】

　　看棒痕血迹横纵，

　　斑斑的叫人心痛，

　　老泪双涌，涌不尽恨万重。

〔贾政掩面痛哭，贾府女眷悉数上场，跪倒在地，哭声一片，贾宝玉已奄奄一息了。

〔暗转。宝玉房中。

〔伴唱:【两地锦】

　　　　通灵魂魄飘荡,

　　　　剩一窍离恨天上。

　　　　重返红尘,

　　　　又向荒唐。

〔贾府上下众人看望受伤的宝玉——老太太、王夫人、邢夫人、凤姐、李纨、探春、迎春、惜春、林之孝、周瑞、王善保家的、林之孝家的、袭人、晴雯等大丫头们忙应承。

贾宝玉　（渐渐苏醒）方才似梦似醒,仿佛见到姐妹们来了。

袭　人　是。老太太、太太、二奶奶、大奶奶来过了。还有迎春姑娘、探春姑娘、惜春姑娘都来看望你了。

贾宝玉　那林妹妹呢？天气炎热,她身子弱,不来也好。（复睡去）

小丫环　（喊）宝姑娘来了。

〔宝钗手托丸药上,莺儿陪上。

薛宝钗　（唱）【菊花新】

　　　　丸药手上擎,

　　　　疼痛在心灵。

　　　　唉,万千酸楚道不尽……

　　　　纵是任性总关情。

薛宝钗　（药递袭人）袭人姐姐,晚上把这药用酒研开敷上,将淤血散开就好了。

贾宝玉　（醒来）宝姐姐来了。

薛宝钗　宝兄弟,可好些了？

贾宝玉　好些了。宝姐姐请坐！

薛宝钗　（坐）唉,早听人一句劝,稍微留心点仕途经济,也不至今日。别说老太太、太太心疼,就是我们看着心里也疼。（哭）

贾宝玉　　　宝姐姐……

薛宝钗　　　宝兄弟，你伤痛之人，要紧休息，累你费神，倒是害了你。
　　　　　　你先好生歇着，明日再来看你。（袭人送宝钗、莺儿下）

贾宝玉　　　宝玉挨打平常，姊妹们痛惜怜爱之深，此情此意啊——
　　　　　　（唱）【榴花泣】

　　　　　　　　可感可叹，可欣可敬，

　　　　　　　　何德何能浊公子，

　　　　　　　　却换得女儿冰心。

　　　　　　　　宝玉不过皮肉苦，

　　　　　　　　竟博得花容失色鸟悲吟，

　　　　　　　　一径的倍感伤情。

　　　　　　　　倘若逝去不复醒，

　　　　　　　　定一派哀哀嚎嚎、悲悲切切可怜的光景。

　　　　　　　　人生到此岂惜命，

　　　　　　　　生不足惜，死亦欢欣。

（复又沉沉睡去）

〔黛玉从另一处暗上，见宝玉沉睡，悲伤沉吟。

林黛玉　　　（唱）【倾杯序】

　　　　　　　　堪恸，

　　　　　　　　荣国府无情棒重。

　　　　　　　　一霎时花垂蕊鸟鸣凶。

　　　　　　　　幽幽的芭蕉叶冷，

　　　　　　　　海棠血染红。

　　　　　　　　滴不尽的苦泪，

　　　　　　　　从春到夏，

　　　　　　　　从秋到冬。

　　　　　　　　破痴梦，

　　　　　　　自此后愁添万种，

　　　　　　　伤心事事逢。

贾宝玉　　（在梦中呼唤）林妹妹，林妹妹，林妹妹……

　　　　　〔贾宝玉从梦中醒来，见林黛玉坐在他旁边流泪哭泣。

贾宝玉　　妹妹！天气这般炎热，你又过来作甚？

林黛玉　　（呜咽）……

贾宝玉　　我虽挨打，不觉疼痛，只装个样子，哄老爷呢。

林黛玉　　你从此可都改了罢……

贾宝玉　　就是为这些人死了，宝玉也是心甘情愿的。

　　　　　〔黛玉闻言抽泣不止，贾宝玉连忙取旧帕替黛玉拭泪。

林黛玉　　自己伤痛在身，又何苦顾我……

贾宝玉　　你放心。

林黛玉　　（明知故问）我不明白，我有什么放心不放心的？

贾宝玉　　好妹妹，你莫哄我，难道我素日在你身上的心都用错了，连妹妹的心都体贴不到，难怪你总不放心，日日为我生气，弄出一身病，你若宽慰些，这病也不会一日重似一日。

　　　　　〔黛玉感动，欲语难言，欲走。

贾宝玉　　（喊住）好妹妹，我说一句话再走。

林黛玉　　你的话，我早就知晓了……（走）

贾宝玉　　妹妹！任弱水三千，我只取一瓢饮。

林黛玉　　（闻言激动）宝玉……

　　　　　（唱）惊雷掣电，

　　　　　　　心海波澜翻卷，

　　　　　　　一片光明在眼前。

　　　　　　　多少事，欲说又难言，

　　　　　　　相执手，无语哽咽。

贾宝玉　　妹妹！无以话别，知你爱锦帕题诗，宝玉愿锦帕求诗。

〔黛玉百感交集，研墨提笔，帕上题诗。

林黛玉　　（唱）【恋春芳】
　　　　　　　眼空蓄泪泪空垂，
　　　　　　　暗洒闲抛却为谁？
　　　　　　　尺幅鲛绡劳解赠，
　　　　　　　叫人焉得不伤悲！

贾宝玉　　（唱）彩线难收面上珠，
　　　　　　　湘妃旧迹已模糊。
　　　　　　　窗前亦有千杆竹，
　　　　　　　不识香痕渍也无？

林黛玉
贾宝玉　　（合唱）乱珠滚玉泪清清，
　　　　　　　阴霾满眼只等闲。
　　　　　　　枕上袖边难拂拭，
　　　　　　　任他点点与斑斑。

袭　人　　黛玉姐姐，夫人着凤姐儿传话下来，迎春、探春、惜春和湘云等一干姐妹十几位，都在外面排队，等着林姑娘出来。

晴　雯　　夫人还再三关照，今日宝玉挨打伤重，任谁切不可令其激动。大家都不必探望了。

林黛玉　　啊，我这就走、这就走了。（哭下，差点摔倒）

贾宝玉　　林妹妹……

〔宝玉目送黛玉下。

红楼梦（下本）

第八折　省　亲

〔省亲别苑。园中灯火通明，贾母率荣、宁二府家眷，恭候皇妃省亲。

众　人　（唱）荣华喜正好，
　　　　　　　宫闱榴花照。
　　　　　　　沐皇恩贵妃省亲还，
　　　　　　　天伦聚月圆天高。

〔十来对红衣太监骑马而过，一把曲柄七凤黄金伞过来，一队队捧着香珠拂尘的太监走过，八抬大轿过来，贾母等人都跪下。

众　人　贵妃娘娘千岁！
贾元春　（在帘中）平身。

〔元春下轿，先扶起祖母、母亲。接下来欲行家礼，被贾母和王夫人扶住。

贾　母　贵妃孙女省亲，圣上未曾陪同，想必国事繁忙。
贾元春　老祖母、母亲，当初把儿送到那个见不到人的去处……一会子我去了，又不知多早晚才能一见！（三人一起呜咽）（唱）【醉落魄】
　　　　　　　深宫露冷，
　　　　　　　长嗟骨肉离分。
　　　　　　　富贵荣华岂长存，

　　　　　　莫若众百姓，

　　　　　　乐享天伦。（哭泣，众人皆哭）

贾　　政　　父臣贾政，叩请贵妃娘娘……女儿圣安。

贾元春　　哎呀父亲哪，想那田舍之家，粗盐布帛，尚得遂天伦之乐；今虽富贵，骨肉分离，终无意趣。

贾　　政　　娘娘容禀——

　　　　　　（唱）草芥寒门伴天子，

　　　　　　　　　鸠群鸦属征凤鸾。

　　　　　　　　　赐天恩，

　　　　　　　　　泽惠山川；

　　　　　　　　　昭祖德，

　　　　　　　　　悉登宝船。

　　　　　　　　　贵妃自体苍生念，

　　　　　　　　　擅自珍摄奉天颜。

　　　　　　　　　政夫妇呀，

　　　　　　　　　勤职守岂惜残年。

贾元春　　父母亲暇时保养，切勿记念。宝玉何处？且召进见。

贾宝玉　　（跪见）贵妃亲姐姐在宫中，宝玉无日不念……

贾元春　　（抱住，哭）宝弟弟……（细看）比先前竟长高了好些！可长进些？

贾　　政　　娘娘，此园中匾额对联，皆为宝玉所拟。

贾元春　　哦，果然进益了！弟弟功课，自小我传授甚多，如今颇感宽慰。

宝　　玉　　只是省亲院总名，宝玉不敢擅题，还请娘娘姐姐旨意。

贾元春　　好一座豪华的花园，只是奢华过费了。公公，笔墨伺候。

　　　　　　〔元春收住眼泪，为大观园题诗。

　　　　　　（唱）【闹樊楼】

衔山抱水建来精，

多少工夫筑始成。

天上人间诸景备，

芳园应赐大观名。

众　　人　（喝彩欢呼）贵妃娘娘千岁！千岁！千千岁！

贾元春　　许多亲眷，可惜都不能见面！

王夫人　　现有外亲薛王氏及宝钗、黛玉在外候旨。外眷无职不敢擅入。

贾元春　　母亲，都是亲戚，请来相见吧。

薛姨妈
薛宝钗　　（合）金陵薛家母女，拜见贵妃娘娘！

王夫人　　（咬耳朵）这就是那衔金锁而生、贤淑稳重的宝钗。

贾元春　　好一位面如满月、质若牡丹的妹子。金陵姑妈，你好福气呀。

薛姨妈　　娘娘抬爱了。

贾元春　　宝钗妹妹，你且作诗一首，题咏大观园如何？

薛宝钗　　既蒙娘娘赐恩，宝钗献丑了。

（唱）芳园筑向帝城西，

　　　华日祥云汇奇。

　　　高柳喜迁莺出谷，

　　　修篁时待凤仪。

　　　孝化归省时，

　　　睿藻命仙辞。

〔贾元春、宝玉击掌。

贾元春　　细听宝妹妹文辞，才情蕴藏于中正平和之中，真正令人喜欢。姨妈啊，宝妹妹天生一段富贵才气，不输您府上的珠宝财气呀。

薛姨妈
薛宝钗　　（合）多谢娘娘夸奖。

〔黛玉作揖。

王夫人　　娘娘，这就是黛玉表妹。姑妈早逝，黛玉命苦也。
林黛玉　　黛玉拜见娘娘千岁！
贾元春　　妹妹不必拘礼，我观妹妹精灵聪慧，身子单薄，平素可多进补些。
林黛玉　　多谢娘娘。
贾宝玉　　林妹妹的诗也做得极好。
林黛玉　　待命献诗。
贾元春　　妹妹养气要紧，不必一一吟唱，且说来听听。
林黛玉　　（一愣）是。宸游增悦豫，仙境别红尘。借得山川秀，添来气象新。香融金谷酒，花媚玉堂人。何幸邀恩宠，宫车过往频……
王熙凤　　（打断）贵妃娘娘听禀，奉老祖母命，灯彩戏班，俱已齐备；念佛诵经，各执其命。请贵妃娘娘观赏。

〔林黛玉又是一愣，宝玉干着急。

贾元春　　好好好。凤姐姐辛苦了。（向太监）如此吩咐下去，各赐礼物，拜佛、礼道、观戏了。
众　人　　拜谢娘娘恩眷。

〔妙玉携女尼上。

妙　玉　　（合唱）苦海慈航，
　　　　　　　　自有神仙普度。
　　　　　　　　体仁沐德，
　　　　　　　　常思万事辛苦，
　　　　　　　　悲欢付歌哭。

〔贾蔷带领昆曲戏班在楼下守候。太监飞跑而至。

太　监　　做完了诗，拜完了佛，快拿戏单来！
贾　蔷　　呈上戏单并十二个角色花名册。

太　监　（去而复返）喳，娘娘点了《游园》《惊梦》等戏。速速演来。

贾　蔷　起乐了。

〔龄官主演《游园》。

龄　官　（唱）【皂罗袍】
　　　　　　　原来姹紫嫣红开遍，
　　　　　　　似这般都付与断井颓垣。
　　　　　　　朝飞暮卷，云霞翠轩，
　　　　　　　雨丝风片，烟波画船，
　　　　　　　锦屏人忒看的这韶光贱。

太　监　娘娘赞赏龄官演得好，看赏。

众　人　谢恩了。

太　监　时已丑正三刻，请驾回銮。

贾元春　（热泪盈眶，拉了贾母、王夫人的手不忍放）不须记挂，好生保养！倘明岁天恩仍许归省，不可如此奢华靡费了。

贾　母　
王夫人　（合）娘娘千岁，万般珍重！

贾元春　宝玉弟弟，你要快快长大！

贾宝玉　贵妃姐姐！

〔贵妃上辇，按照皇家仪轨，缓缓下。

〔众人跪拜。

〔切光。

第九折　葬　花

〔省亲别苑，大摆宴席。贾母、王熙凤等饮宴欢乐。众丫环、众婆子一旁侍候。

〔乡下穷亲戚刘姥姥入园。

〔伴唱： 花团锦簇此园中，

　　　　秋气爽繁华似梦。

　　　　尽畅游，

　　　　喜煞老祖宗。

王熙凤　姥姥，我们贾府饮酒的规矩，你都记下了？

刘姥姥　记下了，记下了。

王熙凤　姥姥，来来来，我们与你打扮打扮。

〔众人正给刘姥姥插满头的菊花，贾母给她一朵大红花，
　鸳鸯帮插上，众人大笑。

刘姥姥　哈哈哈！

（唱）【姥姥歌】

　　　前世头香烧得早，

　　　今儿体面起来了。

平　儿　（唱）看您姥姥有多俏，

　　　　　给您个镜子照一照，

鸳　鸯　（唱）镜子里照出个妖婆老，

　　　　　吓人一大跳。（众人大笑）

史湘云　（唱）【青杏儿】

　　　她心眼少，

　　　衫儿翘，

　　　步儿跳，

　　　满头鲜花俏。

　　　逗趣，调笑，

　　　直教人乐开怀，

　　　簇拥着村姥姥。

贾　母　　亲家，请坐。

鸳　鸯　　姥姥，您坐啊。

刘姥姥　　（唱）姥姥我入贾府，

　　　　　　　　原本八竿打不着。

　　　　　　　　攀上高枝儿，

　　　　　　　　哄得贵人开眼笑。

　　　　　　　　贾府拔根骆驼毛，

　　　　　　　　就比方，天上掉下了金元宝。

　　　　　　　　装傻便是高。

　　　　　　　　哈哈哈……

刘姥姥　　（拎起篮子）老祖宗，您看，这是我从乡下带来的枣子、倭瓜，还有野菜。特意孝敬给姑奶奶、姑娘们，不过吃个新鲜。

贾　母　　那我就领情了，鸳鸯收下。（拣螃蟹）我就喜欢和您这样积古的老人家说个话儿。来，老亲家，吃个螃蟹，尝尝鲜。

刘姥姥　　（掐指算账）这螃蟹今年十斤五钱，五五二两五，三五一十五，再搭上酒菜，共二十多两银子，阿弥陀佛，这一顿螃蟹钱够我们庄稼人过一年了。

贾　母　　亲家若是喜欢，带些回去，大家尝尝。

刘姥姥　　这可如何使得。

王熙凤　　我们老太太最是惜老怜贫的，姥姥不用客气。

鸳　鸯　　（与刘姥姥私语）……咱们贾府饮酒有讲究，您看着二奶奶招呼行事，可别忘了。

刘姥姥　　您放心，您放心！这贾府的规矩我错不了。（站起高吟）老刘，老刘，食量大如牛！吃个老母猪不抬头！

王熙凤　　（端一碗鸽子蛋）来来来！姥姥请尝一尝！

刘姥姥　　哟！好秀气的鸡蛋！
鸳　鸯　　姥姥！这可是鸽子蛋！
　　　　　〔所有的人都笑得前仰后合，说不出话来，只凤姐和鸳鸯
　　　　　　忍着没笑。
　　　　　〔刘姥姥筷子不顺手，夹不住蛋。
刘姥姥　　嘿嘿！（数板）
　　　　　鸽子蛋，巧又滑，
　　　　　看我如何夹住它。
王熙凤　　（数板）一两银子一个蛋，
　　　　　姥姥您快尝尝它。
刘姥姥　　（数板）我尝，我尝，
　　　　　哦呵，一两银子掉地下，
　　　　　我赶紧弯腰捡起它。
刘姥姥　　（起身）唉！找不到，一两银子也没听见个响声儿，就没了。
贾　母　　凤丫头，休再闹了。把那茄鲞喂与姥姥，请她老人家尝尝。
　　　　　〔凤姐喂刘姥姥茄鲞，刘姥姥惊疑。
刘姥姥　　这是茄子吗？
王熙凤　　是啊。
刘姥姥　　嗯？嗯！嗯……二奶奶别哄我了，茄子跑出这味儿来，我
　　　　　们也不用种粮食只种茄子了。
王熙凤　　（得意地）姥姥！这道茄鲞啊——
　　　　　（唱）【春从天上来】
　　　　　　　　才下来的茄子把皮削了。
　　　　　　　　新鲜的净肉碎成末了。
　　　　　　　　再用鸡油将它炸了。
　　　　　　　　鸡脯子肉切成丁了。
　　　　　　　　那香菌、新笋、蘑菇、腐干，

各色干果鸡汤煨了。

香油收了，糟油拌了，瓷罐子里封了。

吃时取出，鸡爪子拌了。

这道茄子就大功告成了。

刘姥姥 我的佛祖，一根茄子，倒有十来只鸡配它，那还叫茄子吗！怪道这个香味儿呢。

王熙凤 姥姥要是喜欢，我叫我闺女巧姐儿乡下玩耍时，多带些茄鲞给姥姥。

刘姥姥 我与巧姐儿，正是有缘，您这闺女不像是人——

王熙凤 （紧张）是什么？

刘姥姥 天上的精灵下凡尘。

〔众人大笑。

〔伴唱：【怨别离】

　　栊翠梵音，

　　结庐在仙境。

　　气染瓯瓶，

　　芳茶冠六清。

〔合唱中，舞台一角，妙玉上场，小尼紧随。众人继续一起喝酒猜拳。

妙　玉 （唱）槛外人，

　　花蕊香冰雪烹。

　　晴窗乳钿，

　　茶禅芳芬，

　　饮几盏阵阵芳馨。

〔宝玉来找妙玉。

贾宝玉 宝玉拜见妙玉师父……（妙玉微点头，不语）

小　尼 见过宝二爷。

〔宝玉见小尼以茶冲地,不解。

贾宝玉 小师父,你这是……

小　尼 方才刘姥姥一干人在栊翠庵吃茶,师父说,地上沾染了红尘之气,要慢慢冲掉。

贾宝玉 哎呀,这有何难,我让几个小厮挑几桶水来,冲洗得一干二净,岂不是好?

妙　玉 就由宝二爷做主。

贾宝玉 谢师父。红尘聒噪,恐玷清高,宝玉还要请教……(二人下)

王熙凤 老祖宗,今儿个高兴,您要多饮几杯啊!

王夫人 是啊,多饮几杯,来来来,大家与老祖宗敬酒。

〔众人大笑。贾母心旷神怡。

贾　母 (唱)【尾犯序】

　　尊享着人间锦绣丛,

　　繁华梦,

　　皇恩隆,

　　笑声满别院,

　　看楼宇重重。

　　但愿得年年月圆花更好,

　　岁岁祯祥运鸿。

〔伴唱: 谁知园中另有人,

　　　　寂寞葬落红。

〔昆曲【皂罗袍】音乐响起。

〔黛玉荷锄上。

林黛玉 原来姹紫嫣红开遍,似这般都付与断井颓垣。一曲吟来,芳心自警。想那杜丽娘尚是官宦人家独生娇女,我林黛玉寄人篱下,对此片片落红,好不伤情也。

〔伴唱:【引子】

　　　　　　　花谢花飞飞满天,
　　　　　　　红消香断有谁怜?
　　　　　　　游丝飘春榭,
　　　　　　　落絮扑绣帘。

林黛玉　　（唱）【懒画眉】
　　　　　　　愁满怀,忍踏桃李瓣?
　　　　　　　桃李明年能再发,
　　　　　　　明年闺中谁相伴?
　　　　　　　香巢来年栖紫燕,
　　　　　　　却不道人去巢倾空梁间。

　　　　　（白）如花美眷,似水流年,煞是令人心碎也。

　　　　　（唱）【玉交枝】
　　　　　　　屈指计,
　　　　　　　一年三百六十日,
　　　　　　　风刀霜剑严相逼!
　　　　　　　明媚鲜妍能几时,
　　　　　　　一朝飘泊难寻觅!
　　　　　　　花开易见落难寻,
　　　　　　　阶前愁煞葬花人。
　　　　　　　独倚花锄,珠泪飘零,
　　　　　　　但只见空枝上点点血痕。

　　　　　（唱）【嘉庆子】
　　　　　　　惊鸟寂无语,
　　　　　　　落花片片愁。
　　　　　　　愿侬此日生双翼,
　　　　　　　花魂儿飞到天尽头。
　　　　　〔伴唱:　那天尽头,何处有香丘!

林黛玉　　待俺将这落花,装在锦囊,筑一花冢,权当香丘便了。

(唱)【尹令】

  未若锦囊收艳骨,

  一抔净土掩风流。

  质本洁来还洁去,

  不教污淖陷渠沟,

  花冢变芳洲。

(白)想我林黛玉,幼失椿萱,长乏呵护。形销骨立,潇湘泪雨,思想起来,好不令人伤感也。

(唱)【江儿水】

  侬今葬花人笑痴,

  他年葬侬知是谁?

  春残花渐落,

  红颜老去时。

  一朝春去红颜老,

  花落人亡两不知!

〔贾宝玉上。

林黛玉　　有人来了,原来是他……

贾宝玉　　宝玉亦来打扫落花,帮助妹妹葬花来了。一曲葬花词,顿使我丧魂落魄……百年之后,不堪遥想也。

(唱)【锦衣香】

  西子捧心成追忆,

  潇湘泪雨旧曾滴。

  那时的妹妹呵,

  花容月貌,无可寻觅,

  断肠人心碎悲啼!

  群芳随春逝,

　　　　　　人间无知己,

　　　　（白）就连宝钗、湘云、袭人、晴雯和大观园诸多姐妹,那时也都上天入地寻不到了。

　　　　（唱）世上杳无迹!

　　　　　　宝玉此身又安在,

　　　　　　大观园楼宇花树谁承袭,

　　　　　　华夏倾倒,

　　　　　　萧条瓦砾,

　　　　　　身后事不胜悲戚,难遣悲戚!

贾宝玉
林黛玉　（合唱）侬今葬花人笑痴,

　　　　　　他年葬侬知是谁?

　　　　　　一朝春去红颜老,

　　　　　　花落人亡两不知!

　　　　〔切光。

第十折　逼　逝

　　　〔伴唱:【新水令】

　　　　　　风波平地生,

　　　　　　贾府不消停。

　　　　　　琏二爷偷娶尤二姐,

　　　　　　王熙凤醋海翻船逼煞人。

婆子甲　平姑娘!平姑娘!

平　儿　妈妈,大清早跑来有何急事?二奶奶还未起身呢。新二奶奶身子可好些了?

婆子甲 新二奶奶的病越发重了!你家二奶奶亲口说过要请太医来,可是三天过去,怎么还不见太医来呀?

平　儿 太医未来……

婆子甲 平姑娘,昨晚,新二奶奶身下流血不止……

平　儿 什么?身下流血不止?这……这便如何是好?

婆子甲 二爷出门之前再三交待,说新二奶奶怀有身孕,一定要小心侍候,不料……(哭)平姑娘,不是我多嘴,自从二爷娶了我家二姐,二姐就怀了他的孩儿,你家二奶奶能不嫉恨吗?自二姐进到你家,冬日不添寒衣,夏日不与凉衫,就连一日三餐也常常……无有。

平　儿 妈妈,不要多言……

婆子甲 唉,我家二姐病得十分可怜,你去求求二奶奶,快请太医来与我家二姐治病吧。

平　儿 妈妈莫急,你先去吧。告诉新二奶奶,二奶奶定会请个好太医为她治病。你们要好生照看新二奶奶,若有三长两短,琏二爷回来,大家吃罪不起。

哦,二奶奶起身了,我去为她准备梳洗。

王熙凤 唉……

(唱)【榴花泣】

　　都道是——
　　凤姐儿威风凛凛人前坐,
　　有谁知——
　　家务事气闷闷无可奈何。
　　恼恨二爷忒情多,
　　花枝巷暗结丝罗。
　　我苦心筑巢,

>　　他珠胎偷做，
>　　若是生下男胎后，
>　　尤氏便轻易占窠。
>　　到那时，
>　　我和巧姐儿无结果，
>　　她母子必独占二爷心窝。
>　　恨不过，
>　　怎消解这满腔妒火！

平　儿　二奶奶，一大早，婆子来说，昨晚尤二姐身下流血不止，恐怕……

王熙凤　你去告诉新二奶奶，二奶奶定会请个好太医与她治病。哼！二爷娶了新二奶奶，新房就安在后门花枝巷，你却从未吱过声。

平　儿　二奶奶，我一直在您身边伺候，大门不出二门不迈，真不知情哪。

王熙凤　"等二奶奶死了，就把新二奶奶扶正。"这话你们都听见了吧！都盼着我死呢！

平　儿　二奶奶消消气，莫气坏身子。

王熙凤　劝我何来！那贱人有了身孕，就要临盆！你不是百般怜惜吗？你去呀！你去呀！

婆子甲　二奶奶！二奶奶！

王熙凤　哎呀妈妈，我那妹妹可好些了？我正要去看望她呢。

　　　　（唱）【锦衣香】

>　　怜妹妹花娇枝弱，
>　　赞二爷有子福多，
>　　还劳妈妈勤护呵。
>　　我焚高香，念阿弥陀佛，

　　　　　　只愿得麟儿快降,

　　　　　　仙树早结果。

婆子甲　　二奶奶,新二奶奶昏过去了!恐怕她腹中胎儿不保……

王熙凤　　(唱)天哪,

　　　　　　怎生的天不令人活?

　　　　　　闪失大又多,

　　　　　　问你等怎担这罪过!

　　　　妈妈,你先去照看好我那妹妹,我请太医随后就到。

平　儿　　二奶奶,派旺儿去请吧?请张太医来。

王熙凤　　好你个吃里爬外的小蹄子!

平　儿　　二奶奶,求求你为新二奶奶请医治病吧。若是她小产,只怕琏二爷回来不肯饶恕……

王熙凤　　你先去看看吧。二爷呀!

　　　　(唱)【尾声】

　　　　　　只怪她腹中藏的都是祸,

　　　　　　休指望我扮贤良做娇娥,

　　　　　　从来的东风不与西风和。

平　儿　　二奶奶!二奶奶!不好了!新二奶奶她……她……

王熙凤　　大呼小叫作甚?

平　儿　　新二奶奶腹中的胎儿没了!还是个男婴儿!

王熙凤　　你那新二奶奶如何?

平　儿　　新二奶奶她也吞金自尽了!我赶到二姐身边,人已奄奄一息……临死前,她哭着对我说:"腹中胎儿已没,人世了无牵挂,只求速死,别无他愿!"说完便咽气了。

王熙凤　　贱人合该如此!

　　　　〔平儿欲下。

王熙凤　　哪里去?

平　　儿　二奶奶，尤二姐死后，游魂无人陪伴，怕她气极生祸。（跪下）您就让我陪陪灵吧。

王 熙 凤　这……

〔切光。

第十一折　抄　园

王善保家的　大夫人，出大事了。您看看，这是傻大姐在大观园捡的，上面绣着赤条条的一男一女，啧啧啧……，这是那绣春香囊啊！

邢 夫 人　这光天化日，大观园竟出这等丑事，如何了得？堂堂的荣国府真正的脸面不存！

王善保家的　大太太，那些丫头们跟着主子进了这园子，就像受了封诰似的，一个个就成了千金小姐，闹下天来，倒说不得她们一句……

邢 夫 人　善保家的，你看这事怎处才好？

王善保家的　查！要查这主是极容易的。

邢 夫 人　查?! 只恐传扬出去……

王善保家的　太太！这事就交与奴才吧！等到晚上关了园门，悄悄地来个猛不防，我带着人到各房丫头屋里搜寻。想来，谁有这个必然还有别的东西。那时翻出别的来，这个必然也是她的！

邢 夫 人　不，你先把这绣春香囊交与二太太，也把你的主意说与她知，看她怎样处置！

王善保家的　太太，您这计高，实在是高。当初老太太就该让大太太当

　　　　　　家理事儿呢？二太太家仗着贵妃威势，老太太又心疼宝玉，就连您那儿媳妇凤姐儿，也只是一味地向她亲姑妈王夫人讨好……

邢　夫　人　话多了。快去吧！

王善保家的　好———嘞！

　　　　　　〔伴唱：月冷，
　　　　　　　　　　星昏，
　　　　　　　　　　夜沉，
　　　　　　　　　　无耻小人自抄检，
　　　　　　　　　　大观园鸡犬不宁。

王　夫　人　凤丫头，王善保家的在此当先锋，你婆婆邢夫人主使此事，反倒不来……

王　熙　凤　哼！惯常的隔岸观火，静观其成，在家里等着看咱们的笑话呢。我倒看王善保家的，一个陪房搅得起多大的波澜。

王善保家的　禀太太、奶奶，丫头们的箱子都搬来了，独不见晴雯的。

王　熙　凤　袭人，晴雯怎敢不到？

袭　　　人　回奶奶，晴雯病了。

王　夫　人　晴雯？可是宝玉房中，那个长得狐媚轻狂的丫头？

王善保家的　就是她！太太，仗着她生的模样儿比别人标致些，天天装得像个病西施，妖妖趫趫。又生了一张巧嘴，能说惯道，常常立起两个骚眼睛骂人……

王　熙　凤　你怎有这许多的话，仔细搜查吧！太太！晴雯是老太太派去伺候宝玉的丫头……

晴　　　雯　晴雯来了，这是我的箱子，当着众人仔细搜查，有什么见不得人的东西。

王善保家的　姑娘果然是个丫头身子小姐脾气，岂不知我等是奉太太之命所为。

晴　　雯　哼！你是太太打发来的，我还是老太太打发来的呢！

王夫人　打嘴！好个病西施，你的事打量我一点不知！

晴　　雯　回太太，晴雯不知犯了什么错？

王夫人　竟敢辩嘴！

（唱）【上京马】

好个西施心痛，

你当我眼昏耳失聪！

谁许你打扮得柳绿花红，

忒轻狂，狐狸精妖媚万种，

怎容你混迹宝玉房中。

（白）宝玉生生是被你这狐媚精勾引坏的！

晴　　雯　太太……

王夫人　（唱）撵出你，大观园净土澄空。

贾宝玉　晴雯姐姐！母亲息怒，晴雯无错，赶走实无道理。

王夫人　快拉走！

贾宝玉　晴雯姐姐！（欲跪，又不敢跪）

晴　　雯　宝二爷，我去了……

王善保家的　即刻拖走！

〔晴雯被拖下。

王善保家的　太太你看，从紫鹃箱中抄出一幅扇套、一副披带、两个荷包、两副寄名符儿，尽是男人之物。

紫　　鹃　这是些旧物件，原是宝二爷所存，妈妈速速还我！

王善保家的　太太，还给紫鹃吗？

王熙凤　太太，宝玉自小与她们一处，不必……

王夫人　男女有别。如今大了，再不比从前，收了！

贾探春　太太！二奶奶！我的丫头自然都是贼，我就是头一个窝主。先搜探春的箱柜便是，要搜丫头们的，这却不能！

| 周瑞家的 | 看过了，无有什么。
| 贾 探 春 | 可细细搜明白了！明日敢说我护着丫头们，当着太太的面，就莫说不给你们脸面！
| 王善保家的 | 嘻嘻嘻，连姑娘身上我都翻了，果然没有什么。
| 贾 探 春 | 你是什么东西，敢来拉扯我的衣裳！

（唱）【新水令】

　　蠢奴才狗仗人势，

　　天天的调唆生事。

　　诗礼簪族荣宁府，

　　镇日里狗跳鸡飞啼。

（白）这大家族，若从外头杀起，一时是杀不死的，若是自家杀将起来，顷刻间便一败涂地呢！

（唱）太太呵……

　　岂不闻"百足之虫，僵而不死"，

　　今偏要抄家搜物自模拟。

　　蜂蝶高飞危楼圮，

　　不寒而栗。

| 王 熙 凤 | 还该查谁？快着些吧！
| 周瑞家的 | 太太、奶奶，从迎春姑娘大丫头司棋箱中，搜出男人的锦袜、缎鞋、同心如意和字帖。
| 王 熙 凤 | 咦，这不是你王善保家的外孙女儿司棋么？前日风闻和她表哥有私，果然人证、物证俱在。
| 王善保家的 | 老不死的娼妇，怎么就造下孽了，说嘴打嘴，现世现报在人眼里……
| 王 夫 人 | 凤丫头，问问王善保家，该怎样发落她自家人才是？
| 王善保家的 | 这……
| 周瑞家的 | 按规矩打发出园子！

王善保家的　该！马上打发出园子！

司　　棋　太太！琏二奶奶……

王 熙 凤　（唱）【混江龙】

　　　　　　　笑奴才把是非搬弄，

　　　　　　　砸脚方知石头重。

　　　　　　　今宵忒烦扰，

　　　　　　　忽觉得体乏头痛。

　　　　　（白）好了好了，足足地闹了一夜，太太也累了，大家都回去吧。王善保家的，烦你把今晚之事一一回禀大太太。

司　　棋　迎春姑娘！

王善保家的　不要脸的死丫头，当众臊我的老脸，还不快滚！

　　　　　〔众人下。

贾 宝 玉　奇怪，奇怪！

　　　　　（唱）【北天下乐】

　　　　　　　女儿未嫁似水清纯，

　　　　　　　天然本性真。

　　　　　　　一近男身成妇人，

　　　　　　　荼毒渐加深。

　　　　　　　娇莺变鸱鸮，

　　　　　　　碧水翻浊浑。

　　　　　　　狐假虎威俨然真，

　　　　　　　暗挑唆，大夫人来压二夫人，

　　　　　　　原本是女人，

　　　　　　　混账胜男人，

　　　　　　　妇人变小人，

　　　　　　　要害这一干人，

　　　　　　　害己又害人，

　　　　　　实在不算人,

　　　　　　啊呀……

　　　　　　可恨更可怜!

　　　　　　来呀,快快带马,我要去看晴雯姐姐。

　　　〔晴雯家。晴雯昏睡中。

贾宝玉　　晴雯姐姐!宝玉我来看你了。

晴　雯　　宝二爷……我只道不得见你了!(咳嗽)

贾宝玉　　有什么要嘱咐的?趁着没人,快告诉我。

晴　雯　　(呜咽)哎,横竖不过三五日,我就好归天了。

贾宝玉　　姐姐切莫乱想。

晴　雯　　我虽生得比别人好些,都说我眉眼儿长得像黛玉姐姐,可我从未勾引过你。早知今日空担着虚名,我当日就该答应你……真是死也不甘心!

　　　(唱)【江儿水】

　　　　　　凭空里——

　　　　　　被……被唤成狐狸精,

　　　　　　遭羞辱怎堪这恶名!

　　　　　　人娇俏是天造地生,

　　　　　　人洁心清,

　　　　　　何曾有勾引之情?

　　　　　　皎皎的日月为凭,

　　　　　　厚地高天堪证明!

贾宝玉　　(唱)万箭攒心,

　　　　　　姐姐手凉心更冰,

　　　　　　道不尽死生情。

　　　　　　撕扇子,千金博一笑,

　　　　　　病补孔雀裘,心血连线针。

此去地府八万里，

黄泉路上无人认，

叫宝玉，嘘寒温，

纸钱香火勤打点，

吃紧的送亲人。

〔宝玉将自己外衣披在晴雯身上。

〔晴雯将自己贴身穿着的一件旧红绫小袄儿脱下，交给宝玉。把两根葱管一般的指甲齐根咬下，宝玉忙放在荷包里。

晴　雯　（哭）宝二爷，你去吧！这里腌臜，你哪里受得？你的身子要紧。今日您这一来，我就死了，也不枉担了虚名！

宝　玉　晴雯姐姐！

〔切光。

第十二折　失　玉

大太监　喳，传元妃娘娘旨意，赏赐端午节礼：赐贾府各亲戚上等宫扇两柄，凤尾罗两端。额外赏赐老太太玛瑙枕一个。又额外赏赐宝玉与宝钗红麝香珠各一串。其余黛玉、迎春、探春、惜春也外加数珠各一个。钦此！谢恩！

贾宝玉　为何林妹妹的不与我相同，倒是宝姐姐的与我相同，莫不是传错了？

大太监　（不然）这是说哪里话来。皇家懿旨，件件分明，贵妃娘娘，事事仔细，微言大义，焉得有差错二字！

〔伴唱：【雁儿落】

呀！天意昭明，

　　　　　　轻重顿分，
　　　　　　把怡红公子一腔痴情，
　　　　　　顿化作心灰冷，
　　　　　　消停……
　　　　　　红麝香珠定玉人。

袭　人　　皇天菩萨！好端端的，二爷就把玉丢了?!
丫环乙　　袭人姐姐，四处寻遍，不见玉的踪影。
婆　子　　是呀，连花荫深处皆曾寻过，找不到呀。
贾宝玉　　哎，不过一块石头，丢就丢了……
袭　人　　怎混说胡话？寻不回来，大家就只有一死。快到别处再去寻找。

　　　　（唱）【北古水仙子】
　　　　　　寒冬里枯海棠竟绽花蕊，
　　　　　　通灵玉荡然无存。
　　　　　　急煎煎寻玉，
　　　　　　地掘得三尺深。
　　　　　　玉主人落魄失魂，
　　　　　　看处处风卷残云。

丫环乙　　袭人姐姐，这劳什子从来不曾丢失过，那枯死的海棠逆时开花，通灵宝玉就不见了。

贾宝玉　　晴雯姐姐，纸钱已烧，魂兮归来！

　　　　（唱）【二郎神】
　　　　　　神难定，
　　　　　　魂离身，
　　　　　　心绵绵如絮乱卷，
　　　　　　急煎煎脚步儿往前行……

五　儿　　宝二爷你往哪里去呀？

贾宝玉　　（唱）秋爽斋探春——

五　儿　　探春姑娘已远嫁了。

贾宝玉　　（唱）人去远，相隔得万重山与云。

　　　　　　　　缀锦楼访寻——

五　儿　　迎春姑娘死了，宝二爷您还哭了好几天哪。

贾宝玉　　（唱）怎忘她，偏遇着中山狼逼凌，

　　　　　　　　遭欺负早赴幽冥。

　　　　　（哭转笑）呜呜呜，哈哈哈……

贾宝玉　　（唱）我将这海棠诗轻哦慢咏，

　　　　　　　　只待你蘅芜君细品评。

五　儿　　宝姑娘搬出园子了。

贾宝玉　　（唱）见毛颖墨韵盈盈，

　　　　　　　　可是你枕霞旧友诗意氤氲？

五　儿　　啊，湘云姑娘回自己家去了。

报丧人　　贾娘娘薨逝……贾府换装祭奠着！

　　　　〔伴唱：【神杖儿】

　　　　　　　　二十年荣华富贵，

　　　　　　　　榴花开处照宫闱。

　　　　　　　　那三春怎及初春景，

　　　　　　　　虎兔相逢日，大梦方归。

贾宝玉　　走了？都走了？哈哈哈……呜呜呜……

　　　　　（唱）元妃姐姐，九重已薨，

　　　　　　　　长姊啊勤勉如母，

　　　　　　　　教诲文学苦吟诵，

　　　　　　　　黯然里悲情浓，

　　　　　　　　大观园蓦地里席卷悲风。

贾宝玉　　娘娘姐姐已走了，我要去找林妹妹……

五　儿	林妹妹好好的，你自己倒病着，先别找了。
贾宝玉	不，你们原不知道，妹妹身心蕴藏着多少冤屈，我偏要找，偏要去找，再不找到，她也要走了！
妙　玉	宝玉，你的通灵玉丢失了，我为你做了扶乩，拿了乩语去吧。
贾宝玉	多谢妙玉师父，只是此时无用了。
妙　玉	你且听着。

〔伴唱：　来无迹，去无踪，
　　　　　青埂峰下倚古松。
　　　　　欲追寻，山万重，
　　　　　入我门来一笑逢……

贾　母　（唱）【古水仙子】
　　　　元妃薨，九重天从此失根本，
　　　　通灵隐，荣国府祸不单行。
　　　　那宝物飞何处？
　　　　难道说，玲珑宝光从此远侯门？
　　　　为孙女愁染云鬓，
　　　　为宝玉华发频生。

贾　政　（唱）【前腔】
　　　　姐薨弟狂，莫非有夙因？
　　　　生孽障偏有玉同临。

王夫人　（唱）我呼明月唤星辰，
　　　　唤不回元春魂灵、宝玉心神。

贾　母
贾　政　（合唱）欲言又止，悲痛声声逐行云。
王夫人

贾　母　　儿呀，如今元妃已薨，爱孙宝玉如今偏又病得糊涂，昨日我叫人与宝玉算命，说是要娶了金命之人帮扶，必要冲冲喜才好。

王夫人　　如今只有宝丫头有金锁。当年的和尚说过，只等有玉的便是婚姻，兴许金锁能招出宝玉来。何况宝丫头德行功容，无一不备；薛府业大，可堪匹配……

贾　政　　是啊。元妃娘娘前番赏赐，额外赏赐宝玉与宝钗红麝香珠各一串。天意如此，岂可违拗？

贾　母　　既如此，迎娶宝钗，冲喜祛病。但不知宝玉病情如何？

王夫人　　袭人，快扶宝玉过来。

贾　政　　儿啊……

（唱）【北喜迁莺】

哎呀，娇女娘娘方过世，
我儿神采顿失！
苦涩滋味，
血泪暗悲戚。
心灰矣，
望空里声声叹息。

（白）儿啊，为父将放外任，不知道几年回来？如今你病着，老祖宗要与你成家，冲喜，可好？

贾　母　　朝廷之命，不可延迟。待宝玉圆房之后，你就放心去吧，府中诸事，自有凤丫头料理。

王熙凤　　老祖宗、太太！

贾　母　　凤丫头身体可好些了？

王熙凤　　好多了。

贾　母　　贵妃娘娘仙逝，你宝兄弟又失玉生病，贾府必得冲喜才好。罢罢罢，袭人也不是外人，这婚事……

王熙凤　　老祖宗就请放心，一切有我主持。其实这就是金玉良缘，富贵联姻，二强相聚，锦上花添。

王夫人　　这话我爱听。

王熙凤　　宝钗妹妹花容月貌，性情端淑，是大观园中独一无二的贤人。宝玉弟弟娶了她三生有幸，贾府四世同堂、五代其昌、六六大顺、七子登科、八面威风、九龙盘珠、十分风光！

贾　母　　这凤丫头，我还没说出新娘子只言片语，她倒讲出这么多子丑寅卯的，真正是人精一个！

袭　人　　老太太、太太、凤姐儿！宝二爷失玉，袭人罪该万死！只是……

王夫人　　有话快起来说。

袭　人　　宝二爷的亲事，新娘子定了宝姑娘，这是众望所归的姻缘。只是太太看宝二爷是和宝姑娘好呢，还是和林姑娘好？

王夫人　　此话何意？

袭　人　　老太太、太太呀！

（唱）【后庭花】

　　为了林姑娘，相思一身病。
　　二爷肺腑声，时时可得闻。
　　常说道，草木前缘结姻亲。
　　今若要金玉结红绳，
　　怕只怕冲喜不成结怨成。

王夫人　　果然如此，这便如何是好？

贾　母　　林丫头倒无有什么。若宝玉真是这样，可就叫人作难了……

王熙凤　　老祖宗、太太，此事说难倒不难，我倒有个巧主意。

贾　母　　快讲！

王熙凤　　（对众人）你们都下去吧！此事只有用调包之计。

贾　母
王熙凤　　（合）调包？

王熙凤　　老祖宗、太太！
　　　　　（唱）【掉角儿序】
　　　　　　　　李代桃僵，
　　　　　　　　瞒天过海隐潇湘。
　　　　　　　　对宝玉只说迎娶林姑娘，
　　　　　　　　花轿中宝姑娘堂堂正正进洞房。（白：那时节呵——）
　　　　　　　　红盖头揭开难翻脸，
　　　　　　　　口儿软，鸟语花儿香，
　　　　　　　　性儿温，情深意儿长，
　　　　　　　　花烛映洞房，
　　　　　　　　委屈化琼浆。
　　　　　　　　管则是美人对面愁自解，
　　　　　　　　双栖温柔乡。

贾　母　　这主意好。
王夫人　　只是林丫头若知晓，可怎处？
王熙凤　　此事切不可走漏半点风声！
　　　　　〔切光。

第十三折　玉　殒

〔伴唱：怡红院，怡红院，
　　　　宫灯绽异彩；
　　　　大观园，大观园，

> 花烛砌高台。
> 繁花似锦处，
> 笑逐颜开，
> 笙歌归院落，
> 引一对玉人来。

贾　琏　一拜天地，二拜高堂，夫妻对拜，送入洞房。

贾宝玉　哈哈，今日是普天下第一件称心如意的事儿，我好欢喜也。（唱）【脱布衫】

> 惬心怀，
> 人间天界，
> 亘古以降佳偶偕。
> 病愁云外去，
> 笑靥腮上开。
> 从今后鱼水得和谐，
> 相执手紧相爱，千年万载。

（白）林妹妹，你我多年相知，盖着这劳什子作甚？（欲揭开）

王熙凤　宝玉弟弟，不可性急，当心妹妹生气。

贾　母　孙儿过来，今日大喜之时——

王夫人　儿啊，诸事稳重些方好。

贾宝玉　咦，今日紫鹃没有陪过来，倒是雪雁过来了。到底是苏州陪过来的，亲疏原有别。

雪　雁　恭喜宝二爷。

〔王熙凤示意雪雁下，莺儿上。

莺　儿　贺喜宝二爷。

贾宝玉　喔，莺儿，你那宝钗姐姐，今日原该贺喜的。我还是把盖头揭开吧。呀，

　　　　　　（唱）玉天仙下翠微，
　　　　　　　　　盛容妆眼波欲飞，
　　　　　　　　　娇羞似杏花烟润，
　　　　　　　　　雅淡若荷粉露垂，
　　　　　　　　　丰肩软体静如水，
　　　　　　　　　芳唇点樱醉，
　　　　　　　　　未语瓠齿媚，
　　　　　　　　　比那世间美人胜千倍。

薛宝钗　　（唱）此情怎堪，
　　　　　　　　　红晕百道频堆，
　　　　　　　　　恨不得插翅腾飞，
　　　　　　　　　怎经得恁般羞愧！

贾宝玉　　唉，老祖宗、母亲，我这不是在梦中吧？坐在这儿的那位美人是谁？

袭　人　　那是你新娶的二奶奶。

贾宝玉　　这美人二奶奶究竟是谁，怎么越看越像宝姑娘，竟不是林妹妹呢？

袭　人　　二爷，老爷做主娶的是宝姑娘，怎么混说起林姑娘？

贾宝玉　　你们乱讲，林姑娘弱不胜衣，原不像宝姐姐如此洁白丰腴。

王熙凤　　新二奶奶在此，得罪了她，老祖宗和薛姨妈都不依你的。

贾宝玉　　我不管，我不管，横竖要找林妹妹去。

　　　　　　（唱）寻妹妹，
　　　　　　　　　天上人间；
　　　　　　　　　换娇妻，
　　　　　　　　　断难活命。

〔宝玉欲下，被贾母、王夫人、袭人等人分别劝慰、作揖，方罢。此时手舞足蹈，动极而倦。

王熙凤	宝弟弟,你父亲在外,等着送你祖母安歇,你就消停点吧。
贾宝玉	就是那天王老子,此时此刻,我也不怕了。
薛宝钗	让他去,让他去;宝二爷啊,只怕你去了,就是你林妹妹的催命活阎王!
贾宝玉	啊呀,林妹妹要死了,我也活不成了!(昏倒)
王熙凤	(触鼻息)没事儿,点上安魂香,着宝弟弟好生歇息,宝钗妹妹受了委屈,多担待些。

〔众下。

〔潇湘馆中。

〔伴唱: 　大观园处处荒唐盈喜气,
　　　　　　潇湘馆孤竹斜影苦凄凄,
　　　　　　头顶阴云掩泪迹,
　　　　　　一弯残月乌夜啼。

林黛玉	紫鹃,我病了这些日,见天也没人来看望。
紫　鹃	林姑娘别乱想,正好大家都在忙碌。
林黛玉	只有这几天,安静得诡异、离奇。今儿整整一天,只有你在我身边陪伴。怎不见雪雁人影呢?
紫　鹃	雪雁……怕也是身体不爽吧,雪雁,林姑娘唤你。
雪　雁	见过林姑娘。
林黛玉	雪雁,从古到今,没见过你艳妆打扮,神色慌张,今日个你敢是当伴娘了?
紫　鹃	她小孩子家,自己在化妆耍子儿。
雪　雁	是也,雪雁贪玩,得罪姑娘了。
林黛玉	雪雁呀,大观园中只有你是与我从苏州一起过来的旧人,你可是从来不会说谎的呀!
紫　鹃	唉,事已至此,雪雁你就直说了吧。
雪　雁	姑娘啊,

|||(念)宝二爷要娶林姑娘，
老祖宗中意宝姑娘。
要我雪雁当伴娘，
只当林姑娘是俏新娘。
红盖头一揭戏法变，
宝姑娘依旧是新娘，是新娘！

林姑娘，我错了，我对不起你，可我也是被她们逼着去当伴娘的……（下跪）

紫　鹃　　林姑娘，你要怪就怪我吧，此事我也知情，可我不敢讲啊！（同跪）

林黛玉　　紫鹃、雪雁，你俩都起来，这不怪你们。你们扶我下去，让我出去走走。

紫　鹃
雪　雁　　（合）林姑娘珍重。

林黛玉　　宝哥哥、宝姐姐，你们的喜事不请我，是嫌我黛玉不吉祥啊！

（唱）提起便心疼，
风吹散，满腹疑云，
管窥蠡测果然真。
猛可的心悸、神散、眼花、头晕，
赤紧的桥断、树枯、芳草死，鲜花烹，
哀鸿遍野、鸱鸮夜奔，鬼火飘零。
这边厢倒塌的是楼宇，
那边厢旋转的是园亭。
好一似昊天倾倒、山陵溃奔、沧海横流、大地、陆沉……
茫然四顾无枝可凭，
潇湘人孤零零。

　　　　　　沉沦，
　　　　　　坠落在一瞬。
　　　　　　气愤，
　　　　　　冤屈填古今。
　　　　　　宝姐姐既把哥哥占，
　　　　　　又何必借我的名声伤我的魄魂？
　　　　　　宝哥哥已把姐姐娶，
　　　　　　又何必效古法李代桃僵、掩耳盗铃，
　　　　　　好一幅羞羞答答、遮遮掩掩、尴尴尬尬、热热昏昏
　　　　　　的荒唐光景，
　　　　　　可正是秋风秋雨愁煞人，
　　　　　　霎时间人鬼两分，
　　　　　　启程向幽冥。

紫　鹃
雪　雁　（合）林姑娘，你往哪里去？

林黛玉　（分别推开）如今，我纵死也不甘心啊，我要去找宝哥哥评理去！

紫　鹃
雪　雁　（合）林姑娘，走出凤仪亭，转道怡红院，台阶太多，你走不动。要么我们慢慢搀着你去？

林黛玉　算了，既走不动了，那就搀回去吧。这世界好冷，好冷！
　　　　　（咳嗽，吐血）

雪　雁　不好了，姑娘吐血了。

紫　鹃　不许乱说，那是花儿红。姑娘快回去躺好，该吃药了。

林黛玉　世间皆道黄连苦，我比黄连苦十分。
　　　　　常年吃药常年苦，死到临头难沾唇。（抽泣）

紫　鹃　哎呀姑娘啊！

（唱）林姑娘且自消停，

　　　　保养你花模样玉精神。

　　　　你心苦，奴心疼，

　　　　皇天保佑苦心人。

　　　　林姑娘再莫伤神，

　　　　热泪潸潸岂可囫囵吞。

　　　　泪有限，血有存，

　　　　从春流到冬，万不能。

林黛玉　　紫鹃啊，你对我的好意，我都心领了。只是奈何这大观园中天气寒冷，人情更冷！

紫　鹃　　（再拨旺炉火）林姑娘，阖府上下，从老祖母、王夫人到凤二奶奶、宝二爷，哪个不对你疼疼爱爱，嘘寒问暖的？

林黛玉　　紫鹃啊，除了你与雪雁对我知冷知热，休再提这府中之人。快，快给我去拿那些诗帕来。

紫　鹃　　是！（取诗帕）

林黛玉　　这些诗帕，凝结着我一生的心血情缘……

紫　鹃　　是呀，春夏秋冬，阴晴雨雪，白昼黑夜，我们看着姑娘一笔一画写成的。多可珍贵啊。

林黛玉　　只是这天太冷，火不旺，火不旺，天太冷，（朝着火炉，扔下片片诗帕）去吧，都去吧。

（唱）人去也，诗难存，

　　　　空余笑柄在，

　　　　惹人间议论纷纷。

　　　　诗帕都去了，还有瑶琴在……

紫　鹃　　林姑娘，古琴在此。

林黛玉　　（弹唱）质本洁来兮还洁去，

　　　　未曾龌龊兮陷红尘。

寄情诗墨兮，血泪书缘分。

相伴瑶琴兮，绾结生死亲。（琴弦断）

林黛玉　万语千言，欲借琴吟，只是琴弦已断……再也弹唱不了……宝玉，你好！（颓然倒下）

紫　鹃
雪　雁　（合）林姑娘！

〔伴唱：逝去了诗帕灰烬随风舞，

　　　　临走尚存春温。

　　　　空留下一方瑶琴伴诗魂，

　　　　斯人永去红尘。

〔切光。

第十四折　哭　灵

〔潇湘馆，林黛玉牌位前。

〔宝玉内唱：一夜烦嚣噩梦牵，

〔宝玉上。急煎煎来在妹妹门前。

〔紫鹃正在整理林黛玉牌位。宝玉一把夺过，抱在胸口，
　　跪哭……

宝　玉　林妹妹，我来迟了！

（唱）遭蒙骗，

　　　说甚的金玉良缘，

　　　受颠连，

　　　阖府风刀与霜剑，

　　　逼迫得妹妹魂归离恨天。

黄泉路上未相送，
猛可地涕泪涟涟。
妹妹呀，
在生不可同衾帐，
死后与君共枕眠，
纵然是鬼哭狼嚎磷火闪，
也须要热热闹闹、欢欢喜喜、吹吹打打
明媒正娶在阴间。
再揭一次红盖头，
九泉里缔结美姻缘。

紫　鹃　　宝二爷，紫鹃奉茶！

贾宝玉　　（唱）紫鹃啊，妹妹瑶琴今何在，

紫　鹃　　（唱）通灵的琴儿已断弦，
　　　　　　　道不尽万语千言！

贾宝玉　　（唱）问紫鹃，
　　　　　　　妹妹上路赴九泉，
　　　　　　　有甚的嘱咐遗言？

紫　鹃　　（唱）宝玉，你好，
　　　　　　　气绝时语虽轻震荡离恨天。

林黛玉　　我是不中用了……宝玉，你好！

宝　玉　　啊，这是林妹妹的声音。难不成是林妹妹复生了？我好怕，不，我不怕，纵是林妹妹的鬼魂么，我也是要亲近的！

林黛玉　　感君缠绵意，还魂慰相知！

贾宝玉　　妹妹，我的心交与你了，你今日带来了吗？

林黛玉　　我带来了……还交与你。
　　　　　（唱）【四边静】
　　　　　　　俺将心儿化作啼血杜鹃，

　　　　　　一滴一点向君还。
　　　　　　此去黄泉，
　　　　　　俱留下，无牵念，
　　　　　　阴间虽冷心尤热，
　　　　　　还清后魂灵解脱花枝烂漫。

紫　鹃　　姑娘，姑娘！
贾宝玉　　妹妹！妹妹！这诗帕?!
　　　　（吟唱）抛珠滚玉泪偷潸，
　　　　　　　　阴霾满眼只等闲。
　　　　　　　　枕上袖边勤拂拭，
　　　　　　　　任他点点与斑斑。

林黛玉　　这诗帕呵——
　　　　（唱）【三煞】
　　　　　　芙蓉密字，
　　　　　　万缕千丝，
　　　　　　都是鲛人泪织断肠辞。
　　　　　　春花冢里，秋窗雨夕，
　　　　　　泪湿云梦，旧帕题诗，
　　　　　　怕都是枉留笑柄在人世。

贾宝玉　　妹妹！
　　　　（唱）【二煞】
　　　　　　这诗帕载着你我万千情痴，
　　　　　　待明日践盟誓，
　　　　　　人儿、帕儿共登云阶上瑶池。

林黛玉　　（唱）【煞尾】
　　　　　　我将这断肠诗词，
　　　　　　都化作灰飞烟灭无痕迹！

伴　唱　　（唱）似蝴蝶片片火中飞，
　　　　　　　　　看炉火凄凄照残壁。
　　　　　〔宝钗上。

薛宝钗　　宝哥哥、林妹妹，你们是约好了来生的姻缘，可是今日今时啊——
　　　　　（唱）老祖宗要奉茶请早，
　　　　　　　　栊翠庵要焚香还愿，
　　　　　　　　王爷府要走动送礼，
　　　　　　　　众亲戚要答谢晤面，
　　　　　　　　如若不然哪，宝姑娘我自是不紧要的，
　　　　　　　　怕贾府羞惭，
　　　　　　　　怕宝玉难堪，
　　　　　　　　到时节神灵震怒、四壁楚歌、忙忙碌碌、指指点点，
　　　　　　　　败坏了怡红院，
　　　　　　　　连带到潇湘仙，
　　　　　　　　这局面怎相安，
　　　　　　　　这脸面怎朝世人看？

贾宝玉　　唉，这都是俗人俗语，不提也罢！
　　　　　（唱）宝姑娘自是美天仙，
　　　　　　　　怎开口便不知挚情浓淡？

林黛玉　　（唱）他二人姻缘之分在人间，
　　　　　　　　钗黛恨，金玉缘，
　　　　　　　　草木三生恨，
　　　　　　　　尽付泪泉。
　　　　　　　　归去也，
　　　　　　　　君莫叹。（下）

贾宝玉　　顷刻间，乱世纷扰惊梦醒。我那林妹妹呢？林妹妹哪里去

了？宝姑娘，又是你把我的妹妹吓走啦！

薛宝钗 （唱）【煞尾】

　　秋气浓兮叶飞扬，
　　西风渐紧白玉堂。
　　道什么金玉成双，
　　甚良缘，甚荒唐！
　　蒹葭苍苍，前路茫茫……

〔收光。

尾　声

督　官　锦衣府奉旨封门查抄贾府！

〔伴唱：【北古水仙子】

　　呀呀呀，龙颜一怒，惩惩惩，惩贾府桩桩罪孽。
　　那那那，那兵丁凶煞刀枪列，把把把，把家产尽抄绝。
　　叹叹叹，叹一夜间威风全灭，看看看，看大厦倾斜。

王熙凤　巧姐儿，你乖乖地随刘姥姥逃生去吧。

（唱）【恨更长】

　　势已去，病难支，
　　说不尽的恨、怨、羞、疑。
　　到头来聪明反被聪明误，
　　只博得一魂儿似缕如丝。

贾　母　凤丫头，苍天哪……

（唱）【水仙子】

　　家如此，

　　　　　　天可知？
　　　　　　我六十年来勤勉任事，
　　　　　　并无作恶与差池。
　　　　　　只为后辈儿孙多骄侈，
　　　　　　才招得大祸至。
　　　　　（白）苍天！恕老身一求！
　　　　　　这合府的罪孽我一身抵，
　　　　　　愿苍天赐我早死，
　　　　　　唯望你恕我儿孙，
　　　　　　逢凶化吉。

众女眷　　老祖宗——
　　　　　〔伴唱：【煞尾】
　　　　　　　祖上丰功谁还记？
　　　　　　　大厦倒，灯已熄。
　　　　　　　呜呼！
　　　　　　　再不是钟鸣鼎食！

贾　政　　完了！完了！不料……我贾家一败涂地如此！

林之孝　　老……老……老爷，大事不好！老太太殁了，琏二奶奶也殁了！

贾　政　　天——哪！

史湘云　　大太太、二太太，姑爷忽得急病，她婆家来人催我回去。老祖宗！孩儿不孝……

贾宝玉　　你们为何散去得这样早呢？等我化成灰烬的时候再散也不迟啊！
　　　　　〔收光，转大荒虚空。
　　　　　〔伴唱：【好了歌】
　　　　　　　世人都晓神仙好，

>唯有功名忘不了！
>
>古今将相在何方，
>
>荒冢一堆草没了。
>
>世人都晓神仙好，
>
>只有金银忘不了，
>
>终朝只恨聚无多，
>
>及到多时眼闭了……

贾宝玉　　原来"好"便是了，"了"方为好。哈哈哈……

（唱）【尾声】

>我赤条条来去无牵挂，
>
>一任芒鞋破钵随缘化。
>
>抛下这红尘繁华，
>
>乘着那蓬莱明月到天涯。

（白）大观园，宝玉就此别过，俺去也……

贾宝玉　　二位师父，弟子宝玉归来。

僧　人　　你是那荣国府衔玉而生的红尘公子。

贾宝玉　　正是。

道　士　　敢是寻玉而来？

贾宝玉　　早知此玉在师父手中。宝玉尘缘已满，形质归一，还归本处。

道　士　　大士，绛珠仙草早已归真，"通灵"宝玉焉有不复原之理？

贾宝玉　　慢，想那绛珠仙子，与我三生有约……

道　士　　仙草已升天界，留下《红豆》一曲，以待相知。

〔伴唱：【红豆曲】

>滴不尽相思血泪抛红豆，
>
>开不完春柳春花满画楼，
>
>睡不稳纱窗风雨黄昏后，

　　　　　　忘不了新愁与旧愁，
　　　　　　咽不下玉粒金莼噎满喉，
　　　　　　照不见菱花镜里形容瘦，
　　　　　　展不开的眉头，挨不明的更漏。
　　　　　　呀！恰便似遮不住的青山隐隐，
　　　　　　流不断的绿水悠悠。

贾宝玉　　此曲好生熟悉，令人听了不觉潸然泪下，顿生避世之意。

僧　人　　好，顽石梦醒，凡心已去，拿去吧。

贾宝玉　　莫失莫忘，仙寿恒昌。
　　　　　　俺顽石痴情呈机锋，
　　　　　　误入红尘中。
　　　　　　回头望，四大皆空，
　　　　　　好一场悲金悼玉的红楼梦。

僧　道　　顽石心愿已了，菩提梦醒也。走呀。

　　　　　〔伴唱：【寄生草】
　　　　　　从来的分离聚合皆天定，
　　　　　　为官富贵莫叹凋零。
　　　　　　看破入空门，痴迷送性命。
　　　　　　有恩有情都成冢，
　　　　　　好一似食尽鸟投林，
　　　　　　落了个白茫茫大地真干净。

〔剧终〕

2011年8月22日星期一

小剧场实验昆曲
一旦三梦

（整理改编）

人物表：

杜丽娘　　闺门旦

崔　氏　　正旦

杨贵妃　　闺门旦

说书人　　丑行，在《惊梦》中演土地爷，《痴梦》中演张木匠，《冥梦》中演高力士。

柳梦梅　　巾生

朱买臣　　官生

唐明皇　　官生

春香、衙役、衙婆、宫女等

〔幕启。旦角扮杜丽娘，在台侧梳妆打扮。

〔说书人上。

说书人 列位看官，有道是人生如梦，转眼就是百年。这男人一辈子在梦里梦外跳进跳出，还常有清醒的时候；可是女人都是天生的梦想家，她们喜欢想入非非，一旦入梦之后，被那五彩缤纷的梦境所裹挟，用情太深，可就难以自拔啦。您要是不信呢，今儿个咱就将南安太守的千金杜丽娘小姐、烂柯山下的崔氏夫人、大唐王朝的杨贵妃，当场请出来现场演绎，让大家伙看看她们的《惊梦》《痴梦》与《魂梦》，日梦、夜梦、鬼魂梦，做得究竟如何？

得啦，闲话少说，戏归正演，有请杜丽娘小姐，上场喽。

第一折　牡丹亭·惊梦

〔杜丽娘、春香上。

杜丽娘 吾乃南安太守之女杜丽娘是也，年方一十六岁。只因父亲他爱女心切，拘管甚严，不许我午间昼寝，不许绣花鸟成双，更不许小女子我出得闺房得见外人，想这华堂锦屋犹若牢房一般，思想起来，好不烦闷人也。

春　香 小姐，快走吧，咱们快到花园玩耍去吧。

杜丽娘 昨日春香言道，府中有座大花园，花花草草，莺莺燕燕，可爱人也。今日天气晴和，不免前去一观也。

春　香 来此已是花园门首，请小姐进去。

杜丽娘　　进得园来，看画廊金粉半零星。

春　香　　啊，小姐，这是金鱼池。

杜丽娘　　金鱼池，池馆苍苔一片青。

春　香　　踏草怕泥新绣袜，惜花疼煞小金铃。

杜丽娘　　不到园林，怎知春色如许？

春　香　　便是。

杜丽娘　　（唱）【皂罗袍】

　　　　　原来姹紫嫣红开遍，

　　　　　似这般都付与断井颓垣。

　　　　　良辰美景奈何天，

　　　　　赏心乐事谁家院。

　　　　　朝飞暮卷，云霞翠轩，

　　　　　雨丝风片，烟波画船，

　　　　　锦屏人忒看的这韶光贱。

春　香　　啊，小姐，这是青山。

杜丽娘　　（唱）【好姐姐】

　　　　　遍青山啼红了杜鹃。

　　　　　那荼蘼外烟丝醉软。

春　香　　是花都开，唯有这牡丹花还早哩。

杜丽娘　　那牡丹虽好，他春归怎占的先？闲凝眄……

春　香　　啊，小姐，你听那莺燕叫得好听啊。

杜丽娘　　生生燕语明如剪，听呖呖莺声溜的圆。

春　香　　小姐，你身子乏了，歇息片时，我去看看老夫人再来。

杜丽娘　　去去就来。

春　香　　晓得。

杜丽娘　　春啊春，得和你两流连，春去如何遣？恁般天气，好困人也——

（唱）【山坡羊】
　　　　没乱里春情难遣，
　　　　蓦地里怀人幽怨。
　　　　则为俺生小婵娟，
　　　　拣名门一例、一例里神仙眷。
　　　　甚良缘，把青春抛得远！
　　　　俺的睡情谁见？
　　　　则索因循腼腆。
　　　　想幽梦谁边，
　　　　和春光暗流转？
　　　　迁延，这衷怀哪处言！
　　　　淹煎，泼残生，除问天！
〔土地爷率领四花神拥生上。

土地爷　小姐要做梦，俺们来护花。公花逗母花，一逗逗个大西瓜！
〔土地爷推柳梦梅上。

柳梦梅　且慢且慢，这是哪里呀？

土地爷　柳梦梅啊柳梦梅，今儿个你小子艳福不浅，快去会你的梦中情人杜小姐去吧。

柳梦梅　啊呀，土地爷爷，这……

土地爷　哎呀，你这个呆书生。可怜杜丽娘小姐，这一辈子只见过老爹、老师这两个老男人，人家女孩子做个梦，有啥不好意思的？快去吧！

柳梦梅　啊，姐姐，小生那一处不寻到，你却在这里！
〔杜丽娘作斜视不语介。

柳梦梅　恰好在花园内，折取垂柳半枝。姐姐，你既淹通诗书，何不作诗一首以赏此柳枝乎？

杜丽娘　那生素昧平生，因何到此？

柳梦梅　　小姐，咱一片闲情爱煞你哩！

　　　　　（唱）【山桃红】

　　　　　　　　则为你如花美眷，

　　　　　　　　似水流年，

　　　　　　　　是答儿闲寻遍。

　　　　　　　　在幽闺自怜。

　　　　　　　　小姐，和你那答儿讲话去。

（旦作含笑不行）（生作牵衣介）

杜丽娘　　（低问）哪里去？

柳梦梅　　喏！转过这芍药栏前，紧靠着湖山石边。和你把领扣松，衣带宽，袖梢儿揾着牙儿苫也，则待你忍耐温存一晌眠。

（旦作羞）（生前抱）（旦推介）

杜丽娘
柳梦梅　　（合）是那处曾相见，相看俨然，早难道好处相逢无一言？

（相拥下）

〔土地爷引四花神上。

（唱）【画眉序】

　　　　　　　　好景艳阳天。

　　　　　　　　万紫千红开遍。

　　　　　　　　满雕栏宝砌，

　　　　　　　　云簇霞鲜。

　　　　　　　　督春工珍护芳菲，

　　　　　　　　免被那晓风吹颤。

　　　　　　　　使佳人才子少系念，

　　　　　　　　梦儿也十分欢忭。

（唱）【滴溜子】

　　　　　　　　湖山畔，湖山畔，云缠雨绵。

　　　　雕栏外，雕栏外，红翻翠骈。

　　　　惹下蜂愁蝶恋。

　　　　三生石上缘，非因梦幻。

　　　　一枕华胥，两下遽然。

（花神下）

（生旦携手上）

杜丽娘　方才一场好梦，醒来却又无踪。这梦中春色，好不撩人也。

（唱）【懒画眉】

　　　　最撩人春色是今年。

　　　　少什么低就高来粉画垣，

　　　　原来春心无处不飞悬。

　　　　（绊介）是睡荼蘼抓住裙衩线，

　　　　恰便是花似人心好处牵。

杜丽娘　适才在梦中，花团锦簇，春光无限，好不留恋人也。怎么刹那之间，梦醒无凭，寻来寻去，那梦中书生、亭台楼阁、花花草草，再也寻不见了。

（唱）【玉交枝】

　　　　似这等荒凉地面，

　　　　没多半亭台靠边，

　　　　敢是咱眯睎色眼寻难见。

　　　　明放着白日青天，

　　　　猛教人抓不到魂梦前。

　　　　霎时间有如活现，

　　　　打方旋再得俄延，

　　　　哦！是这答儿压黄金钏匾。

（杜丽娘作掩泪介）

　　秀才，秀才（望介）呀，无人之处，忽见大梅树一株，看梅子磊落可爱人也。我丽娘死后得葬于此，幸矣！
（唱）【江儿水】

  偶然间心似缱，梅树边。
  似这般花花草草由人恋，
  生生死死随人愿，
  便酸酸楚楚无人怨。
  待打并香魂一片，
  阴雨梅天，
  啊呀人儿呵，
  守的个梅根相见。

〔春香上。

春　香　小姐，老夫人唤我们啦，快转去呀。

〔杜丽娘、春香下。

〔说书人上。

说书人　诗曰：天下情痴王，难比杜丽娘。
    梦中会书生，醒后更凄凉。

列位看官，梦里梦外，何必当真。话说我们年轻的时候，哪个没有做过一夜美梦，谁人没有梦中情人？可是醒来之后，那些个美妙的春梦，也就都忘记了。即使残梦依稀，也都分隔阴阳，不去多想了。可是你瞧人家丽娘小姐就不一样。一梦生情，两相情愿，三生结缘，誓死不放，因梦而病，因情而亡，冤魂恨鬼，到了阎王殿也要还阳，缠得那阎王老子没有办法，也只好放这痴情的杜丽娘起死回生，去与那梦中情人柳梦梅相会结亲，美梦成真，好不快活哟。可是，在这大千世界茫茫人海之间，不见得人人都有杜丽娘的美梦。你看看，这烂柯山下的崔氏，先嫁给穷书生朱买臣，可是那朱买臣穷得养不活她。无奈何改嫁跛脚张木匠，可那张木匠没有文化，出言粗俗，没有共同语言，动辄打骂"家暴"。那崔氏嫁过秀才，耳濡目染，也是有点文化的人，无奈何只得恨兮兮地与跛子分居。再说那朱买臣穷得连老婆都改了嫁，于是穷则思变，卧薪尝胆，发奋读书，高中状元，官授会稽太守。这不，他的官车马队、报喜的人等，全都过来啦！

闲话少讲，我摇身一变，变成跛脚张木匠是也。

第二折　烂柯山·痴梦

〔崔氏上。

【引子】行路错，做人差。咳，我被旁人作话靶。

崔　氏　（白）我崔氏，自从离了张木匠，来到王妈妈家中，倒也安逸。今日王妈妈往亲戚人家去了，怎么这时候，还不见回来。不免到门首去探望一回。

〔二差役上。内白：走呵。惯报升迁事，能传机密情。

差役甲　哥！

差役乙　弟！这里朱老爷家，不知住在哪里？

崔　氏　啊呀呀，好天气呀！

差役乙　那边有位大娘子，我们上前问一声。

差役甲　有理。

二差役　啊大娘子，奉揖。

崔　氏　二位！

二差役　借问一声。

崔　氏　　问什么？

二差役　　这里朱老爷家，不知住在哪里？

崔　氏　　啊？哪个朱老爷呀？

二差役　　就是朱买臣老爷。

崔　氏　　哦，朱买臣，嗯，他便怎么样？

二差役　　他如今做了本郡会稽太守，特到他家报喜，再没处问。望大娘子指引。

崔　氏　　哦，他家么……啊，不，不住在这里了。

二差役　　住在哪里？

崔　氏　　哦，住在前面烂柯山下。

二差役　　哦，烂柯山下。多谢了，我们走吓呵。

崔　氏　　烂柯山下，烂柯山下，烂烂烂柯山下！哦，原来朱买臣果然做了官了。唉，崔氏吓崔氏，你当初若不对朱买臣说道："嫁汉嫁汉，穿衣吃饭。你连稀粥都让我喝不上，我只好改嫁那又瘸又跛的张木匠啊。"唉，当初若没有这些事做出来，方才那报喜的到来，是何等欢喜，何等（笑）快活，这夫人么，稳稳是我做的。我如今总然要去见他！

（唱）【锁南枝】

　　　　只是形齷齪，身邋遢，

　　　　衣衫褴褛，

　　　　呀啐，把人吓煞。

且住，我想他也不是负心的人呀！有道是：一夜夫妻百日恩呀！

（唱）毕竟还想枕边情，

　　　　不说眼前话，好似出园菜，做了落树花。

　　　　我细寻思，教我如何价？

说话之间，又早初更时分，我且闭门进去吧。唉，崔氏呀崔氏，你好命苦。哎呀，你好命薄呀！

（唱）【前腔】

　　　　奴薄命，天折罚。

　　　　一双眼睛，呀啐，只当瞎。

我记得出嫁之时，爹娘递我一杯酒，说道：儿呀儿，你嫁到朱家去么，千万要做个好媳妇，与爹娘么，争口气，哎呀，是这样说的呀！

（唱）我记得嫁一鞍，

　　　　将来配一马。

　　　　如今呵好似一个蒂，

　　　　倒结了两个瓜。

唉，崔氏呀崔氏！

（唱）你被万人嗔哈轩又被万人骂。

〔三更众上。白：走哇——

院　子	奉着新官命，来接旧夫人。这里是了，待我去叩门，开门——
崔　氏	（唱）【渔灯儿】

　　　　为甚么乱敲的忐忑咩嘛？

　　　　为甚么还敲的心急情切？

　　　　为甚么特兀的装痴做呆？

　　　　为甚么偏将茅舍，扑蹬蹬敲打不绝？

院　子	男有男行，女有女伴。衙婆去叩门。
衙　婆	是，开门——

　　　（崔氏连唱）【锦渔灯】

　　　　她敲的，听声音儿，好像姐姐。

衙　婆	夫人开门。
崔　氏	（唱）她敲的（咦哈哈哈……）听叫夫人，

　　　　　寻不出爷爷。

　　　　　她敲的，只管教人费口舌。

　　　　　她敲的，又何等忒蹶裂？

院　子　（白）既不开门，把话儿传进去。

　众　　有理。

　　　（同唱）【锦上花】

　　　　　他那里说了说，

　　　　　我这里歇不歇，

　　　　　娘行何必恁周折？

　　　　　你那里特古撇，

　　　　　我这里怎好说。

崔　氏　待我开门，着他们进来。

　众　　（唱）毕竟开门相见便欢悦，

　　　　　又得那宁帖。

院　子　开门了，我们着班相见。

　众　　有理。

院　子　院子叩头。

崔　氏　请起。

衙　婆　衙婆叩头。

崔　氏　哎呀呀，起来。

　众　　皂隶们叩头！

崔　氏　啊呀！

院　子　起去。

崔　氏　啊，你们都是些怎么人呀？

　众　　我们奉朱老爷之命，特来迎接夫人上任的。

崔　氏　哦，你们奉朱老爷之命，特来迎接我上任的？

　众　　正是。

崔　氏　真个？

众　　　真个。

崔　氏　果……果……果然？

众　　　果然？现有凤冠霞帔在此！

崔　氏　哎呀呀，我好喜也！

　　　　（唱）【锦中拍】

　　　　　　这的是令人喜悦，

　　　　　　做甚等铺设。

众　　　（接）我们呵——

　　　　（唱）奉恩官命特来迎接，

　　　　　　小人们不劳言谢。

院　子　戴了凤冠。

崔　氏　妙哇！

　　　　（唱）这凤冠似白雪，

　　　　　　哪些辨别？

衙　婆　穿了霞帔。

崔　氏　哎呀呀，有趣呀！

　　　　（唱）一片片金铺翠贴。

众　　　（接唱）一桩桩交还尽也，

　　　　　　绣幕香车，在门外迎接。

院　子　打轿上来。

崔　氏　哎呀，朱买臣呐，越教人着疼热。

　　　　〔张木匠上。

张木匠　杀杀杀，背夫逃走个臭婆娘。

　　　　（崔氏连唱）【锦后拍】

　　　　　　只见他手持斧怕些些，

　　　　　　怎不教人袖遮遮，

　　　　　　吓得人来半截。

张木匠　　你想逃走哉。臭花娘，你想逃走哉，身上着的红红绿绿衣裳快点脱下来！

崔　氏　　待我脱呀！

　　　　　（唱）我只得急忙脱卸。
　　　　　　　　无徒家有甚么豪杰？
　　　　　　　　苦切切将身拦遮。

张木匠　　杀杀杀！

崔　氏　　住了！你是杀不得他们的呀！

张木匠　　为啥格杀不得？

崔　氏　　你若杀了他们是——

张木匠　　哪呢？

崔　氏　　哦豁，喏喏喏！

　　　　　（唱）有一个官儿来捉你癞头鳖！

众　　　　我们散了吧！

张木匠　　臭婆娘，劈开你个脑壳！

崔　氏　　从人们，无徒去了，快取凤冠来！〔五记〕霞，霞，霞帔来〔四记〕，来来，来呀！呀啐，原来是一场大梦！

　　　　　（唱）【尾声】
　　　　　　　　津津冷汗流不竭，
　　　　　　　　塌伏着枕边出血。

　　　　　（白）唉，崔氏呀崔氏，

　　　　　（唱）只有破壁，
　　　　　　　　啊呀残灯零碎月。

哎呀，一梦醒来，于心不甘啦。一夜流干千行泪，清晨难成寐。朱买臣新官上任抱娇妻，〔咳！〕小妾上了位，小妾上了位！呀！有道是糟糠之妻不下堂，贫贱之交不可忘

呀。哪怕朱买臣他三妻四妾，我还是他的正房啊，这夫人么该让我做头一位呀。（笑下）

〔朱买臣车队上。

朱买臣　为何人山人海，如此喧嚷？

衙　役　禀报朱老爷，本城众百姓迎接老爷的，挨挤不上，因此喧嚷。

朱买臣　好好好，不要驱赶，与民同乐者。

〔崔氏上。

崔　氏　咦，咦，咦！看，这不是我丈夫朱买臣么……哎呀，打嘴，是朱老爷，果然做了官了！啊呀，有趣吓！吓！朱买臣，当初你卖柴的时节，只有我崔氏一人随着你，今日你衙役簇拥，众星捧月，是何等的威风啊。吓！待我去叫他一声。有理，竟叫他一声。喂！朱买臣！朱买臣！（内喝介）

朱买臣　是何人在此，胆敢直呼本老爷名讳？

衙　役　叫花娘，你再敢直呼老爷名讳，打你三十大板。滚！（踢打）

崔　氏　哎呀呀，冤枉啊。

朱买臣　听这声音，倒有几分熟悉。这一妇人有何冤屈，且容她过来。

崔　氏　丈夫老爷啊！

衙　役　打嘴！我们老爷还是单身，是钻石王老五，多少黄花闺女你争我抢，岂轮得到你这黄脸婆臭花娘！

崔　氏　我真是朱老爷的结发之妻崔氏夫人哪。

朱买臣　尔等且闪过一边。崔氏呀崔氏，我且问你，可记得你用竹条打过俺的手掌？

崔　氏　朱老爷啊，君子不逼不成器啊。

朱买臣　你可曾让我罚跪一宿？

崔　氏　（旦）哎呀老爷啊，有道是一夜夫妻百日恩，你是宰相肚里好撑船啊。

朱买臣　你当初嫌我穷困,改嫁跛脚张木匠,惹得我受那万人耻笑,现如今你倒叫我如何来认你啊。

崔　氏　张木匠腿跛没看相,腹空没文化,我已经与他一刀两断了啊。(跪下)老爷宽宥我啊!

朱买臣　也罢。蠢妇吓蠢妇!取盆水过来。

衙　役　是吓。

崔　氏　要水何用吓?敢是叫我洗脸、洗手么?

朱买臣　蠢妇!我将覆盆之水,比你出门之妇,从我马前倾下,你若仍旧收得盆内者,我便收你回去。

崔　氏　这个何难?快取水来。

衙　役　看好啦。

〔众倾水,旦捧水介。

崔　氏　水呵水!今朝倾你在街心,怎奈街心不肯盛?往常把你来轻贱,今朝一滴啊呀值千金。

衙　役　禀报老爷,这妇人一滴水也捧不起来。

朱买臣　破镜难圆,覆水难收,给我轰了出去!

衙　役　是!滚!

崔　氏　满面含羞。千休万休,不如死休!呀!你看前面河中清波荡漾,倒是我安身之处了。罢,罢,罢!(跳水下)

衙　役　朱老爷,女人投水死了!

朱买臣　吩咐买棺盛殓,就埋在此处了!(众喝,同下)

〔切光。

〔说书人上。

说书人　又是一条消逝了的生命。唉,世间之悲摧,莫过于此。崔氏看到前老公,就连肠子都悔青了!她想凤冠想入了迷,她要复婚付出了命。朱买臣轻轻一声马前泼水,那崔氏就将那地上的水珠往那金盆里头捧啊,捧啊,刨啊刨啊,十指滴血,两手空空,最后只得含羞忍辱,投河自尽哪!人间破镜难圆,覆水难收,正是:

何日里柴米油盐不是痛?
何日里夫妻同心不做梦?
何日里真情不论凤冠重?
却缘何覆水难收冥路风?

张木匠没有文化,连个崔氏都守不住,就连咱家嘛也不待见。看我眨眼之间变成高公公……嘿嘿,咱家大唐王朝唐明皇之下的高公公是也。都说古希腊有安东尼与克莉奥佩特拉,说是西方第一对情种;哪里赶得咱皇上(轻声)李隆基与杨贵妃(轻声)杨玉环的百般恩爱啊!啊,你们说我是什么人?我嘛,实话讲来,既不是男人,也不是女人,我是最为时尚的……第三性!

第三折　长生殿·魂梦

杨玉环　(魂旦白练系颈上)我杨玉环随驾西行,刚到马嵬驿内,不料六军变乱,立逼投缳。(泣介)唉,不知圣驾此时到哪里了!我一灵渺渺,飞出驿中,不免望着尘头,追随前去。(行介)
(唱)【山坡羊】
　　恶歆歆一场喽啰,
　　乱匆匆一生结果。
　　荡悠悠一缕断魂,

痛察察一条白练香喉锁。

（内鸣锣作风起科）（旦作惊退科）呀，我望着銮舆，正待赶上。忽然黑风过处，遮断去路，影都不见了。好苦啊。正是：风光尽，繁华过，魂梦多。只有痴情一点、一点无摧挫，遥想当年，起舞婆娑。（下）

〔唐明皇上。

唐明皇	妃子来呀！

〔高力士上。

唐明皇	（挽着高力士）妃子来呀！
高力士	圣上，我不是娘娘。
唐明皇	哎呀，你倒跑得快（甩开手），一边候着。快请贵妃娘娘。
高力士	是。宣贵妃娘娘！
杨玉环	（内应）来了！
唐明皇	妃子，来来来呀，朕与你散步一回者。
杨玉环	陛下请。（生携旦手介）

（唱）【南泣颜回】

　　携手向花间，

　　暂把幽怀同散。

　　凉生亭下，

　　风荷映水翩翻。

　　爱桐阴静悄，

　　碧沉沉并绕回廊看。

　　恋香巢秋燕依人，

　　睡银塘鸳鸯蘸眼。

唐明皇	高力士，将酒过来，朕与娘娘小饮数杯。
高力士	宴已排在亭上，请万岁爷、娘娘上宴。（旦作把盏，生止住介）
唐明皇	妃子，朕和你清游小饮，那些梨园旧曲，都不耐烦听它。

|唐明皇之前的叙述| 记得那年在沉香亭上赏牡丹,召翰林李白草《清平调》三章,令李龟年度成新谱,其词甚佳。不知妃子还记得么?

杨玉环　妾还记得。

唐明皇　妃子可为朕歌之。

杨玉环　领旨。(旦按板介)
　　　　(唱)【南泣颜回】
　　　　　　花繁秾艳想容颜。
　　　　　　云想衣裳光璨,
　　　　　　新妆谁似,
　　　　　　可怜飞燕娇懒。
　　　　　　名花国色,
　　　　　　笑微微常得君王看。
　　　　　　向春风解释春愁,
　　　　　　沉香亭同倚阑干。

唐明皇　妙哉,李白锦心,妃子绣口,真双绝矣。宫娥,取巨觞来,朕与妃子对饮。(宫女送酒介)妃子,再干一杯。

杨玉环　妾不能饮了。

唐明皇　宫娥们,跪劝。

宫　女　领旨。(跪旦介)娘娘,请上这一杯。(旦勉饮介)(宫女作连劝介)

唐明皇　我这里无语持觞仔细看,早只见花一朵上腮间。

杨玉环　(作醉介)妾真醉矣。

唐明皇　妃子醉了,宫娥们,扶娘娘上辇进宫去者。

宫　女　领旨。(作扶旦起介)

杨玉环　(旦作醉态呼介)万岁!(官女扶旦行)(旦作醉态介)

杨玉环　【南扑灯蛾】态恹恹轻云软四肢,影蒙蒙空花乱双眼,娇怯怯柳腰扶难起,困沉沉强抬娇腕,软设设金莲倒退,乱松松香肩弹云鬟，美甘甘思寻凤枕，步迟迟倩宫娥搀入绣帷间。

高力士	圣上，大事不好。
唐明皇	何事惊慌？
高力士	皇上啊，【扑灯蛾】 史思明、安禄山，一路造反到长安。 所向披靡挡不住，军民丧胆逃四川，逃四川…… 兵临城下，将至壕边，陈元礼元帅早已安排好车马，请圣上与贵妃前往四川，暂避风头去也……
唐明皇	这……
高力士	圣上，咱们一边走着，一边让军士们杀贼，你看可好？
唐明皇	也只好如此了。宫娥们！
宫　娥	在！
唐明皇	娘娘正在梦中，尔等将贵妃娘娘抬到轿上，连夜西行便了。休要惊醒了娘娘！

〔帝妃宫女们，随着唐明皇、高力士前行。
〔画外音：不杀贵妃誓不护驾！

唐明皇	谁在胡说，高力士，要陈元帅砍他的脑袋！
高力士	皇上，大事不好，适才将士们一拥而上，杀掉了丞相杨国忠。他们说，当初要不是杨国忠贪赃枉法，将死囚犯安禄山赦免，还保举他做了个大大的武官，何至于我大唐日月失色，君臣逃亡！
唐明皇	他们……难不成敢造反吗？

〔画外音：不杀贵妃誓不护驾！
〔杨玉环上。

杨玉环	圣上啊！
高力士	皇上，军士们已经把杨丞相杀了，马上还要逼杀贵妃

	|娘娘！
唐明皇	妃子，寡人委实地舍不得你呀！
杨玉环	三郎啊！当今之计，玉环死则圣上安，圣上安则社稷安。玉环我愿为君王舍命，为国家捐躯！只是我死之前，心中还有一个念想……
唐明皇	妃子有何念想？三郎我一定依从！
杨玉环	人生苦短，仙国无穷。我还是牵挂着当年的誓约，不知君王，可与我重演否？
唐明皇	（含泪）三郎愿与爱妃，再现七夕之盟！

〔唐明皇与杨玉环上香，同跪。

唐明皇 杨玉环	（合）双星在上，我李隆基与杨玉环，情重恩深，愿世世生生，共为夫妇，永不相离。有渝此盟，双星鉴之。
唐明皇	（生又揖介）在天愿为比翼鸟，
杨玉环	（旦拜介）在地愿为连理枝。
唐明皇 杨玉环	（合）天长地久有时尽，此誓绵绵无绝期。

〔切光。唐明皇暗下。

高力士	白练在此，万般无奈，请娘娘割爱捐躯！
杨玉环	圣上，三郎！三郎在哪里，三郎在哪里？我好怕呀，我好怕呀！生死相隔，就在须臾，难道三郎你……你你你就不可多陪我一会儿吗？你哪怕多陪我一会儿，（抽泣）哪怕做鬼做魂，我也心满意足了……
高力士	娘娘，是圣上不忍亲见娘娘升天，故而避开了！
杨玉环	哎，深感陛下情重，当日之盟，陛下，妾死生守之。趟过奈何桥，飞升广寒宫，奴家在天上等您来呀！（下，复上）
高力士	娘娘，您还有话要交待的？

杨玉环	高公公，我死之后，只有你一人侍候圣上。三郎他年事已高，一路风霜，车马劳顿，你要多多地侍奉于他呀！（下）
高力士	（跪下）娘娘的话，我都记下了！

〔唐明皇与宫娥们上。

唐明皇	（欲救）妃子不能死，妃子不能死，三郎救你来啦！
高力士	陛下，娘娘已经升天！
唐明皇	妃子，妃子，你不能撇下我一人独在人间哪！
高力士	陛下，人死不能复生。陈元帅有令，让我等护驾前行啊！
	正是：地下常添柱死鬼，人间难觅返魂香。（行介）
杨玉环	（唱）【北沽美酒带太平令】（旦行上）
	度寒烟蔓草坡，
	行一步一延俄。
	（看介）呀，这便是圣上的车队人马过来啦，
	且让我扑上前去！

〔贵妃急迎上去。左扑空介，右扑空介。

杨玉环	（作悲科）苦啊（行科）
	（唱）【南尾声】
	重来绝命庭中过，
	海誓山盟言曾托，
	到如今分明见人影儿挪。
	我那嫡嫡亲亲的三郎啊，
	情天恨海长，
	魂梦相思多，
	怎能够鸳鸯成双飞去仙宫寻旧果！

〔说书人上。

说书人	说什么百年恩爱总成双，说什么长生殿里日月长，说什么钗盒情缘天注定，马嵬坡前地未老、天未荒、情何在、血

已凉,游魂尚在,无语话凄凉!三梦演罢,平添文化。人生苍凉,恩爱?奇葩。正是:

　　一旦演三梦,三花一夜红。

　　千金小姐春闺梦,梦醒人无踪。

　　可怜崔氏凤冠梦,梦醒一场空。

　　贵妃娘娘恩爱梦,魂梦血泪中。

亲爱的观众朋友们,在我们欣赏完三位古代女子的情感之梦后,祝大家今晚回家之后,做一个香香甜甜、痛痛快快、淋漓尽致、起承转合的好梦、美梦和民族复兴的中国梦!

〔剧终〕

大型原创历史剧

签 约 记

(《借洋银大清巡抚签约记》)

编剧：谢柏梁 吴胜中

时间：清末光绪年间
地点：山西巡抚衙内、清宫、天门胡家花园等

剧情简介：

此剧以山西巡抚胡聘之与洋人"签约"借款，开发矿业的历史事件为原型。

胡聘之上承圣恩，在山西开发矿业、修筑铁路，被誉为洋务先锋和晋商保护神。他奉旨签约，向英商杰克逊借贷千万银两（首付六百万），却被慈禧太后釜底抽薪，挪移四百万去修缮清漪园。之后，胡聘之因"帝党""后党"之争而受到牵连，太后赖账不还，嫁祸于他，将其贬还湖北天门老家。

洋奴买办端亲王代理山西巡抚，贪财受贿，内外勾结，设置圈套，补签条款，出卖矿权。英人催债，强占晋矿。胡聘之虽不在其位，却担当其责，急返山西抗英保矿，智

斗英商。慈禧太后惧外惩内，令其将黑锅一背到死。胡聘之最终选择在英领事馆前殉国身亡。

人物表：

胡聘之　　山西巡抚，上任已近六载。开矿护矿，签约毁约，为国殉忠（老生）

慈禧太后　与光绪急迫的维新主张不一致。釜底抽薪，挪借工程款造园（老旦）

端亲王　　慈禧心腹。被杰克逊收买后，与其沆瀣一气（花脸）

张公公　　清宫太监（丑）

杰克逊　　大不列颠矿业公司董事长（小生）

晋　红　　太后赐给胡聘之的五姨太（青衣）

曾夫人　　胡聘之的大夫人（青衣）

胡　杰　　胡聘之的侄子（武生）

司仪官　　通判翻译（丑）

晋　商　　渠本义、乔林等

宫女、丫环、侍卫若干

第一场　签约挪款

〔山西巡抚府衙内。上挂大清"龙旗"和大不列颠"米字旗"。

司仪官　民间有买卖，友邦有借贷。大清山西巡抚胡聘之与大不列颠矿业公司董事长杰克逊先生借款签约仪式启动（可适当说英语）。

〔金发碧眼的礼仪小姐"猫步"款款，仪态万方的大清官女"跷功"娇娇。长辫子与"偏分头"混搭，铜管乐与吹打乐掺杂。

〔山西巡抚胡聘之、大不列颠巨商杰克逊左右上，坐。

〔端亲王大摇大摆上，监审签约仪式。

胡聘之　（唱）签约会时尚新潮呈吉兆，

端亲王　（接唱）洋妞儿丰乳肥臀把人撩。
　　　　　露的多穿得少，

胡聘之　（打趣）端亲王口水直流像馋猫。

杰克逊　（唱）（对胡聘之）你看这——
　　　　　模特儿金发碧眼猫步款款多劲爆，

胡聘之　（唱）怎及我窈窕女跷功娇娇金步摇。

〔众人笑：哈哈……

胡聘之　光绪圣明，开启维新，筑路开矿，借贷洋银。

杰克逊　商务以合同为本，借贷因字据为凭。请三审文本。

通判官　大清国筹借大不列颠矿业公司千万白银，十点年息，三载为期，届时不克，采矿偿之……签字盖印，以资为凭。

〔杰克逊签字，胡聘之命衙役握硕大官印盖章。

〔杰克逊示意将六百万两银子搬上来。

杰克逊 这是首付六百万两现银,请胡大人过目。

胡聘之 验银入库!

端亲王 慢!今日签约,本王一来受命督阵,二来奉太后懿旨:清漪园急待维修,暂且挪借四百万两白银。

胡聘之 这个……端亲王,筑路修矿,等米下锅,挪借银两,万万不能。

端亲王 翅膀硬了,你还敢抗旨违命?

胡聘之 借款开矿是皇上圣意。

端亲王 难怪,有人替你撑腰?

胡聘之 王爷,合约签订,生效履行。毁约必罚,岂能失信于人!大人若挪走资金,犹如釜底抽薪。开矿成泡影,兴业成画饼!

端亲王 胡大人,你是喝汾河水的命,操紫禁城的心。难道说还要太后给你打借条不成?

胡聘之 微臣不敢。

端亲王 谅你不敢。胡大人,识时务者为俊杰。

〔端亲王示意众侍卫将银子搬下。

〔胡聘之呆若木鸡。

〔帮　唱:呃——

　　　　　一个月饼没捏圆,
　　　　　太后掰走大半边。
　　　　　开矿断了资金链,
　　　　　胡聘之是哑巴吃黄连。
　　　　　——有苦难言。

〔暗转。端亲王与杰克逊私语。

杰克逊 亲王,釜底抽薪——这一招阴、狠、妙啊!

端亲王 胡聘之不是爱酒嘛,够他喝一壶的!

杰克逊 (得意地)哈哈……

端亲王　　（阴冷地）嘿嘿……我可是顺着你的棋谱在走啊！那——
杰克逊　　你放心，咱们按事先的约定，五千两白银的回扣，兑现！
端亲王　　杰克逊先生，东亚矿产，富在中华。中华之矿，富在山西。山西之矿，可是一块肥肉啊！
杰克逊　　这山西巡抚也将是一大肥缺。只要扳掉胡聘之这个眼中钉，往后你就占干股！
端亲王　　我可是堂堂一品亲王，那不过是二品巡抚。
杰克逊　　你一品亲王不过是个奴才，有虚名无实惠。若是来一个端亲王监理山西巡抚，岂不是名分与实惠双收吗！
端亲王　　好。杰克逊先生，那今晚——
杰克逊　　喔，我明白了，王爷你老当益壮抖精神，偏吃嫩草开洋荤。模特儿路易斯小姐，今晚就归您老享用了。
　　　　　〔切光。

第二场　蒙冤遭贬

　　　　　〔幕后唱：帝党、后党掰手腕，
　　　　　　　　　　维新落难受牵连。
　　　　　　　　　　亲王趁机告阴状，
　　　　　　　　　　勤政巡抚遭贬官。
　　　　　〔一道白森森的光柱直射舞台中央，山西巡抚胡聘之伏身而拜，五体投地。
画外音　　（振聋发聩）圣旨下，奉天承运，太后准旨，皇帝诏曰：山西巡抚胡聘之激进妄为，假洋务为名，借"洋债"白银千万。如今资金断链，路矿搁浅，英商逼债，朝野震撼。

　　　　　　着即行革除胡聘之山西巡抚之职，以示惩戒，钦此。
胡聘之　　微臣遵旨！
张公公　　（上，嗲声嗲气地）太后懿旨：老佛爷念你年近花甲，妻儿拖累，恩准保留你从二品俸禄。
胡聘之　　谢太后老佛爷慈恩。
张公公　　（耳语）老佛爷向你挪借"洋债"——那几百万两银子修缮清漪园的事，你可要把住门啊！（指嘴）
胡聘之　　谢公公指点！
张公公　　速回老家颐养天年，含饴弄子去吧。生几个啦？
胡聘之　　见笑了。遵命！
　　　　　〔胡聘之颤颤巍巍摘下顶戴花翎，纷纷扬扬的雪花飘落在他佝偻的身躯上。
　　　　　〔光渐隐。

第三场　古道送别

　　　　　〔汾河岸边，雨雪霏霏，归舟待发。曾夫人命胡管家带众人将一箱箱、一袋袋的东西装船。
管　家　　禀夫人，装船完毕。
曾夫人　　有请老爷，准备启程。
　　　　　〔众下。
胡聘之　　（内唱）风刀霜剑九天降（携家眷上），
　　　　　（接唱）鹏方骞、折翅膀、意彷徨、透心凉，
　　　　　　　　满腔热血付汪洋！
　　　　　　　　起步遭遇当头棒，

忠良成了替罪羊。

筹借"洋款"兴晋矿,

老佛爷釜底抽薪断钱粮。

铁路下马半途废,

机器熄火尽抛荒。

叹——

山西宝藏、待嫁娇娘,

何日得以走出闺房?

〔晋商渠本义、乔林及山西众绅士、晋民冒着雨雪,扛"万民伞""功德匾"夹道送别。呼:"胡大人,你冤枉啊!"

乔　林　这真是欲加之罪,何患无辞啊……

渠本义　大人,请接受三晋百姓为您赠送万民伞、功德匾。(揭匾、上书:"为民兴业""风清气正")

胡聘之　晋乡父老情深意重,聘之感激不尽!鄙人乃朝廷罪臣,万万不可接受。

渠本义　大人开启三晋封闭之门,乃矿业先锋、晋商庇佑、新式教育之父,清正廉明之官。我等山西百姓将联名请愿、上书朝廷,为大人鸣冤、请功。

众　人　联名情愿、上书朝廷,为大人鸣冤、请功。(跪地)

胡聘之　(扶起众)聘之叩谢三晋父老!只是此举不仅于事无补,反会惹怒朝廷,罪加一等。

众　人　啊?

〔内呼:"端亲王到!"亲王率侍卫上,下令搜船。

端亲王　本王奉旨代理山西巡抚,胡大人卸任还乡湖广天门,特来送行。

胡聘之　岂敢岂敢,胡聘之感恩戴德,诚惶诚恐!

端亲王　听说今夜三更胡大人的家奴们便肩挑背扛,连夜装船。不

|||知搬的是些什么宝贝呀？本王倒要见识见识。

侍卫甲　禀王爷，头一条船上装的秀才搬家——全是书。

胡聘之　知书达理，为尊者讳。

端亲王　那第二条船呢？

侍卫乙　第二条船上装的是上百坛山西汾酒。

胡聘之　何以解忧，唯有杜康。

端亲王　那第三条船上装的……

侍卫丙　都是些石头！（递给亲王）

胡聘之　看仔细啰，山西的石头有彩矿，彩矿中可是有宝玉啊。

端亲王　彩矿？宝玉？我看这都是些普通的矿石嘛！

侍卫丙　（确认）都是些普通的矿石。

胡聘之　吾闻之，汾河、黄河到汉江，河口激流风浪狂——不亚于官场风波啊。以三晋之石压船，镇得住风浪啊。

〔侍卫甲、乙抬箱子上。

侍卫甲
侍卫乙　（合）亲王，搜到一箱纹银。

曾夫人　（护住箱子）你们不要太绝情了？

端亲王　曾夫人，本王奉命行事，请夫人谅解、配合。

胡聘之　夫人，让他看看。

端亲王　（查看，对侍卫）啊，大胆，还不给我放回原处，这上面烙有火印，乃是皇家法规胡大人的俸禄，聘之兄，你好节省啊。

曾夫人　这可是老老小小的养命钱与我们家眷的脂粉钱！

胡聘之　见笑了。

端亲王　一年清知府，十万雪花银。胡大人官居巡抚，乃一方诸侯，难道除了朝廷这点俸禄之外，真个是两袖清风？

胡聘之　胡某淡泊明志，兴趣所在，抱负所向，原本不在金钱。

侍卫丙　禀亲王，搜到一副龙纹卷轴。

端亲王　　龙纹卷轴？
曾夫人　　（夺过卷轴）这卷轴谁也不许动。
端亲王　　啊，是什么好东西，夫人如此动静，我倒要看个究竟。
　　　　　〔端亲王示意侍卫丙、丁夺过龙纹卷轴，展开。
端亲王　　（念）书赠爱卿聘之：奉行洋务，维新救国。光绪字。（旁白）啊，果然不出太后所料，胡聘之并非贪财之徒，其志不在金钱，必有洋务维新之异志。（对胡聘之）胡大人！
　　　　　（唱）此番搜查本奉行太后旨命，
　　　　　　　　若装有金银珠宝即刻放行。
　　　　　　　　行洋务倡维新君臣一体，
　　　　　　　　扣船只见太后请至帝京。
胡聘之　　（心存忐忑）遵命！
侍　卫　　走！
曾夫人　　（担忧）老爷！
　　　　　〔光隐。

第四场　牌场双赢

　　　　　〔清漪园后宫。
太　后　　（唱）慈恩训政，劳心费神。
　　　　　　　　满朝文武谁不尊？
　　　　　　　　红袖秉笔批奏折，
　　　　　　　　峨眉弄权掌乾坤。
　　　　　　　　胡聘之办洋务开矿修路，
　　　　　　　　却不该追随维新步后尘。

　　　　　　我挪走洋款数百万，
　　　　　　一箭双雕两称心。
　　　　　　清漪园得修缮重现十景，
　　　　　　又使得山西路矿断资金。
　　　　　　窃喜他识时务且能隐忍，
　　　　　　甘背大黑锅，
　　　　　　守口如金瓶。

张公公　（上）端亲王带胡聘之进见！　（二人上）

胡聘之　罪民胡聘之叩见太后老佛爷！

太　后　胡聘之啊胡聘之，当年殿试钦点是皇上的旨意，御任山西巡抚可是哀家的意思。你却顾了瀛台，无视兰台。听了前台，忘了后台。你说哀家今天将如何处置于你呀？

胡聘之　这……

太　后　小端子，你说呢？

端亲王　谁敢违抗老佛爷的旨意，按理当斩！

胡聘之　君要臣死臣不死不忠，父要子亡子不亡不孝。罪臣听凭太后发落，肝脑涂地，在所不辞。

太　后　哈……哀家准备了一桌麻将，要你陪我玩玩牌。

胡聘之　玩牌？

端亲王　玩牌。赢了则生，输了则亡！

胡聘之　罪民未亡之时，能够陪太后打麻将，死也值了。

太　后　好吧，晋红，上牌。

　　　　　〔晋红等抬麻将桌上。

太　后　看你这灰头土脸的，打盆水来让他洗洗。

　　　　　〔晋红端金盆，胡聘之一旁洗手。

太　后　这些银子分给你们每人一份作牌本。（对张公公、端亲王悄声地）你们俩只准放炮，不准成牌。

张公公
端亲王　　（合）喏。

太　后　　聘之，你可知玩牌无老少，上场一把刀。

胡聘之　　上场一把刀！

太　后　　开始！

胡聘之　　奴才遵命。
　　　　　（唱）上牌桌心跳咚咚像打鼓，
　　　　　　　　没料到奈何桥头设牌局。

张公公　　（接唱）老佛爷出手大方赏牌本，
　　　　　　　　不准赢来只准输。

端亲王　　（接唱）明赌暗送猫戏鼠，
　　　　　　　　太后唱的哪一出？

太　后　　（接唱）一盘见高下，
　　　　　　　　输赢成定局。（四人打麻将）

张公公　　（接唱）"清一色"拆门打"圆句"，

端亲王　　（接唱）"杠上开花""圆胡"打"破胡"。

胡聘之　　（唱）一场麻将生死误，
　　　　　　　　无门无将十三孤。
　　　　　　　　三魂飘飘入地府，
　　　　　　　　四肢瘫软如朽木。
　　　　　　　　五脏六腑黄连苦，
　　　　　　　　七上八下晕乎乎。
　　　　　　　　九死一生神无主，
　　　　　　　　十指僵硬似枯骨。

太　后　　（接唱）命晋红帮聘之来"挑土"。
　　　　　〔晋红入座打麻将。

太　后　　（出牌）一雀。

晋　红	（亮牌）胡了。
太　后	（接唱）三归一——
张公公 端亲王	（合唱）满桌银子都姓胡。
胡聘之	啊，这……
端亲王	聘之啊，小晋红真是你的救命恩人。
胡聘之	是啊，还有那救苦救难的太后，才是我的观世音菩萨。
太　后	这话我爱听。小端子啊，你啊，还是缺心眼儿。聘之啊，
胡聘之	罪民在。
太　后	哀家念你一片忠心，为国分忧，清廉正气，也有几分担当。命你将这赢得的银子，带回天门老家修建胡家花园，也算是有个归宿。
胡聘之	啊，罪臣谢恩。
太　后	哀家知你爱书、爱酒、爱女人，书与酒，你都不少了。现将宫中的四大美女，赐给你做姨太。
胡聘之	谢主隆恩。只是罪臣已有四房妻妾了，再来四位美女，只恐老臣身子消受不起啊。
端亲王	嗐，太后赏你脸，你还拉架子？
胡聘之	受之有愧。
端亲王	却之不恭！来，四大美女上场也。
	〔四宫女当场歌舞。
胡聘之	这……
端亲王	什么这个那个的，看哪—— （唱）京女善歌仙音缈，
胡聘之	（接唱）樊素玉口吐樱桃。
端亲王	（接唱）湘女能舞百尺练，
胡聘之	（接唱）扶风杨柳小蛮腰。

| 端亲王 | （接唱）诸暨越女西施貌，
| 胡聘之 | （接唱）越白星灿步步娇。
| 太　后 | 既然四大美女都看中了，就都收了吧。
| 胡聘之 | 伏拜老佛爷，倘若四大美人皆归我有，以我爱美之心、惜花之意、怜香之好，只怕是吃了中饭拉纤——
| 太　后 | 此话？
| 胡聘之 | ——走不多远。
| 端亲王 | 嘿，也好，为了你身体康健，您就单选一人，剩下三女赏给我吧！
| 太　后 | 瞧你，就这点出息！聘之你就选一位吧。
| 胡聘之 | 那，罪民之于山西有未了之情，那就选晋红吧。
| 端亲王 | 哎呀，您可真会挑哇，晋红乃十全大美女，琴棋书画，女红刺绣，诗赋歌舞，色艺双馨，实在是让我羡慕、嫉妒、恨啊。
| 张公公 | 胡大人，你有了晋红啊——老有所依、老有所乐，洪福，艳福哇！
| 端亲王 | （对张公公）要不在这三大美女中，赏一位给公公？
| 张公公 | 哟，别取笑人家了！人家可是有色心无色根啊。
| 晋　红 | 奴才，谢老佛爷恩典，幸会胡大人！（靠近胡聘之）
| 太　后 | 聘之回老家后，安居有胡家花园，衣食有二品俸禄，还有才女小晋红相伴，你可要知足，切不可再吃闲饭操野心啊！晋红，胡聘之能不能收心，就看你的了。
| 晋　红 | 晋红遵旨谢恩！
| 胡聘之 | 胡聘之叩谢太后老佛爷慈恩浩荡。

〔张公公示意晋红同拜。乐起。

| 张公公 | 一叩首：谢太后恩典。再叩首：谢太后赐婚。三叩首：夫妻对拜，转入香车，启程、归乡！

〔光隐。

第五场 托孤赴晋

〔天门,新修建完工的胡家花园,书房内。
〔胡聘之挥毫而书,晋红抚弄古琴。

晋　红　（唱）琴瑟和鸣——
胡聘之　（接唱）枯木逢春——
　　　　（二人同唱）胡家花园吟诗作画品戏文,
胡聘之　（接唱）虽然是仙居美酒玉娉婷,
　　　　　　　　难忘三晋未了情。
　　　　　　　　恍惚间火车长鸣车轮滚滚,
　　　　　　　　矿石源源出山阴。
晋　红　老爷——
　　　　（接唱）晋红蒙恩有身孕,
　　　　　　　　十月怀胎喜将临。（胎儿悸动）
　　　　　　　　哎哟——
胡聘之　（听胎动,唱儿歌）萤火虫,亮晶晶,
　　　　　　　　娃儿出世看星星。
　　　　　　　　星星点灯眨眼睛,
　　　　　　　　虫虫星星一条心。
晋　红　（娇嗔）老顽童!
胡聘之　哈……
　　　　（接唱）老来添喜行宏运,
　　　　　　　　枯树逢青好温馨!
　　　　　　　　待来日、接生礼、洗三庆、

　　　　　　满月酒、迎嘉宾、聘乡邻、请士绅、
　　　　　　唱大戏、谢观音，
　　　　　　张灯结彩、喜气盈盈，
　　　　（二人同唱）欢庆宝贝降胡门！
　　　　〔曾夫人送"夜茶"上。

曾夫人　老爷，把这碗参汤喝了吧！

胡聘之　啊，多谢夫人。（端起参汤喝）

曾夫人　老爷，参汤虽好也不能狂咽猛吞，凡事都要悠着点，身子骨要紧。

胡聘之　谢夫人提醒。

曾夫人　五姨妹，老爷宠着你，可也不能太任性。

晋　红　夫人指点极是，晋红谨记在心。

曾夫人　知道就好，这碗红枣莲子羹你快趁热喝。

晋　红　多谢夫人，只是这……又要喝？我……

曾夫人　你一张小嘴巴供两个人的营养哪，快喝。

晋　红　夫人哪，我都喝成大胖子了，要减肥。

曾夫人　减肥？都快做妈的人了，养胖点奶水足。
　　　　〔晋红朝聘之做个鬼脸，聘之假装没看见。
　　　　〔鼓打二更。

曾夫人　时候不早了，早点休息！（随手带门，下。）

晋　红　是，晋红拜送夫人。
　　　　〔管家急上。

管　家　会馆传急信，速送老大人。（叩门）禀大人，湖广山西会馆渠老板送来一封急信。
　　　　〔胡聘之急忙开门接信。
　　　　〔曾夫人、胡杰及众家人闻声而上。

胡聘之　（阅信）……签约事变，迫在眉间。英商催款，横蛮刁钻。

端王不端，洋奴买办，补签条款，丧失矿权……（惊呼）喂——呀，晋矿危乎，大清危乎！（一阵昏眩）

〔众家眷呼唤哭喊乱作一团："老爷！""大人哪……"

晋　红　　老爷，您……您吓煞晋红矣！

胡聘之　　（蓦然挺立，唱）洋人霸矿势危急，

　　　　　　　　　聘之心口压巨石。

　　　　　　　　　签条约借洋款白纸黑字，

　　　　　　　　　墨迹未干巧取豪夺耍赖皮。

　　　　　　　　　四百万余款未到账，

　　　　　　　　　勘矿占道插界旗。

　　　　　　　　　任凭你恃强凌弱眈眈虎视，

　　　　　　　　　保路矿护家业义不容辞。

曾夫人　　老爷呀，山西远隔千山万水，眼下冰天雪地。你花甲屡弱之体，怎能成行啊！

胡　杰　　伯父哇，你去不得呀！

胡聘之　　胡杰，我的好侄儿，你一身武艺，正好保护大伯前往山西。

胡　杰　　伯父，这……

胡聘之　　（不由分说地）势态迫紧，夺秒争分，准备车马，连夜启程！

〔胡杰点头急下。

晋　红　　老爷呀——太后将我赐予你，就是要封住你的嘴，捆住你的腿，收住你的心，管住你的人啊。你若此番前去，必然有去无回！

胡聘之　　我若坐视不理，比死了还难受哇！

晋　红　　也罢，晋红陪你一同前往。

曾夫人　　不成，你有孕之身，旅途颠簸劳顿——两条人命哪。要么，我陪你一起去。

胡聘之　　夫人，胡家大院不能没有你呀！就让胡杰陪我去吧。

晋　红　　老——爷呀！

（唱）山西路遥，布满荆棘，

朝廷忍让，只身难敌。

不在其位不谋其政是常理，

如今老爷已成为一介布衣。

胡聘之　　（接唱）大丈夫就应该顶天立地，

承俸禄岂能够干吃白食。

晋　红　　（接唱）晋红我蒙宠爱有孕之体，

此一去定然是生死别离。

胡家大院不能没有你——老爷呀，

你不念妾不念妻，

也该念行将问世的小咬脐！

〔胡聘之扶起晋红，牵起曾夫人"临行托孤"。

胡聘之　　聘之去意已决。此行山西不知何日归来，曾夫人，胡家花园就托付给你了，五姨妹母子俩我也托付给你了！

曾夫人　　老爷！

胡聘之　　（唱）面对夫人施一礼，

临行托孤心悲戚。

晋红本是外乡女，

无亲无故好孤寂。

求夫人——

腹中娇儿如同你的亲生子，

与晋红姊妹情相怜相依。

此行若是随人意，

及早返乡不迟疑。

待到元宵团圆夜，

　　　　　　正是凯旋归来时。

　　　　　　——走！

晋　红　　老爷，我和孩子等你早些回来！

　　　　　〔胡聘之毅然转身，与胡杰雪夜登程。

　　　　　〔夜空中传来晋红唱儿歌：

　　　　　　萤火虫，亮晶晶，

　　　　　　娃儿出世看星星。

　　　　　　星星对你眨眼睛，

　　　　　　虫虫星星一条心。

晋　红　　（对曾夫人）夫人，老爷此去凶多吉少，太后一向对晋红宠爱有加，待我修书一封命胡刚快马送往京城，用我的名号面呈太后，禀明真相，乞求开恩……

曾夫人　　快快写来。

　　　　　〔曾夫人掌灯，晋红秉笔疾书。

晋　红　　（唱）胡聘之年迈赴晋铤而走险，

　　　　　　皆因为端王奴颜丧矿权。

　　　　　　望乞太后施法眼，

　　　　　　慈惠忠良惩内奸。

　　　　　〔收光。

　　　　　〔暗转：胡聘之、胡杰跋山涉水，赶赴山西。

　　　　　〔胡刚快马进京……

　　　　　〔切光。

第六场　醉斗英商

〔景同一幕。

〔西洋模特"猫步"款款，大清宫女"跷功"娇娇……

司仪官　还款卡壳，补充签约。记者台下请坐，闲人闪开后挪。端亲王、杰克逊先生有请！（无应）端亲王、杰克逊先生有请！

〔端亲王、杰克逊先生、露易丝上。

端亲王　条约有待商榷，各位暂且退下，歇息片刻。

〔众："呼"的一声散去。

〔暗转。一束追光中端亲王、杰克逊秘密谋划，露易丝献媚其间……

端亲王　（念）【扑灯蛾】嗻——

　　　　　　　　上钩的鱼儿难脱钩，

　　　　　　　　开弓的箭儿难回收。

　　　　　　　　只说我贪心不足像"四井口"，

　　　　　　　　杰克逊填不满的喉咙比"四井口"还粗。

杰克逊　（接念）软一招硬一手，

　　　　　　　　不夺矿权不罢休。

端亲王　（接念）补签条约若败露，

　　　　　　　　轻则免官重砍头。

杰克逊　（接念）原有合约补条款，

　　　　　　　　胡聘之成了冤大头。

露易丝　（接念）事成必有大回扣，

|||我的亲亲王啊——（撒娇）

　　　　　　给你生个混血儿小哇小王侯。

端亲王　　（接念）一不做二不休，

　　　　　　杀人就要杀下喉。

胡聘之　　（内呼）且慢，胡聘之来——也！（手提酒壶边饮边上）

　　　　　（唱）急急切切、撞撞跌跌，

　　　　　　半壶汾酒壮行色。

　　　　　　不在其位担其责，

　　　　　　醉会英商保矿业。（破门而入，跌倒。）

众　　　　（上，惊）胡大人！

端亲王　　你，胡大人，你怎么来了？

胡聘之　　哟，这是哪里好眼熟哇？我怎么跑到这里来了呢？

杰克逊　　啊！老朋友，你好，你好！你怎么这个样子？哈哈……

胡聘之　　（边饮边说）呃，杰克逊先生、端亲王。来，请给端亲王和杰克逊先生上酒杯。

　　　　　〔宫女奉上酒杯，胡聘之为之倒酒。

杰克逊　　中国酒太烈。

胡聘之　　山西汾酒哇。

杰克逊　　山西汾酒，好，来一点。

胡聘之　　呃，意思意思嘛，请！

端亲王　　（唱）胡聘之借酒装疯来者不善，

杰克逊　　（接唱）冤大头自己偏往窟窿里钻。

胡聘之　　（接唱）端亲王遮遮掩掩神情慌乱，

　　　　　　杰克逊嘻嘻哈哈笑里藏奸。

杰克逊　　老朋友，回老家日子过得还好吧？

　　　　　（接唱）我要送你白银两千表心愿，

　　　　　　再送一个洋姨太乐享晚年。

胡聘之	（接唱）胡某人无职无权一光杆，
	无功受禄岂不多了一个官衔。
端亲王	什么官衔？
胡聘之	洋奴买办撒！
端亲王	你……
胡聘之	啊，哈哈……
杰克逊	（接唱）幸亏他革职开缺靠边站，
	若不然补签条约难过关。
端亲王	（接唱）太后命你安隐老家闲事少管，
	违懿旨狗咬耗子找麻烦。
胡聘之	（接唱）聘之做人有底线，
	老朽无畏把命玩。
端亲王	如此看来，胡大人是醉翁之意不在酒吧？
杰克逊	是啊，胡大人，你今天来有何贵干？
胡聘之	杰克逊先生，当初向你借钱的人是谁？
杰克逊	是你胡聘之啊。
胡聘之	与你签约的人又是谁呢？
杰克逊	也是你胡聘之啊。
胡聘之	这就对了。我们中国有句俗语：打酒只问提壶人。
端亲王	这么说，胡大人今天是带钱来还债的啰？
杰克逊	（咄咄逼人地）那就请你还钱，拿来呀，拿钱来！哼，以你们大清的国力，以你胡聘之一个被踢到一边的破皮球……（蔑视地耸肩摇头）我看你是喝醉了。
胡聘之	胡某酒醉心里明。杰克逊先生，听说你带人勘矿苗、查矿源，摸清白了冇有？
杰克逊	嗨，我带来的专家对这里已作了矿产地质调查。埋藏在大清山西的矿产是超乎想象的奇迹。远远超过美国宾夕法尼

	亚州，它的煤矿足够全世界用两千年。
胡聘之	啊——我大清家底如此丰厚，何愁还你区区小账。
杰克逊	哎，我们大不列颠怎么就没有这样的地方呢？
胡聘之	用你们的话说：这是上帝对善良与诚实的恩惠。
杰克逊	噢，万能的主啊，你太偏心了，为什么唯独把这新世纪的太阳石留给了大清的山西呢？
胡聘之	你羡慕？
杰克逊	羡慕。
胡聘之	你嫉妒？
杰克逊	嫉妒。
胡聘之	你眼红？
杰克逊	（语塞）NO，NO……，胡大人，不要绕圈子。告诉你，我也算得个中国通。请看合约：届时不克，采矿抵偿。请注意，采——五色也——红黄蓝白黑。采矿——彩色的矿。你们山西的黄金矿、白银矿、蓝宝石矿、红玛瑙矿、黑煤矿全都是我的。
胡聘之	眨巴眼看月亮——好大的星（心）。
杰克逊	你说什么？（问端亲王）眨巴眼看月亮什么意思？
端亲王	他说你……"高人"。
杰克逊	啊，眨巴眼看月亮是"高人"。
胡聘之	杰克逊先生，你说你是中国通，我看你的汉语并不及格。采乃是开采，并非是五彩也！
杰克逊	NO，NO，NO，不是采矿，是彩矿，是五彩的矿！
胡聘之	（调侃地学舌）NO,NO，汉语博大精深，你焉能得其精髓！让我来教教你：《国风》——《苤苢》：采采苤苢，薄言采之。采采乃行动之采，并非彩云之彩耳！
杰克逊	这个……（问端亲王）是这个意思？

端亲王　（无奈地点点头）

杰克逊　（对端亲王）你比我是眨巴眼看月亮——高人。他说的是真的？

端亲王　是。

胡聘之　你这个汉学家啊，斯文扫地！

杰克逊　你……

胡聘之　杰克逊先生，我这次从天门老家而来，特意为你——老朋友带来了一件礼物。

杰克逊　什么礼物？

〔胡杰、渠本义、乔林抬礼品架上，胡聘之掀开红布，露出一大摞鸡蛋。

胡聘之　请看！

杰克逊　鸡蛋。

胡聘之　这可是地地道道的散养土鸡蛋，比你们那洋鸡蛋的味道好得多啦。

杰克逊　好好，那就谢谢了。

胡聘之　慢，聘之送礼，乃有一事相求。

杰克逊　什么事求我？

胡聘之　久闻杰克逊先生哈佛高才生，法学硕士。胡某回乡碰到了一桩邻里纠纷案难以判决，特向法学专家请教。

杰克逊　说吧。端亲王，你也来听听。

胡聘之　杰克逊先生请听。

（唱）老朽回乡碰到一桩稀奇案，
　　　敬请你法学专家当高参。
　　　东家向西家借了钱十串，
　　　约定好百日内连本带利一起还。
　　　到期不还就以鸡蛋抵欠款，

　　　　　　立字为据免得日后扯皮拉筋惹麻烦。
　　　　　　百日满东家无力还欠款，
　　　　　　西家要连鸡带蛋一起端。
杰克逊　（接唱）按字据东家只需偿还鸡蛋，
　　　　　　这西家既贪心并且横蛮。
胡聘之　贪？
杰克逊　贪。
胡聘之　横蛮？
杰克逊　横蛮。
胡聘之　（接唱）西家打开字据给我看，
　　　　（念）以鸡蛋偿还——鸡、蛋，鸡、蛋，
　　　　（接唱）既有鸡又有蛋两样全。
　　　　　　这个案子你说怎么判？
　　　　　　倒叫胡聘之为了难……
杰克逊　你是怎么判的？
端亲王　是啊，你是怎么判的呢？
胡聘之　嗐，你看，就算东家把鸡子给了西家，西家也养不了呀。于是西家就硬要把鸡子留在东家养，占东家的地、吃东家的食、还在东家拉屎，西家每天过来捡蛋。
杰克逊　那怎么行，这鸡占了东家的地、吃了东家的食，还在东家拉屎，西家要给东家占地费、饲养费、污染费。
胡聘之　高，高哇！
　　　　（接唱）哈佛大高才生破解悬案，
　　　　　　胡聘之茅塞顿开拨云见天。
　　　　　　杰克逊请往这边看，（指合约与鸡蛋）
　　　　　　两桩案子皆一般。
　　　　　　我大清如东家，你大不列颠如西家。矿石好比蛋、矿山好

	比鸡，如今你既要蛋又要鸡。可我山西矿山这只鸡大得很哪，你搬得回去吗？这矿山在我大清的地盘，占地费、饲养费、污染费你付得起吗？
端亲王	你……
杰克逊	啊，你，你太狡猾了。我可是借给你一千万两白花花的银子，按你们中国的"驴打滚"，一共四千万两。
胡聘之	合约上可有"驴打滚"？据我所知前期六百万贵方已交付我大清账上，可后期四百万至今未能到账。如此说来，杰克逊先生已违约在先。
杰克逊	（哑口无言）啊……
胡聘之	老朋友，我有两句祖训你我共勉，对于你——"君子爱财，取之有道"，对于我——"欠债还钱，天经地义"。依照合约：年息之十，三年为期。三六一百八，加上本金六百万，连本带利一共七百八十万，由我山西父老，采矿抵债。
杰克逊	哎呀，我，我有点头晕。
胡聘之	（掷地有声）这黄金、白银、碧玉、黑矿的开采权都在我大清！
杰克逊	你……你……既然还款期限已到，我现在就要钱。（逼向胡聘之）要是没钱还的话，嘿嘿！
胡聘之	这……
端亲王	你看你看，人家现在就要钱，这……这可怎么办哪？这……这……
	〔渠本义、乔林："只要能保住矿权，我们晋商集资还款。"
	〔内呼："对，我们晋商集资还款！"
渠本义	我渠家商行出两百万！
乔　林	我乔家汇通行出一百五十万！
胡聘之	（拜谢）我那胡家花园卖了也还能抵几个钱。

〔内呼:"我们盐商出一百万!""我出八十万!""我出三十万!"十万、五万……呼声一片。

杰克逊　你们……你,好你个胡聘之,我要上诉到大不列颠公使,给你们大清有好看的!给你胡聘之有好看的!

胡聘之　杰克逊先生,淡定。我知道,杰克逊这个名字的含意是上帝是慈善宽厚的,望你名符其实。来,我们干杯。

杰克逊　你……你等着。(气急败坏地欲下)

胡聘之　(一饮而尽,开怀大笑,震彻栋宇)哈……(醉倒)

杰克逊　(转身呆望着胡聘之,感叹)啊,大清国竟有这忠心耿耿的铁血男儿,生死无畏、财色不贪,能言善辩、签约高手。眨巴眼看月亮——高人哪!

〔众记者蜂拥而上,"咔嚓"声声,银光闪闪。

〔光隐。

第七场　赐酒归天

〔后宫内,太后上坐。

太　后　备酒作乐,以奉功臣!

端亲王　遵旨。

胡聘之　(上、唱)整冠带进后宫心存侥幸,
　　　　　　　上一回见太后财色双赢。
　　　　　　　此番我智斗英商大获全胜,
　　　　　　　定然是得恩宠再尽赤诚。

端亲王　胡大人,太后的最爱和最怕你可晓得?
　　　　〔胡聘之摇摇头。

端亲王	太后最爱是听戏,最怕的是洋人。你得罪了洋人,可要当心啰!
胡聘之	(进宫)奴才参见太后老佛爷千岁,千千岁!
太　后	山西巡抚胡聘之,德高望重,谈判成功,官升一品!
胡聘之	罪臣叩谢太后老佛爷洪恩浩荡!
	〔张公公为之穿戴官服。
太　后	听说你要卖胡家花园?那可是哀家所赐之物,你也敢卖?
胡聘之	啊……
太　后	聘之,记得上次哀家为你准备的是一桌牌,今天哀家为你备下一瓶酒。
胡聘之	(大惊)一瓶酒!
太　后	(弦外有音)一瓶英国名酒威士忌。这可是生命之水!
胡聘之	啊……罪臣听凭太后发落,死而无憾。
太　后	你呀,你呀,怎么就这么值钱呢,众位晋商以数百万白银救你。你醉斗杰克逊,巧舌如簧啊。斗嘴皮洋人斗不过你,却以坚船利炮相要挟我大清国。你说我总不能因小失大吧!本宫不想让庚子乱事重演,我老了跑不动了!
胡聘之	聘之微不足道,能为大清江山社稷尽忠,万死不辞。
太　后	股肱大臣哪,今后哀家有难处,该找谁呢?
端亲王	老佛爷,还有我们在。
太　后	怕是十个端亲王,也比不上一个胡聘之啊。
端亲王	啊!
太　后	啊什么?别以为你做的那些见不得天日的事我不知道,洋奴。
	来人,把小端子给我拉下去重责四十大板,赶出皇宫,贬为庶民。
端亲王	太后,奴才知罪,我……我可是您的内侄儿啊……太后,

老佛爷……

太　后　拉下去。

〔侍卫将端亲王拉下。

太　后　哎，聘之，你看看这个。（扔下晋红写的书信）

胡聘之　晋红，她人呢？

太　后　是她托人送来的。晋红恃才清高，和你倒成了一对亡命鸳鸯。她求我饶恕你，就算我答应了，可洋鬼子不答应。唉——聘之，难道你就冇么事求我吗？

胡聘之　只求不要殃及我的家人。

太　后　哀家知道你有五房姨太，子孙成群。你说你怎么生这么多孩子？

胡聘之　这……太后，我是为大清国养育后辈英才，为太后老佛爷养育奴才呀！

太　后　哎哟，都到这时候了，嘴巴还挺甜的，说得哀家怪心痛的呢！只是你这一走就冇了……

胡聘之　胡某虽化归乌有，可是大清国还在，矿山还在，子孙后代还在呀！

太　后　事后，我会赐封晋红从五品诰命俸禄，胡家花园衣食有着落了。

胡聘之　聘之代晋红叩谢太后！（拿起威士忌转身欲走）我的大清国啊——告辞了！

太　后　哪里去？

胡聘之　（晃动酒瓶）我若是在这里喝了，有损太后颜面。让我最后一次为太后补台，为国家尽忠，这酒——我到英国领事馆去喝！

〔慈禧呆立。（收光）

〔暗转，英国领事馆前。

胡聘之　（唱）回首签约图兴邦，
　　　　　　　弱国外交受欺狂。
　　　　　　　大清哪天得清朗？
　　　　　　　天国何时开天窗？
　　　〔胡聘之举起威士忌，一饮而尽，仰天疾呼："胡聘之
　　　　——归矣！"轰然倒地。
　　　〔隐约飘来儿歌：　萤火虫，亮晶晶，
　　　　　　　　　　　　娃儿出世看星星。
　　　　　　　　　　　　星星点灯眨眼睛，
　　　　　　　　　　　　虫虫星星一条心。
　　　〔婴儿啼哭中光隐。

尾声　魂归乡井

　　　〔伴　唱：啊——
　　　　　　　　正月十五元宵夜，
　　　　　　　　正是凯旋归来时……
　　　〔元宵夜，天门河两岸红灯高挂。
　　　〔哀乐起，胡府丧船渐近，两岸红色灯笼骤然变为白色灯笼，
　　　　白幡如云，纸钱似雪。
　　　〔曾夫人率胡府众人接丧，五姨太丧服素带，怀抱襁褓婴儿。
　　　〔天空飘来一纸"委任状"。
　　　〔曾夫人接住"委任状"，递给晋红，接过婴儿。
晋　红　（泣血而吟）中华国民军大总统孙文

委任状

胡聘之历年勤苦显著，忠贞功殊堪嘉尚着，赏给将军衔，兼理川鄂湘三省事务，旋即赴任……

〔伴唱：晋水呜咽楚水吟，
　　　　悲歌曲曲慰忠魂。
　　　　巡抚签约沧桑泪，
　　　　华夏兴邦有来人。

〔剧终〕

初稿 2017 年 10 月 10 日

大型现代黄梅戏

槐 花 谣

编剧：谢柏梁　熊文祥

时间：20 世纪 20 年代末至 50 年代初
地点：鄂东麻城大别山区

人物表：

槐　花　　乘马岗的姑娘，春牛的女友

春　牛　　陈春牛，营长。乘马岗参军的红军指战员，后
　　　　　为将军

牛儿爹
牛儿娘　　陈春牛的父母

教导员　　红军营教导员，春牛的搭档

杨　嫂　　乘马岗红军遗属。后担任乘马岗村长

红军战士若干、男女群众若干

郑守仁　　乘马岗土豪，国民党还乡团团总

苟队长　　还乡团队长

团丁若干

序　曲

〔麻城乘马岗。

〔山坡前挂着中央赴革命老区慰问团的红色标语。

〔鞭炮声响起。喇叭播放着《解放区的天是明朗的天》，青年们扭起欢快的秧歌来。

杨　嫂　　大家安静。现在我们热烈欢迎中央赴革命老区慰问团团长陈春牛将军讲话。

春　牛　　父老乡亲们，大家好。我就是咱村出去的春牛啊。

众　人　　是，这就是咱村里出去的牛娃，乖乖隆地咚，现在当将军了。

春　牛　　从黄麻起义开始，咱们黄冈的父老乡亲，涌现出两百个将军，在大革命时期一共牺牲了44万烈士，为中国革命做出了巨大的牺牲和贡献。

杨　嫂　　是啊，光咱乘马岗村，就累计起来牺牲了300多人！

春　牛　　今天，我们中央慰问团特意过来，公祭英烈。一鞠躬、二鞠躬、三鞠躬！

杨　嫂　　对于还住在草棚和渔船上的烈士家庭、还在讨饭流浪的英雄遗孤……

春　牛　　中央拨款给地方人民政府，为烈士家庭造房子、送票子，济贫扶小，养老送终。大家快找会计登记啊。

〔众人欢呼，纷纷排队登记。

槐　花　　啊！（面无表情地走开）

杨　嫂　　槐花妹妹……

春　牛　　她是……槐花？槐花还活着？

　　　　〔春牛与杨嫂，二人同追槐花。

　　　　〔收光，暗转。

第一场　送郎当红军

　　　　〔大革命时期。

　　　　〔麻城乘马岗。

　　　　〔幕后合唱：高高山下一棵槐，

　　　　　　　　　手攀槐树望郎来。

　　　　　　　　　娘问女儿望什么？

　　　　　　　　　我望槐花几时开。

　　　　〔灯亮。春末夏初，夜。槐花盛开，天上疏星弯月。

　　　　〔春牛上，槐花追赶上。

槐　花　　春牛哥，你别跑了，这槐树下没有人，咱俩就在这里说话啊。

春　牛　　槐花，我就是想见你一面，就……走了。

槐　花　　你要走？刚见面就想走，你要到哪里去啊？

　　　　（唱）往常约会你不肯走，

　　　　　　　直到月亮映日头。

　　　　　　　今日碰面就要走，

　　　　（白）你要是另找相好的姑娘伢啊，

　　　　（唱）走了你就莫回头！

春　牛　　槐花，你冤枉我了。唉，我就直说了吧。

　　　　（唱）工农红军一声吼，

	（唱）千年的农户要出头。

　　　　　　　　土豪劣绅全逃走，

　　　　（白）他郑守仁要是想再打你的主意啊，

　　　　　　　　除非是长江水倒流。

槐　花　（唱）好男就要当红军，

春　牛　（唱）红星、镰刀和斧头。

槐　花　（唱）好女在家把郎守，

春　牛　（唱）槐树槐花我记心头。

槐　花　（唱）有朝一日回家转，

春　牛　（唱）你我成亲生小牛！

槐　花　春牛哥，你坏，你坏！

春　牛　我的槐花妹妹，你是我今生今世最好、最好的姑娘伢！

　　　　〔二人甜蜜地拥抱。

　　　　〔伴唱：你啜我一口啊，

　　　　　　　　阵阵清香沁心头。

　　　　　　　　我拥你在胸口，

　　　　　　　　幽幽温暖闭双眸。

春　牛　妹妹，我想……

槐　花　好哥哥，我给你！

春　牛　（理智地推开）槐花，我真的想要你，可是这一当兵，万一子弹不长眼睛……

槐　花　（捂住春牛的嘴巴）乱说，打嘴。我想、我想……

春　牛　你想么事撒？

槐　花　我要让你做一个真正的男人！（解开红兜肚，盖住自己的脸）你揭开啊。

春　牛　我也真的想揭开这红盖头啊。可是我娘说，百年结恩爱，男女喜开怀。

槐　花　（自己揭开盖头）我娘也讲，洞房花烛夜，堂堂正正来！

春　牛　你这红兜肚上，绣着红星、镰刀与斧头！

槐　花　我绣的就是工农红军的军旗！

春　牛　咱俩想到一道了！（珍重地接过红兜肚）

槐　花　谁叫咱俩是相好的呢。这四村八里的男娃子，人人都参加了红军，你要是不去，可不就落后了吗？

春　牛　哎，生我者父母，知我者槐花哟！哎呀，你这贴身的红兜肚好香啊。我想……

槐　花　你有话就说，想什么？

春　牛　想你把这红兜肚送给我！

槐　花　你一个大男人，行军打仗，带个女人的红兜肚，不怕别人笑话。

春　牛　笑话？

　　　　（唱）说什么笑话不笑话，
　　　　　　　红兜肚在我心中发了芽。
　　　　　　　她是我眼前的一幅画，
　　　　　　　她绣着军旗赛彩霞。
　　　　　　　她是我的情爱高无价，
　　　　　　　我日想她，夜看她，
　　　　　　　日想夜看伴我杀敌走天涯。
　　　　　　　人在就有兜肚在，
　　　　　　　人死她就是我坟头的花。

槐　花　你呀，真是个情种！

春　牛　我心里就只有你！

槐　花　（感动地）春牛啊！

　　　　（唱）把贴身的兜肚交给你，

春　牛　（唱）相拥相抱情依依。

槐　花　（唱）我把深情交给你，
春　牛　（唱）堂前的双燕不分离。
槐　花　（唱）我把未来交给你，
春　牛　（唱）生生死死不偏移。
槐　花　（唱）天地有情槐作证，
春　牛　（唱）炮子穿心不改痴。
　　　　〔军号声响，槐花相送春牛。
　　　　〔一群村姑上。相送画面。
　　　　〔伴唱：吃菜要吃白菜心，
　　　　　　　　嫁郎就要嫁红军。
　　　　　　　　两人相拥槐树下，
　　　　　　　　一抹兜肚结同心。
　　　　　　　　喝水要喝山泉水
　　　　　　　　嫁郎就要嫁红军。
　　　　　　　　槐花绽放送郎去，
　　　　　　　　新月含悲照离人。
　　　　〔光渐收。

第二场　刀下救公婆

　　　　〔幕后枪声、喊声、哭声、犬吠声。
　　　　〔内喊："还乡团来了！""茅草要过火，石头要过刀，给我杀！"
　　　　〔大槐树下，团丁将众乡亲团团围住。
　　　　〔团总郑守仁由团丁拥上。

苟队长　　　大家伙不许嚷嚷，听团总训话！
郑守仁　　　乡亲们，久违了。
　　　　　　（唱）你们闹共产，
　　　　　　　　　分了我的田。
　　　　　　　　　抢了我的粮，
　　　　　　　　　毁了我的祖坟山。
　　　　　　　　　这都是你们头脑简单受欺骗，
　　　　　　　　　我宰相肚里能撑船。
　　　　　　　　　只要你们劝得参军的儿子、丈夫回家转，
　　　　　　　　　我郑某人绝不计前嫌。
苟队长　　　听到没有，说话呀！
　　　　　　〔众不语。郑向苟示意。
苟队长　　　把春牛娘带上来！
　　　　　　〔团丁推春牛娘上。
郑守仁　　　春牛娘，你带个头吧？把你的儿子春牛找回来。
　　　　　　〔春牛娘不理。
苟队长　　　老东西，敬酒不吃吃罚酒！（举枪托欲砸）
郑守仁　　　别动粗嘛。（对春牛娘）只要你把春牛找回来，我不光不杀他，还给你们两亩地，帮他娶房媳妇。
春牛娘　　　多谢你的好意，我家春牛没这个福气。
郑守仁　　　看来你是不领这个情喽？
春牛娘　　　黄鼠狼给鸡拜年，你安的么事心，我懂。
苟队长　　　他妈的！
郑守仁　　　唉，可惜呀，郑某人好心当作了驴肝肺。既然你不肯合作，我也不好强人所难。
苟队长　　　团总，这老太婆耍横，我就把她绑起来打！（绑春牛娘，拷打）

郑守仁　　唉，敬酒不吃吃罚酒，我也爱莫能助啊。得得得，她喝罚酒，我喝茶！

春牛娘　　春牛，日后抓住郑守仁，把他大卸八块，为你娘报仇！

苟队长　　团总——

郑守仁　　她还不改口？

苟队长　　那个老东西的脑袋，比麻城的花岗岩还要硬！

郑守仁　　阿弥陀佛，送她上路吧！

苟队长　　娘的，打得她疯劲儿上来了。来啊，给我开刀问斩，杀鸡吓猴！

〔槐花内喊："让我过去！让我过去！"槐花冲上，两团丁阻止不住。

〔郑守仁与槐花四目相对，郑守仁被槐花美貌所惊呆。

郑守仁　　（唱）可是天边飞霞彩？
　　　　　　　　　美人如花天上来。
　　　　　　　　　春色满园关不住，
　　　　　　　　　一枝红杏自铺排。
　　　　你就是我当年没有买到手的槐花？

槐　花　　人非牲畜，岂可买卖？

苟队长　　（小声地）她就是春牛的相好。

郑守仁　　（一怔）春牛的相好？她倒喜欢穷得响叮当的春牛？（对槐花）你来干什么？

槐　花　　你们不能滥杀无辜！

郑守仁　　滥杀无辜？那个老东西纵子通匪，罪有应得。

槐　花　　春牛投奔红军，与老人无关。

郑守仁　　那，与谁有关呢？

槐　花　　是我要他去的，要杀就杀我！

郑守仁　　你？你是他什么人？

槐　花　　我是他媳妇。

郑守仁　　你是他媳妇？谁的媒？

槐　花　　槐树为媒。

郑守仁　　以何为凭？

槐　花　　红兜肚为凭。

郑守仁　　谁能作证？

槐　花　　一弯新月，满天星星作证！

郑守仁　　啊？这么说，你承认你是红军婆？

槐　花　　（骄傲地）红军的老婆！

郑守仁　　你可知道这句话的后果？

槐　花　　我愿替老人一死！

郑守仁　　好——

槐　花　　那你就放人。

郑守仁　　急什么？人嘛，当然要放的，不过，我有一个条件……你给我做小妾！

槐　花　　（惊愕）什么？你——

郑守仁　　当年我买你不成，另外娶了个小妾。你们闹农会，是春牛带人"解放"了我的爱妾，让她离我而去。今天，一报还一报，就让她的媳妇替他还债！

槐　花　　姓郑的，你不是人，你杀了我！

郑守仁　　我不杀你，我要你跟我入洞房！

槐　花　　你——

郑守仁　　你要是答应，我就放了那个老东西。如果你不愿意我也不勉强，你就给那个老东西收尸！来呀！

槐　花　　慢！姑奶奶我答应你！

郑守仁　　好——

槐　花　　但你要放了大娘！

郑守仁　　这个自然。
槐　花　　我要亲眼看着你放了她。
郑守仁　　（对苟）把那个老东西先放了。
苟队长　　是。（跑下）
郑守仁　　槐花，我可是答应你了，那你……
槐　花　　走！
郑守仁　　走？
槐　花　　你不是一直要纳我做小妾吗？
郑守仁　　啊？痛快，痛快！哈哈……
　　　　　〔灯暗。

第三场　洞房花烛夜

　　　　　〔郑府。洞房夜，烛影摇红。
　　　　　〔槐花坐在房中沉思。
槐　花　　（唱）黑夜无边星月暗，
　　　　　　　　山风刺骨透心寒。
　　　　　　　　槐花只身陷魔掌，
　　　　　　　　全身更比登天难。
　　　　　　　　满腔仇恨怀利剪，
　　　　　　　　拼一个鱼死网破要留清白在人间。
　　　　　　　　春牛呀，
　　　　　　　　今朝永诀来生见，
　　　　　　　　定不负大槐树下手相牵。
　　　　　〔郑守仁上。

郑守仁　　槐花，老夫来迟，劳你久等了。
〔槐花背身不理。
郑守仁　　休道夜深残烛尽，一树梨花扑海棠。（将手搭在槐花肩上）
槐　花　　走开！
郑守仁　　嗬嗬，好烈的性子。劳累一天，口渴得很，给老爷倒杯水。（坐到桌边）
〔槐花不理。
郑守仁　　倒水呀！
〔槐花倒了一杯水，重重一放，水溅到郑守仁身上。
郑守仁　　（愠怒）你——给老爷我捶捶背！
槐　花　　你就不怕我背后捅你一刀！
郑守仁　　你不敢。
槐　花　　大不了与你同归于尽。
郑守仁　　同归于尽？你没有死的权力。
槐　花　　我的命在我手里。
郑守仁　　可春牛娘的命还在我手里！
槐　花　　你答应过放了她！
郑守仁　　我已经放了她，但我还可以把她再抓起来！
槐　花　　你——
郑守仁　　这就看你知不知趣。
槐　花　　老爷，你真的喜欢我？
郑守仁　　从见到你的第一眼起，我就觉得，你应该是老爷我的人。
槐　花　　可我觉得，以我的脾气，与老爷是两路人。
郑守仁　　啊？那我倒想听听，你有什么怪脾气。
槐　花　　老爷，那我的怪毛病可就多哩！
（唱）槐花生来脾气怪，
　　　不受捧来不受抬。

　　　　　　　　一言不合变脸快，
　　　　　　　　上屋揭瓦砸锅台。
郑守仁　（唱）烈性的野马老夫爱，
　　　　　　　　辣椒的滋味开胃更开怀。
槐　花　（唱）睡前你给我打洗脚水，
　　　　　　　　晨起你给我扫锅台。
郑守仁　这——
　　　　（唱）前世欠下你的冤孽债，
　　　　　　　　今生来听你安排。
槐　花　（唱）我不做小妾做太太，
　　　　　　　　你敢推倒正牌打歪牌？
郑守仁　这——也罢！
　　　　（唱）不爱正牌爱歪牌，
　　　　　　　　你当家做主掌家财。
槐　花　好！
　　　　（唱）既然让我掌家财，
　　　　　　　　几件事情你听安排。
　　　　　　　　我要你散尽家财救百姓，
　　　　　　　　我要你分光田产变穷胎。
　　　　　　　　我要你还乡团改为赤卫队，
　　　　　　　　我要你投诚革命打狼豺。
郑守仁　你——你好大的胆子，竟敢在我面前搞赤化宣传！
槐　花　哟，老爷生气了。我给老爷倒杯水。
郑守仁　我怕你水里下毒！
槐　花　我给老爷捶背。
郑守仁　我怕你背后捅我一刀。
槐　花　哟，看来我们没有缘分，那就放我走吧？

郑守仁　　放你走？

槐　花　　俗话说，强扭的瓜儿不甜。你看洞房之夜就闹得鸡飞狗跳，天长日久，那还不打雷闪电，老爷你怎么受得了？我是为老爷你着想呀！

郑守仁　　（冷笑）嘿嘿，好一个为我着想！

槐　花　　老爷是读书明理之人。你想，我是春牛的媳妇，名声不好的红军婆，老爷娶了我，岂不是自毁前程？

郑守仁　　嗯？没有洞房花烛夜，那只是小孩子相好过家家而已。

槐　花　　我连红兜肚也给了他，身子也……你落了个夺人之妻的骂名，值吗？

郑守仁　　啊？好你个槐花，你七绕八绕，想把老爷我绕进去。告诉你，老爷既然喜欢你，就不在乎这些。

槐　花　　你——那我也告诉你，你即使得到了我的人，也永远别想得到我的心！

郑守仁　　唔？

槐　花　　整天同一个口中骂你、眼中怨你、心中恨你的人一起，有意思吗？

郑守仁　　这——

槐　花　　听说你们读书人讲究个什么红袖、红袖……

郑守仁　　红袖添香夜读书。

槐　花　　是呀！到时候既添不成香，也读不成书，老爷，你就亏大了。

郑守仁　　好，老爷不贪这一夜之欢，老爷有的是耐心，自信总有一天，比翼共双飞。

槐　花　　那你就等吧！

郑守仁　　等？老夫虽不贪这一夜之欢，但也要一亲香泽。（逼向槐花）

槐　花　（躲闪）走开！

郑守仁　槐花。（逼近）

槐　花　（躲闪）走开！

郑守仁　（逼近）别忘了，那个老东西的命还在我的手心。

槐　花　你答应放过她！

郑守仁　你也得答应我。

〔郑守仁抱住槐花，欲吻。槐花紧闭双目，如受难的美神。

〔伴唱：姐儿门前一棵槐，手攀槐树望郎来……

〔槐花突然惊醒，推开郑守仁。

槐　花　你走开！（从身上拿出剪刀）

（唱）强盗休要做春梦，

　　　我是青松不畏风。

　　　暴雪严霜志不改，

　　　此心只向红军红。

　　　你纵是滔天浊浪涌，

　　　我就是巨石立江中。

　　　一把利剪握在手，

　　　先除你作恶多端、欺男霸女、鱼肉乡亲的害人虫！

郑守仁　哈哈……就凭你手中的这把破剪刀？想我郑某人自幼束发读书，讲的是礼义廉耻，行的是修身齐家，绝不强人所难。

槐　花　那你就放我走。

郑守仁　放你走？（想了想）你说的有道理，强扭的瓜儿不甜，老爷要的是瓜熟蒂落。

槐　花　那你就等着你的瓜熟蒂落。（欲走）

郑守仁　慢。今夜你不能走。

槐　花　你——

郑守仁　老爷我要的就是这不明不白、不清不楚的一夜，你既然成了我的小老婆，跳进黄河也洗不清！哈哈……

槐　花　　郑守仁，你好歹毒！

〔灯暗。

第四场　　生死一线间

〔两团丁敲锣上，几山民探头探脑。

团　丁　　团总纳妾，一夜风流，窈窕淑女，君子好逑。大家前去贺喜啊！

〔两团丁下。山民窃窃私语。

山民甲　　唉，多好的闺女，硬是给糟蹋了。

山民乙　　一朵鲜花——

山民丙　　硬插在牛粪上了。

山民丁　　春牛要是晓得了，只怕要杀人哩！（众下）

团丁甲　　（纵马上）苟队长，搞拐了，红军过来了，又要打仗了！

苟队长　　团总一夜春梦，团丁彻夜看守。实在寂寞难耐，破财喝了花酒。怎么说？

团丁乙　　搞拐了，春牛带领红军又打过来了！

苟队长　　冤家路窄，这可如何是好啊？

郑守仁　　（暗上）怎么办？水来土掩，兵来将挡！

苟队长　　咱们带上槐花去打仗？

郑守仁　　不，先绑住槐花，让她在家里当挡箭牌。

苟队长　　那，那边关着的春牛妈？

郑守仁　　带那老婆子一起走，让她去当战场上的挡箭牌！

苟队长　　高，实在是高，还是团总高明！团总快上马，大家跟我抬着那老太婆，赶紧走啊！
郑守仁　　嘘，大家悄悄地走，别让我那千娇百媚的小娘子知道。
苟队长　　老太婆被人解了绳索，她逃走了！
郑守仁　　给我沙里淘金，也得把老太婆抓回来。这张牌啊，还得要！
苟队长　　是！
〔众慌乱下。
〔槐花内唱：霎时间人声鼎沸众人跑远。
〔槐花神情憔悴走上。

槐　花　　（唱）心儿碎，步儿缓，神思恍惚，一腔情懑恨难填。
　　　　　　　郑守仁施诡计把我来骗，
　　　　　　　春牛娘未放还他信口胡言。
　　　　　　　紧急中槐花我一股股把绳索咬断，
　　　　　　　救婆母，莫迟延，
　　　　　　　晚一步怎敌他快马加鞭？
　　　　　　　他妄想布疑云两情隔断，
　　　　　　　他妄想掀风浪伤口撒盐。
　　　　　　　我人还在，气未断，
　　　　　　　要找牛儿说明真相诉仇冤。
　　　　　　　翻山越岭心似箭——
〔音乐声中走圆场。
　　　　　呀！（犹豫）
　　　　　　　春牛性情不一般。
　　　　　　　他眼中岂容沙半点，
　　　　　　　我欲辩清白难上难。
　　　　　　　谁信我洞房一夜无污点？
　　　　　　　谁信我救下娘亲再放娘亲颠倒颠？
〔郑守仁画外音："老爷我要的就是这不干不净、不清不

　　　　　　白的一夜，你既然做了我的小老婆，跳进黄河也洗不清！
　　　　　　哈哈……"
槐　花　（唱）恶魔蛇蝎心肠歹，
　　　　　　　　纵见春牛怎说开？
　　　　　　　　说我水性杨花柳枝摆，
　　　　　　　　说我救娘抓娘心肠坏……
　　　　　　　　罢罢罢，
　　　　　　　　倒不如了断人间冤孽债，
　　　　　　　　猛然间挂肚牵肠还有门前那棵槐。
　　　　　　　　槐树下千拥万抱多少爱，
　　　　　　　　槐树下一抹兜肚霞光开。
　　　　　　　　春牛呀！
　　　　　　　　我不会面对淫威情怀改，
　　　　　　　　我不是杨柳轻狂逐水栽。
　　　　　　　　我不会假救婆母再下毒手，
　　　　　　　　我不是狂蜂乱蝶任人采摘。
　　　　〔走上高坡。
　　　　　　　　罢罢罢，今生做妾名声拐，
　　　　　　　　苦苦苦，到来世再起舞双飞"高高山下一棵槐"。
　　　　〔槐花走上悬崖，欲跳崖自尽。
　　　　〔杨嫂提竹篮上，篮中装着人骨，见状，急上前阻止。
杨　嫂　槐花，你不能呀！
槐　花　别管我！
杨　嫂　槐花！
槐　花　杨嫂，你为什么要救我呀！（悲泣）
杨　嫂　槐花，你的事我都听说了，留得青山在，不怕没柴烧，你不要想不开呀！

槐　花　　我没脸活在世上啊!

杨　嫂　　红军就要打回来了,郑守仁他们逃跑了,你的出头之日到了,也可以与春牛相见呀!

槐　花　　与春牛相见?不不,我不见他,我不能见他,还是让我死!

杨　嫂　　槐花,你是无辜的,全是郑守仁作的孽呀!

槐　花　　杨嫂,我真的还是女儿之身呐。

杨　嫂　　我——啊,我相信你……可是春牛他?

槐　花　　春牛妈又被他们欲擒故纵、假放真抓,五花大绑,是我适才放了老人家。

杨　嫂　　是啊!老人家也可以向儿子说明真情啊。

槐　花　　春牛娘是可以证明我救了她,她怎知郑守仁那老东西他没碰过我啊。我若不死,天地难容啊。(欲再跳崖)

杨　嫂　　万万不可,我相信你,实在不行,我为你验身、作证!

槐　花　　验身、作证?你?……

杨　嫂　　槐花,你相信我,我也是与还乡团有着血海的深仇呀!

　　　　　(唱)还乡作孽千千万,

　　　　　　　杀人放火罪滔天。

　　　　　　　我男人参加农会是骨干,

　　　　　　　被他们大卸八块在河滩。

　　　　　　　不准收尸喂野狗,

　　　　　　　可怜他只剩几根残骨血斑斑。(示竹篮中残骨)

　　　　　　　这血海深仇要清算,

　　　　　　　我活着就等这一天。

　　　　　　　你和我痛恨白匪相依做伴,

　　　　　　　有多少烈士家属苦受熬煎。

　　　　　　　熬过这黑暗五更夜,

　　　　　　　只盼那红军胜利、革命胜利的艳阳天。

槐　花	杨嫂！（哭泣）
杨　嫂	妹子，不哭，咱穷苦人总有抬头做人的一天！

〔杨嫂搀扶着槐花，向幕内走去。
〔光渐收。

第五场　虎口救亲人

〔合唱：三次反围剿军号响，
　　　　红军杀回乘马岗。
　　　　春牛率部歼顽敌，
　　　　风扫残云战旗扬。
〔幕后枪声、喊杀声。
〔郑守仁带残部逃上。

郑守仁	顶住！给我顶住！（逃下）

〔春牛、教导员率战士冲上。

春　牛	机枪扫射！
郑守仁	老人家，这个时候，您得上了！（将春牛娘断后）
春牛娘	儿啊，你打啊，娘不怕死，别让还乡团跑啦。
春　牛	大家都给我上，活捉郑守仁！
教导员	（用望远镜查看）陈营长，郑守仁已经逃过举水河，追不上了。
春　牛	追不上也要追！就是追到天边，我也要把他碎尸万段！
教导员	同志哥，穷寇莫追，当心埋伏。
春　牛	嗨！
教导员	中央来电，这次战役，我军歼敌数万，已经取得了鄂豫皖

苏区第三次反围剿的伟大胜利，上级命令我们，集中休整。
春　牛　坚决执行命令。
教导员　且慢，陈营长，你赶快带一支小分队，去举水河营救娘亲！
春　牛　一连一班，跟我走！
战士们　是！
〔暗转。
〔杨嫂急上。
杨　嫂　槐花，出大事了。
槐　花　什么大事？
杨　嫂　春牛被郑守仁抓住了！
槐　花　（大惊）什么？
杨　嫂　春牛在救娘途中，遭到还乡团的伏击。他为了掩护战友们逃走，一人断后，身负重伤，被郑守仁抓住了！
槐　花　啊！
杨　嫂　说是明天正午，押到举水河边枪毙！
槐　花　枪毙！（一阵昏眩）
杨　嫂　（急扶）槐花，槐花！
槐　花　（唱）惊闻春牛陷魔掌，
　　　　　　　五内俱焚心痛伤。
　　　　　　　他命在旦夕难脱罗网，
　　　　　　　我恨不能以身相替饲虎狼。
　　　　　　　决不能睁眼看他性命丧，
　　　　　　　我必须救他出牢房。
杨　嫂　还乡团把守森严，可怎么救呀！
〔伴唱：心焦急，意惶惶，
　　　　　欲救亲人我无主张。
槐　花　（唱）生死存亡我一赌，

　　　　　　但愿得能救春牛脱灾殃。
　　　　　〔槐花欲下。
杨　嫂　槐花,你到哪里去?
槐　花　找郑守仁去。(急下)
杨　嫂　槐花,你不能去,你不能自投罗网啊!(追下)
　　　　　〔暗转。还乡团团部。郑守仁正在吩咐苟队长。
郑守仁　明天的刑场布置好了吗?
苟队长　按团总的吩咐,已经布置好了。
郑守仁　把老百姓能集中的都集中起来,押到河边观刑。我要让那些穷鬼们都看看闹共产的下场。
苟队长　是,我这就去准备。(下)
　　　　　〔槐花上。
槐　花　老爷,我回来了。
郑守仁　你——啊,槐花!回来得好。老爷我一直挂念你呀!
槐　花　是呀,老爷走了,我就也走了。老爷回来啦,我当然得回来啊。
郑守仁　我就说了嘛,总有一天我要捧得美人归,比翼共双飞。
槐　花　我只是个农家丫头,老爷错爱了。
郑守仁　你今天找我,大概不是聊这些的吧?
槐　花　当然不是。我是来向你讨个人情的。
郑守仁　什么人情?
槐　花　你放了春牛母子。
郑守仁　啊?要是我不准这个人情呢?
槐　花　老爷不会的。
郑守仁　何以见得?
槐　花　因为我是老爷的人,老爷要我的身。
郑守仁　那又如何?

槐　　花　　我连姑娘家的身子都要交给老爷了，老爷这个人情还不给吗？

郑守仁　　你还是处女之身，冰清玉洁？

槐　　花　　槐花我守身如玉，千真万确。

郑守仁　　好！我相信。只是老夫杀春牛，是为了剿灭共党，效忠党国！

槐　　花　　哎哟，我的老爷，你当初收了我，假放了春牛娘。后来又抓春牛娘当盾牌，现在又要杀了春牛。

郑守仁　　自古用兵，兵不厌诈啊。

槐　　花　　可是古话也说冤家宜解不宜结啊。老爷还要砍红军营长春牛的脑壳，您就不怕红军来报仇雪恨吗？

郑守仁　　这——

槐　　花　　老爷！

（唱）俗话说兔子逼急了也咬人，

　　　你何不得饶人处且饶人。

　　　只要老爷不杀人，

　　　红军就会把你当成开明的士绅大恩人。

郑守仁　　（唱）她一连串的人人人，

　　　提醒了我这梦中人。

　　　高手杀心不杀人，

　　　全凭妙计算计人。

　　　只要他俩情人变仇人，

　　　我才能捧回大美人。

〔苟队长上，见状止步，悄立一旁。

槐　　花　　老爷，想得么样了？

郑守仁　　我可以放了春牛母子，但你也得答应我一个条件？

槐　　花　　么条件？

郑守仁　　搜查时，我发现春牛身上带着一件红兜肚……

槐　花　　那是我俩定情的信物。

郑守仁　　春牛把它看得比命还金贵……

槐　花　　那是我送给他的一颗心。

郑守仁　　我想得到它。

槐　花　　你说什么？

郑守仁　　只要你从春牛手里把红兜肚要回来，然后送给我，我就放了他母子。

槐　花　　你——休想！

郑守仁　　那你就等着明天去收尸！

槐　花　　好，我答应。

郑守仁　　春牛就关在大牢，你去把红兜肚给我取来。

槐　花　　你等着。（下）

苟队长　　团总，恕在下直言，你这是多此一举。

郑守仁　　怎么讲？

苟队长　　你把春牛杀了，槐花不就归你了？

郑守仁　　愚蠢！我把春牛明儿杀了，槐花岂不恨我一辈子！

苟队长　　难道老爷真的要放了他？

郑守仁　　当然不能放了他。苟三，你带几个弟兄，扮成土匪，在他回去的路上……（做一个劫杀的手势）明白？

苟队长　　明白，明白。

郑守仁　　如果误事，小心你的狗命！

　　　　　〔切光。

第六场　去留红兜肚

〔牢房。
〔春牛捧着红兜肚细看。
〔伴唱：红兜肚，红兜肚，
　　　　金线缝，银线绣。
　　　　缝着情思绣着爱，
　　　　红星镰刀共斧头。

春　牛　（唱）手捧红兜肚，
　　　　　　不尽思悠悠；
　　　　　　当日情和景，
　　　　　　点点到心头。
　　　　　　难忘她月下情深厚，
　　　　　　难忘她树下话温柔。
　　　　　　铁窗高锁英雄手，
　　　　　　伴我幸有这红兜肚。

〔槐花提饭篮上。

槐　花　春牛！
春　牛　槐花！
槐　花　春牛！
　　　　（唱）日盼夜想长相守，
　　　　　　怎忍见你伤痕累累、血迹斑斑人被囚。
　　　　　　无力相救心愧疚，
　　　　　　满腹伤痛无尽头。

春　牛　（唱）严刑拷打我能忍受，

	牵挂的是你手攀槐树望郎愁。
	人生短暂一回首，
	有此一面胜千秋。
槐 花	（唱）今世姻缘一杯酒，（斟酒）
	难言之痛杯中留。
	〔春牛捧杯，一饮而尽。
春 牛	（唱）多谢你一杯壮行色，
	黄泉路上我还是冲锋陷阵一头牛。
槐 花	春牛……（泣泪）
春 牛	槐花，你为救我母子二人，受尽了委屈。来，上酒！
槐 花	哎。（斟酒）
春 牛	呃，谁耐烦这一杯一杯的，让我喝个底朝天！（夺壶欲饮）
槐 花	（阻止）春牛！
春 牛	么样，怕我醉了？
槐 花	是，啊，不是……
春 牛	那为么事阻止我？
槐 花	我……
春 牛	你有心事？
槐 花	没有没有，没有……
春 牛	不，你一定有心事。
槐 花	我……
春 牛	说出来，我给你排解排解。
槐 花	春牛，红兜肚还在吗？
春 牛	在呀！（拿出红兜肚）我宁可丢了性命，也不能丢了它呀！
槐 花	它对你真的那么重要吗？
春 牛	你这是么话？你把我春牛看成什么人了？
槐 花	我……

〔伴唱：欲开口，怎开口？
　　　　一句话万转千回难出喉。

春　牛　　槐花，你么样问起这红兜肚来了？

槐　花　　我——我想……

春　牛　　想么样？

槐　花　　想……想……

春　牛　　哎呀，你快说嘛！

槐　花　　你能把它还给我吗？

春　牛　　什么什么？我没听清楚，你再说一遍。

槐　花　　把红兜肚还给我……

春　牛　　还给你？为什么？

槐　花　　你我……缘分已尽……

春　牛　　缘分已尽？老子还没死呢！

槐　花　　我已经死了。心死了……

春　牛　　是谁叫你来取这红兜肚的？

槐　花　　我自己，不不，是郑——（急掩口）

春　牛　　是郑——郑守仁让你来的？

槐　花　　不不——

春　牛　　（思索有顷）啊，我明白了，是郑守仁逼你来。而你为了救我，才来取这红兜肚，对吧？

槐　花　　不是，不是——

春　牛　　是的，一定是的！槐花！

　　　　（唱）都说大海深千尺，
　　　　　　　你情深更比大海深。
　　　　　　　今生能与你相爱，
　　　　　　　纵死千回也甘心。
　　　　　　　多谢你自咽苦泪相救应，

　　　　　　　原谅我不能领你这份情。

　　　　　　　你的体香我的汗，

　　　　　　　捧在心头共寒温。

　　　　　　　曾记得，白匪一颗子弹来，

　　　　　　　红兜肚兜住了银元护我的心。

　　　　　　　你的情，我的命，

　　　　　　　大丈夫岂可屈辱去偷生。

槐　花　（唱）他情如江水浪滚滚，

　　　　　　　一字一句捣我心。

　　　　　　　有郎如此我何幸，

　　　　　　　报郎唯有热泪淋。

　　　　　　　怎奈是生死关头云压顶，

　　　　　　　我岂能为一己之情丧他生。

　　　　　　　万般伤痛我强忍，

　　　　　　　冷下脸来装无情。

春　牛　槐花，我是一个男人，你的一片美意，愧我无法领受。

槐　花　春牛，你误会了，这红兜肚是我自己要来取的。

春　牛　果真如此？

槐　花　是的。

春　牛　为什么？

槐　花　我俩没有缘分。

春　牛　什么叫没缘分？

槐　花　我是个不清白的人。

春　牛　你一次次舍生忘死，救我娘、救我身，光明磊落，大义凛然……

槐　花　可我自己不能原谅自己。

春　牛　看着我！

槐　花　　你……

春　牛　　你的眼睛告诉我，你在说谎！

槐　花　　我……

春　牛　　槐花呀槐花，我在人世也就一天的时间，等我明天死了，你再来取这红兜肚，也不为迟。你就这样的等不及了吗？

槐　花　　我是等不及了，过了今天，一切都晚了，你明白吗？

春　牛　　我不明白！我不明白人心竟是这样的凉薄？这样的寡情？这样的势利！

槐　花　　骂得好，骂得痛快，真痛快呀！我就是凉薄，我就是寡情，我就是势利！我就是等不及了，我就是水性杨花，我就是天底下最坏的女人，怎么啦，怎么样啦？

春　牛　　无耻！（重重一耳光，打在自己的脸上）

槐　花　　你——打得好，打得真好啊！把红兜肚给我。

春　牛　　给你，我给你！（颤抖着掏出红兜肚）

　　　　　（唱）红兜肚啊……

　　　　　　　你鲜红的颜色虽依旧，

　　　　　　　心中褪色不知羞。

　　　　　　　你辜负我滚烫的心儿勤守候，

　　　　　　　你辜负我日夜珍藏春到秋。

　　　　　　　枪林弹雨生死路，

　　　　　　　你也曾伴我欢乐伴我愁。

　　　　　　　盼相见我是掰着指头数，

　　　　　　　牵挂你钢铁男儿也泪流。

　　　　　　　谁知你性如随风柳，

　　　　　　　谁知你凉薄似寒秋。

　　　　　　　说什么两情不死长相守，

　　　　　　　你骗我情，骗我爱，骗我痴心一颗把你留。

拿去！（将红兜肚扔在地上）

〔撕心的音乐如泣如诉。

〔槐花浑身战抖，俯身拾起红兜肚，几次走近春牛，春牛背身不理。

槐　花　春牛，今生欠你的情，来生我变牛变马……还！

春　牛　滚！

〔随着一阵大笑，郑守仁走上。

郑守仁　哈哈……哈哈……

春　牛　郑守仁！

郑守仁　春牛，看到了吧？哪个女人不爱荣华，不慕富贵，槐花已经把身心都给我了。

春　牛　不可能！天底下的男人死绝了，槐花也不可能把心给你！

郑守仁　我有高堂华屋，美味佳肴，仆从如云，良田千顷，用不完的金钱，使不尽的权势。她不把心给我还给谁？

春　牛　你那些东西，在我眼中，不过一堆粪土！

郑守仁　那是你们的偏见。人这一辈子，活的是什么？活的不就是个金钱美女，吃喝玩乐吗？

春　牛　那是醉生梦死，行尸走肉！我们共产党人为的是劳苦大众，活的是理想追求，活的是胸襟气节，活的是精气神！

郑守仁　好好好，我们不打嘴仗。现在槐花已经把身心都给我了——

春　牛　做梦！槐花爱的是真正的男人。

郑守仁　我才是真正的男人。

春　牛　请你不要糟蹋"男人"这两个字。

郑守仁　那你问她，谁是真正的男人。

春　牛　槐花，你说！

槐　花　我——不知道……

春　牛　　只要你对我说一句，你没有把心给他，我死也无悔呀！
槐　花　　我……
春　牛　　槐花，你说呀！用一句假话来骗骗我也不行吗？
槐　花　　我不知道，我什么都不知道！
郑守仁　　槐花，把红兜肚给我。
槐　花　　我……
春　牛　　槐花，不能给他！
郑守仁　　给我！
槐　花　　（歇斯底里）你们——你们杀了我吧！
郑守仁　　给我！（威逼）时间不多了。
　　　　　〔槐花艰难地走向郑守仁，将红兜肚递给他。
郑守仁　　春牛，看到没有，槐花把心给我了！把你们的信仰——红星、镰刀和斧头也都交给我了。哈哈……哈哈……
春　牛　　（仰天高呼）苍天啦！你的眼睛瞎了吗？！
　　　　　〔光渐收。

第七场　生死情未了

　　　　　〔郑家大院，张灯结彩。
　　　　　〔男妇仆从忙碌过场。
　　　　　〔郑守仁上。
郑守仁　　（唱）编就金笼装俊鸟，
　　　　　　　　筑成华屋好藏娇。
　　　　　〔几乡绅上。
众乡绅　　守仁兄喜纳爱妾，我等略备薄礼，特来恭贺！

郑守仁　　有劳破费,受之有愧呀!请!

众乡绅　　请!

〔乡绅下。

郑守仁　　(唱)人生难得开心笑,

　　　　　　　捧回美人乐逍遥。

〔一仆人慌忙跑上。

仆　人　　老爷,不好,春牛娘怕连累她的宝贝儿子,上吊了。

郑守仁　　这老太婆敬酒不吃吃罚酒,她自己要上吊,关我屁事!

仆　人　　可是槐花,槐花也跑了!

郑守仁　　什么?我的小美人啊,你往哪里跑?给我追!

〔转景。山野。

〔槐花内唱:逃出了虎狼窝情急脚乱——

〔槐花逃上。

槐　花　　(唱)山风紧,天色暗,冷汗淋,透衣衫,步步行来步步艰。

　　　　　　　山高林密路不辨,

　　　　　　　心慌气短腿脚酸。

〔幕内喊声:"抓住槐花!抓住槐花!"

槐　花　　(唱)耳畔但闻虎狼喊,

　　　　　　　眼前无穷路障拦。

　　　　　　　都说人间千条路,

　　　　　　　槐花无路到天边。

〔幕后喊声:"在那边,追!快追!"

槐　花　　(唱)避虎狼,步险径——

　　　　　　　〔悬崖当道。

　　　　　　　呀!悬崖路断回头难。

〔郑守仁率苟队长及几团丁上。

郑守仁　　槐花,你怎么不辞而别?

槐　花　我是该来就来，该走就走。

郑守仁　这就是你的不对了，我遵守诺言放了春牛，你就该把给我的给我。

槐　花　红兜肚不是在你手里吗？

郑守仁　有了红兜肚，我还要你的人！

槐　花　我是红军的人。

郑守仁　这个你说了不算。（对苟）上。

苟队长　弟兄们，上！

槐　花　慢！我要唱支歌。

郑守仁　好，答应你。

槐　花　春牛，槐花对不起你，伤害过你，你爱我也罢，恨我也罢，如今都不重要了。我现在对你唱支歌，赔个不是好吗？

　　　　（唱）高高山下一棵槐，
　　　　　　　手攀槐树望郎来。
　　　　　　　娘问女儿望什么？
　　　　　　　我望槐花几时开。

郑守仁　唱得好，有意境。可是你别忘了，哪怕你槐花没有与我上过床，也永远是与我同过房的小老婆！

槐　花　郑守仁，你好无耻！春牛，今世你我无缘分，来生还是你的人！

〔槐花纵身跳崖。

郑守仁　槐花！

〔幕后喊杀声起。

〔团丁甲逃上。

团丁甲　团总，不好，红军杀过来了！

郑守仁　（大惊）啊？撤，快撤！（逃下）

〔春牛率众杀上。

春　牛	同志们，活捉郑守仁，为槐花报仇！
众红军	杀！（冲下）
春　牛	（奔上悬崖）槐花，我救应来迟了！
	〔两战士押郑守仁上。
战　士	报告营长，郑守仁被我们活捉了！
春　牛	郑守仁，你看看我是谁？
郑守仁	春牛！你、你怎么还活着？
春　牛	我为什么不活着？
郑守仁	你、你不是被团丁害了吗？
春　牛	哈哈……你派的那几个团丁，能害得了我？怎么，苟三没有向你如实禀报？
郑守仁	苟三误我！
春　牛	（对战士）你们退下，我有话要问他。
战　士	是。（下）
春　牛	郑守仁，没想到你也有今天。
郑守仁	冤家路窄，今天既然落在你的手里，我就没想活到明天。
春　牛	有种，不过你现在还不能死。
郑守仁	啊？
春　牛	有件东西你要还给我。
郑守仁	红兜肚？
春　牛	算你识相。
郑守仁	恕难从命。
春　牛	你敢！
郑守仁	那是槐花送给我的一颗心。
春　牛	胡说八道！是不是你逼着槐花取回红兜肚的？
郑守仁	是她自愿去取的。
春　牛	那些话是不是你逼着她说的？

郑守仁　　那是她自愿说的。

春　牛　　郑守仁，槐花如今已经离开人世，你还要往她身上泼脏水吗？

郑守仁　　我——

春　牛　　她要是把心给了你，怎么会跳崖？

郑守仁　　这——

春　牛　　槐花所做的一切，都是为了救我。可我却羞辱她，我自愧呀！可你，用尽一切卑劣手段，逼迫她，算计她，死了还要往她身上泼脏水，你还是个男人吗？

郑守仁　　（拿出红兜肚）春牛，拿去吧，槐花的心是你的。

春　牛　　（捧着红兜肚）槐花呀！（冲上去卡住郑守仁的脖子）你还我槐花！

郑守仁　　（喘气）春、春牛，不、不要这样，我是读书之人，圣人门生，你、你让我死得有点尊严。

春　牛　　（冷笑）你也配谈尊严？你想怎么个死法？

郑守仁　　我死也要伴着槐花，以此谢罪。

春　牛　　你不配！

郑守仁　　槐花自愿殉情，你娘自愿上吊，都不是我逼死的，却都陪着我上西天，我死也值了！

春　牛　　娘，槐花——

〔春牛举枪，向郑守仁连击三枪。

〔教导员急上。

教导员　　春牛，团部急电，四方面军要实施战略大转移，命令我们营立即归队。

春　牛　　好。（冲上悬崖）娘、槐花，等革命胜利了，春牛回来给你们立碑！

〔灯暗。

尾 声

〔1951年。乘马岗。

〔一群男女青年,唱着鄂东民歌《翻身谣》,打着莲湘、扭着秧歌庆解放。

众　　（唱）春季里来百花（那个）遍地开,
　　　　　　翻身歌儿我们（那个）唱起来。
　　　　　　乐呀乐开怀。
　　　　　　反动派,被打败,
　　　　　　人民乐开怀（呀衣呀哟）。

〔男女青年舞下。

杨　嫂　槐花,等等我们!这一会儿工夫,她跑到哪里去了呢?
春　牛　咱们还是到大槐树哪里去找吧。
杨　嫂　好的,我们一起去。
春　牛　听说当年,槐花坚决不从郑守仁,跳崖而亡!
杨　嫂　是啊,幸亏她福大命大,掉在山谷的树桠上,我把她背回来……
春　牛　怎样了?
杨　嫂　她整整昏迷了三天三夜,才醒过来。
春　牛　谢天谢地。
杨　嫂　只是,只是……
春　牛　只是什么?
杨　嫂　人痴呆了,从前的事都不记得了。
春　牛　啊?她失忆了!

警卫员　　首长，我看到大槐树了。
　　　　　〔伴唱：雨打风吹十几秋，
　　　　　　　　　艰难岁月终到头。
　　　　　　　　　可叹槐花唤不醒，
　　　　　　　　　槐花空落水空流。
　　　　　〔鬓发半白的槐花呆滞无神地在树下兜圈子。
　　　　　〔春牛等上。
杨　嫂　　槐花，看谁来了？
春　牛　　槐花！
槐　花　　（陌生地打量）长官，你是谁呀？
杨　嫂　　叫首长！
春　牛　　咱不叫长官叫首长，我就是春牛啊。
槐　花　　不认识。
春　牛　　不记得了，我俩曾在大槐下……
　　　　　（唱）高高山下一棵槐，
　　　　　　　　手攀槐树望郎来……
　　　　　〔槐花微微一颤，随即恢复木讷的表情。
春　牛　　（情急中掏出红兜肚）认识这个吗？
槐　花　　（摇头）……
春　牛　　（唱）红兜肚，滚绣球，
　　　　　　　　金线缝，银线绣。
　　　　　　　　缝着情思绣着爱，
　　　　　　　　红星镰刀和斧头。
　　　　　〔槐花猛然抬头，眼中闪着光亮，拿过红兜肚，若有所思。
　　　　　〔众人期待地望着，希望奇迹出现。
　　　　　〔槐花眼中的光亮消失了，将红兜肚还给春牛。
槐　花　　我累了。（缓缓走下）

春　牛　（焦急地）怎么办？这可怎么办？

〔幕后传来笑声。音乐声中，男女青年扮成牛儿、槐花年轻时模样上。

槐　花　（唱）好男就要当红军，

春　牛　（唱）红星、镰刀和斧头。

槐　花　（唱）好女在家把郎守，

春　牛　（唱）槐树槐花我记心头。

槐　花　（唱）有朝一日回家转，

春　牛　（唱）你我成亲生小牛！

槐　花　春牛哥，你坏，你坏！

春　牛　我的槐花妹妹，你是我今生今世最好、最好的姑娘呀！

〔二人甜蜜地拥抱。

〔伴唱：你啜我一口啊，

　　　　阵阵清香沁心头。

　　　　我拥你在胸口，

　　　　幽幽温暖闭双眸。

〔男青年、女青年紧紧相拥。

〔随着剧情变化，槐花不断变化情绪，至此处，槐花突然站起。

槐　花　春牛！

春　牛　槐花！

〔一束追光照着春牛、槐花，其他人隐去。

槐　花　（唱）大梦方醒重相对，

　　　　执手相看泪双垂。

春　牛　（唱）无情的岁月把你毁，

　　　　可叹你鬓染星霜雪染眉。

槐　花　（唱）自别后你在哪方山来哪方水？

	无情的弹雨可曾把你摧？
春　牛	（唱）南北东西逐鼠辈，
	不死的春牛我又回。
槐　花	（唱）莫惦记槐花开落苦涩味，
春　牛	（唱）怎能忘一点初心未成灰。（跪）
槐　花	（痴痴地）我们同跪在槐树下，同拜天地啊！
春　牛	（尴尬地）这个……
警卫员	大娘，我们首长的夫人，在京城工作，不好再拜天地的。
槐　花	（呆呆地）那，春牛，我们一起去给你娘上坟啊！
杨　嫂	解放后，村里给你的父母亲迁了坟，立了碑，槐花妹妹天天去祭扫看望啊。
警卫员	首长，中央慰问团的车快开了，我们还要前往红安县去。
春　牛	我何尝不想去拜我爹娘的坟头，可是这黄冈地界，还有44万烈士遗骨，一半以上还没有安葬，还有多少烈士亲属，还在逃荒逃难，讨米要饭……
槐　花	首长有公务，您快去吧。我一不是少女，二不是真正的女人，三不是烈属、遗孀、四不是财东的小妾，我什么也不是啊……
春　牛	可你槐花是我家的救星、革命的功臣！
杨　嫂	首长，我们商量过了，尽管槐花不算是英烈家庭，可是我们村每年会给她提供生活补助！
槐　花	我不给政府添麻烦，逢年过节，我还是走村串户讨口饭吃，大家都会照顾我的……
	（吟唱）黄花姑娘过了年岁，
	孤老不知男人滋味，
	英烈家庭靠不上谱，
	财东小妾岂是门楣。

爹妈生我五谷养我，

槐树开花年年岁岁，

爱我？娶我？一生一辈？

讨饭、讨菜，坟头香灰。

红兜肚还有红星在啊，（将红兜肚紧贴在心口）

槐花我心苦命苦也展眉、也展眉！

春　牛　　槐花，我的恩人！我陈春牛郑重承诺，只要我还活着，还有一口气，每月都会寄钱来，养你敬你一辈子！（下跪，敬礼）

〔舞队上。

〔幕后伴唱"高高山上一颗槐"。

〔剧终〕

2017年3月12日星期日修订于京华

大型湘剧现代戏

玉 龙 飞 驰

时间：1987 年—2018 年
地点：中铁集团湘洲公司

人物表：

田晓龙　　中国高铁集团湘洲公司总工程师。交通大学、慕尼黑工业大学（Technische Universitaet München）毕业生

方美凤　　德国西门子轨道公司工程师。田晓龙在慕尼黑工业大学的同学与女友

山崎一郎　日本新干线轨道公司工程师，田晓龙在慕尼黑工业大学的同学

詹姆斯　　法国国立桥路大学（ENPC）轨道交通系教授。田晓龙在慕尼黑工业大学的校友。国际轨道专业学会理事长

莺　莺　　方美凤之女，詹姆斯教授所带的轨道专业博士，田晓龙的博士后

张　鹏　　中国高铁集团湘洲公司总经理，后担任董事长、书记
张新运　　张鹏之子，田晓龙教授的博士后
燕　燕　　田晓龙之女，中国高铁集团湘江公司技术员、博士后
万师傅　　湘洲公司列车驾驶员，万勇之父
万　母　　万师傅之妻，万勇之母，湘洲公司员工
万　勇　　湘洲公司列车司机
王书记　　中国高铁集团总公司纪委书记
陈主任　　湘洲人民医院心内科主任
工人、护士、乘务员、服务员各色群众若干名

序幕　风雪车站

〔20 世纪 80 年代，广州火车站。

〔春运期间，年关将至。大雪纷飞。返乡大潮人流涌动，拥挤不堪。

〔合唱：千万民工下广州，
　　　　年关返乡涌洪流。
　　　　火车连着啊——回家的路，
　　　　人多车少呀——一票难求。
　　　　挤爆了火车站，
　　　　挤破了售票口。
　　　　要回家，走、走、走，
　　　　无车票，愁、愁、愁！

〔田晓龙焦急地上。

田晓龙　（唱）母病危盼儿回越洋急讯，
　　　　　慕尼黑，匆匆行，赶班机，沐风尘——
　　　　　辗转奔波到羊城。
　　　　　推迟了西门子高薪聘任，
　　　　　离开了方美凤热恋情人。
　　　　　归心似箭返故土，
　　　　　老娘生死牵人心。
　　　　　回湘洲火车票早已售罄，
　　　　　拥挤中护照被盗难找寻。
　　　　　火车站无奈滞留两天整，

　　　　田晓龙见母心切急如焚。
　　　〔张鹏与万师傅边喊边上。

张　　鹏
万　师　傅　（合）田晓龙，田晓龙！

田　晓　龙　张总、万师傅！

万　师　傅　果然是你，这是你的护照。

田　晓　龙　在哪找到的？

张　　鹏　铁路警务室招领处。

田　晓　龙　啊，谢谢铁路民警！

万　师　傅　晓龙，电报都发了好几天了，你怎么才到广州？

田　晓　龙　唉，我在这儿排了整整两天的队，票还没有买到。

张　　鹏　晓龙兄，你可要挺住啊。

田　晓　龙　我妈她……

万　师　傅　伯母她没等到你回来，她、她、她一命归天了！

田　晓　龙　啊，妈！（大哭）

张　　鹏　兄长，你妈的葬礼依照湘西土家族的习俗明天举行。

田　晓　龙　可我还没买到回湘洲的火车票。

万　师　傅　不急，今天这趟车是我开，晓龙、张总，我们上车。

农民工男　啊，师傅，您是火车司机？师傅，带上我吧，我家里上有八十岁的老母亲，下有三岁的小女儿。师傅，行行好，带上我吧，我求您了！

　　　〔众农民工一拥而上："师傅，带上我，我也要回湘洲……"

民　工　女　（拉住晓龙）这位先生，帮我求求情！（跪下，众民工同跪）

田　晓　龙　（急扶起女民工）这，我们中国要是像日本、德国有高铁就好了！

　　　　（唱）看眼前中国铁路掉队落后，

　　　　　　众百姓除夕之夜他乡滞留。
　　　　　　与老娘生死送行终不能够，
　　　　　　可怜她抱恨终天难合双眸。
　　　　　　民工雪地苦跪求，
　　　　　　晓龙心里如鞭抽。
张　鹏　　晓龙啊，
　　　　　（唱）铁道部广州会议决策运筹，
　　　　　　建高铁当务之急上马加油。
　　　　　　晓龙你回湘洲正是火候，
　　　　　　急需要将帅才领军牵头。
万师傅　　田晓龙学的就是轨道专业，他就是将帅之才啊。
张　鹏　　湘洲公司欢迎晓龙兄学成归国，为我们指航引路。
田晓龙　（唱）倘若是中国高铁四方铺就，
　　　　　　众百姓日行千里往返无忧。
　　　　　　老娘临终可牵手，
　　　　　　万家灯火话绸缪。
　　　　　　路工的儿子无遗憾，
　　　　　　轨道专业有需求。
　　　　　　罢罢罢，纵然是西门子待遇丰厚，
　　　　　　返故土建高铁为民解愁。
　　　　　　怎忍心方美凤德国等候，
　　　　　　顾不得儿女情长扎根湘洲。
张　鹏　　一言为定？
田晓龙　　好。
万师傅　（急拉田晓龙与张总）快走！
　　　〔天幕上，日本"新干线"、德国"西门子"、法国TGV
　　　　列车并驾齐驱。

〔邓小平同志画外音（1987年10月26日）："新干线速度很快，人像被推着在跑。中国人也一定要跑起来，建设我们自己的高铁！"

第一场　湘江论剑

〔时间：2008年。
〔地点：湘江之滨。杨柳依依，芦苇丛丛，繁花束束，白浪滔滔。电子横幅："欢迎国际轨道学会高峰论坛专家莅临！"
〔方美凤上。

方美凤　（唱）湘洲盛邀高铁会，
　　　　　　　　缕缕情丝牵我回。
田晓龙　返湘洲风筝断线，
　　　　（唱）自别后天各一方心痛如锥。
　　　　　　　冤家怎面对，心中小鼓催，
　　　　　　　借酒掩怨眉，面颊红霞飞。
〔山崎一郎、詹姆斯上。
山崎一郎（唱）酒鬼酒三杯下喉变成酒鬼，
　　　　　　　臭豆腐一枚入口香辣百回。
詹姆斯　（接唱）喜湘洲青山秀水令人陶醉，
山崎一郎（接唱）叹华夏绿皮火车不敢恭维！
詹姆斯　中国乃礼仪之邦，俗话说：东不引、客不坐。田晓龙呢？
方美凤　（放下茶杯）晓龙、晓龙！
田晓龙　来了、来了！唉，不怪车速快，只怪犯车晕。

〔张鹏、燕燕扶田晓龙上。

方 美 凤 老毛病，田晓龙晕船、晕机、晕车，是有名的三晕先生。

山崎一郎 晓龙君，你知道中国列车为什么发展缓慢吗？

田 晓 龙 愿闻其详？

山崎一郎 就因为你这个总工程师是个"三晕先生"。哈哈……

〔田晓龙反胃呕吐，燕燕细心照料擦拭。

方 美 凤 这位美女是？

山崎一郎 我一猜便知。中国男人都喜欢养小蜜。晓龙兄莫不是……

方 美 凤 小蜜？

燕　　燕 山崎先生出言太过，侄女我不高兴了。

山崎一郎
方 美 凤 侄女？

田 晓 龙 她是我的女儿燕燕，也是中铁湘洲公司的技术员。

詹 姆 斯 啊，美丽的燕燕。

方 美 凤 燕燕。啊，你长得真像……

田 晓 龙 （指张鹏）这位是我们中铁湘洲公司的总经理张鹏先生。

张　　鹏 朋友们，欢迎、欢迎。

（唱）有高朋远方来其乐无限，

　　　做东道招待不周于心难安！

田 晓 龙 （唱）美凤高就西门子，

　　　一郎效力新干线，

　　　詹姆斯高铁信息最全面，

　　　众学友并驾齐驱轨道前沿。

张　　鹏 （接唱）看湘洲轨道交通发展缓慢，

　　　望各位鼎力相助当高参！

山崎一郎 就中国高铁之现状，要我们来当高参，岂不是电线杆当筷子——大材小用？

〔燕燕欲言,田晓龙拦住。

詹 姆 斯　山崎,人家好酒好菜招待你,不要太狂妄了。学友们,让我们为同学情谊和高铁业绩干杯!

众　　人　干杯!

田 晓 龙　学友们:酒为饮、茶须品,我们边品边聊。美凤,请!
　　　　　(唱)阔别故友二十春,
　　　　　　　深感愧疚铭心痕。

方 美 凤　(接唱)慕尼黑翩翩学霸今安在?
　　　　　　　鬓发白人疲惫皱纹丛生。
　　　　　　　湘洲厂天地窄有翅难展,
　　　　　　　西门子鲲鹏游全球升腾。

田 晓 龙　美凤……

方 美 凤　想当年,伯母病危,你匆匆离别,撇下我二十年了!

田 晓 龙　唉,一转眼,恍如昨天!美凤,你……过得还好吗?

方 美 凤　我过得好不好,还用得着你现在才来操心?

田 晓 龙　我……

方 美 凤　告诉你,我过得很好,我也有一个乖女儿——莺莺。

田 晓 龙　莺莺?

詹 姆 斯　小莺莺聪明漂亮,是美凤的心肝宝贝,也是……

方 美 凤　(打断话语)她是詹姆斯教授的研究生。

詹 姆 斯　一个莺莺、一个燕燕,莺歌燕舞!

山崎一郎　詹姆斯,人家晓龙、美凤这对初恋情人旧情复萌,龙凤呈祥,你又何必当电灯泡呢?

詹 姆 斯　这话听起来有点儿酸啊。

山崎一郎　同学会,同学会,撮合一对又一对嘛。

詹 姆 斯　山崎君,在我的印象中,你对美凤可是穷追不舍啊。

山崎一郎　嘻,心灵的伤痛,无穷的遗憾!

方美凤　是吗?

山崎一郎　装、装,在我面前,人家总是那高傲的金凤。可对于晓龙君,人家立马变成了温柔的雏凤。

〔众人同笑。

方美凤　可我这只温柔的雏凤,也没能栖身梧桐树啊!

山崎一郎　我虽在情场上失意,可在高铁上……我得意。

方美凤　山琦君,可别得意忘形啦。

山崎一郎　晓龙君,我问你,我们的新干线快吗?

田晓龙　快。

山崎一郎　你们中国有吗?

田晓龙　我们正在加紧研发,也可以引进技术,合作开发。

山崎一郎　想分享新干线技术?门儿都没有。不过我们的老干线嘛,倒可以谈个价。

方美凤　日本老干线,不是已经淘汰了吗?

山崎一郎　对于日本是淘汰,可对于中国是——淘宝。

张　鹏　那你开个价?

山崎一郎　原料、制造、人工、资金全部由中方负责,我方只负责核心控制系统,一组机车头贱卖……一亿美元。

众　人　(惊愕)一组机车头一亿美元?

燕　燕　山崎先生,你是在谈合作呢还是在打劫?

方美凤　问得好。

詹姆斯　中国话叫做——乘人之危!

山崎一郎　我们新干线时速三百公里,旧干线也很快。而中国呢?

（唱）绿皮火车咔嚓咔嚓牙都老掉,

　　　　煤炭烧油烟超污染漫天飘。

　　　　一长条毛毛虫枉在轨道上跑,

　　　　怎及我风驰电掣身影姣姣?

　　　　　　在情场，往日你风光独好，

　　　　　　在业界，如今我独占金鳌。

詹姆斯　山崎君，都是老同学你悠着点儿。

山崎一郎　岁月悠悠，一吐为快。还记得我们在毕业酒会上的约定吧？

詹姆斯　高铁全球走，谁输谁罚酒。

山崎一郎　晓龙君，中国有句老话叫愿赌服输，高铁竞赛这一局，日、德、法三家领先，中国输了就得罚酒。

田晓龙　好！（倒酒欲饮，燕燕拦住）

燕　燕　我爸刚刚晕车，不能喝酒！我来代。

山崎一郎　你代？

燕　燕　我代。

方美凤　燕燕，你代？

田晓龙　女儿，你别……还是让爸来。

燕　燕　爸，让女儿代！

山崎一郎　啊，古有花木兰代父从军，现有田燕燕代父罚酒。请！

燕　燕　各位长辈，且听我对酒当歌！

山崎一郎　那我便洗耳恭听。

燕　燕　失礼了！

　　　　（唱）历史洪流涌大潮，

　　　　　　　一浪更比一浪高。

　　　　　　　蒸汽机瓦特造全球领跑，

　　　　　　　电气化无缝轨道本事更高；

　　　　　　　看眼前新干线暂时抢道，

　　　　　　　放眼望中华高铁不嫌路遥。

　　　　　　　未来世界更奇妙，

　　　　　　　自有新车领风骚。

〔燕燕举杯一饮而尽。

田 晓 龙　燕燕！
方 美 凤　燕燕侄女伶牙俐齿，说得好！山崎君，后生可畏呀！
山崎一郎　大话好说，科技难做。日本新干线有今天，是历经几代人，几十年的成果。晓龙君，今生今世你就别做梦啦！
田 晓 龙　这个梦我不但要做，还要美梦成真！
山崎一郎　君子一言既出，驷马难追。输了罚酒。
田 晓 龙　我要输了啊，当场喝三瓶酒鬼烈酒。
山崎一郎　你要赢了，我也会喝三瓶。
田 晓 龙　好，一言为定！
张　　鹏　上酒！
田 晓 龙　学友们，为誓言兑现，为美好未来，干杯！
众　　人　干杯！

　　〔造型，收光。
　　〔伴唱：湘洲论剑后，
　　　　　　中铁争上游。
　　　　　　人争气一口，
　　　　　　佛争香一炉。
　　　　　　惊蛰天雷吼，
　　　　　　二月龙抬头！
　　　　　　惊蛰天雷吼，
　　　　　　二月龙抬头！
　　〔激越的音乐声中，光隐。

第二场　喜堂惊变

〔五年后。
〔礼仪小姐在万母指挥下，布置婚庆用品。
〔合唱：轨道为媒结连理，
　　　　燕燕新运牵红丝，
　　　　明日花烛行大礼，
　　　　高铁婚礼多新奇。
〔万母剪纸，两礼仪小姐展开硕大"喜鹊登梅"。

万　　母　（唱）日月如梭遛遛急，
　　　　　　　　小树长成参天枝。
　　　　　　　　喜鹊喳喳唱新喜，
　　　　　　　　布置新房待佳期。

礼仪小姐　万母啊——
　　　　　（唱）你忙前忙后勤打理，
　　　　　　　　比自己嫁女还着急。

万　　母　姑娘啊——
　　　　　（唱）燕燕妈本是我土家阿姊，
　　　　　　　　谁料想过世早实在可惜。
　　　　　　　　单亲爸田工他总忙大事，
　　　　　　　　嫁姑娘湖湘礼俗难以顾及。
　　　　　　　　万婶我过来人帮忙打理，
　　　　　〔司仪上。

司　　仪　（唱）彩排婚礼须遵守湖湘礼仪。

　　　　　　　主角驾到。
　　　　　　　新郎新娘注意，抢床开始。
　　　　　　　谁先抢床，谁当家主事。
　　　　　〔礼仪小姐把燕燕、新运推上："抢床啰！"

万　　母　（唱）红枣筷子放床头早生贵子，
礼仪小姐　（合唱）——早生贵子，
万　　母　（唱）剪纸窗花添吉祥鹊登梅枝。
礼仪小姐　（合唱）——鹊登梅枝。
万　　母　（唱）姑舅亲友三叩九拜施行大礼，
　　　　　　　春夏秋冬四铺八盖全都备齐。
万　　母　铺床还有个铺床歌哪：枕头两头丢、养的儿子像泥鳅。
燕　　燕　哎呀，羞答答的。
礼仪小姐　那枕头挨枕头呢？
万　　母　养的儿子像牡牛。
张　新　运　那还差不多，牡牛力气大。
礼仪小姐　枕头折几折呢？
万　　母　养的儿子造高铁。哈哈……
　　　　　〔燕燕、新运鼓掌。大家欢呼……
燕　　燕　（唱）湘西人乡里乡亲礼数忒大，
　　　　　　　新娘子哭嫁送亲要回老家。
万　　母　老规矩，长沙也是一样的。
张　新　运　（接唱）坐高铁趁黄昏赶回古镇，
　　　　　　　待明朝日出东山把亲发。
众　　人　（合唱）湘洲站鼓乐齐鸣吹吹打打，
　　　　　　　欢天喜地迎娶新娘到也到婆家。
　　　　　〔暗转。次日。别致的婚礼喜堂。红地毯宛若轨道延伸。
　　　　　红玫瑰簇拥着田燕燕和张新运的结婚彩照。

〔方美凤、詹姆斯、山崎一郎上。田晓龙迎上。

方美凤 晓龙！恭喜恭喜，燕燕于归之期，我们都来喝的喜酒！

山崎一郎 我既要喝喜酒，还要喝罚酒。

詹姆斯 罚酒？

山崎一郎 唉——

（唱）想当年在湘洲酒局约定，

看高铁驰中华一梦成真。

酸楚楚怎面对芙蓉云锦，

悔不该放狠话樱花独尊。

愿赌服输要兑现，

三瓶烈酒我一口闷。

田晓龙 老同学，我不但不罚你酒，而且还得敬你一杯酒。

山崎一郎 敬我一杯酒？

田晓龙 （唱）多谢你冷嘲热讽把天价定，

助推了中国高铁奋起直追鬒翼鹏程。

〔张鹏上。

张鹏 各位专家，我代表湘洲公司，欢迎各位大驾光临！

田晓龙 诸位，这位是中铁湘洲公司董事长，也是我的亲家——张鹏。

山崎一郎 啊——亲家，是新郎官的爸爸，新娘的——公爹。

张鹏 正确，完全正确！山崎先生，你真不愧是一位中国通。

詹姆斯 你们俩亲家一个是董事长，一个是总工程师，这叫：强强联姻，叶茂根深，怪不得中国高铁长成了参天大树。

田晓龙 谢你吉言！（众鼓掌）

张鹏 各位贵宾：燕燕、新运新婚大喜之日，敬请入席！

山崎一郎 客人们都来了，主角怎么还不登场啊？

众人 是啊，新郎、新娘呢？

张鹏 他俩正在我们设计制造的高铁列车上，飞驰而来。

〔迎亲音乐起。

田晓龙　　到点了,他们怎么还没来?(拨号)燕燕怎么不接电话?
张　鹏　　新运的微信视频……接通了。
张新运　　爸,出大事了!
田晓龙　　新运,出什么事了?
张新运　　(唱)动车返程,遭遇雷霆,
　　　　　　闪电惊钧,暴雨倾盆。
　　　　　　山体滑坡入险境,
　　　　　　轨道淹没车难行。
　　　　　　雷击系统,控制失灵。
　　　　　　万师傅手动刹车、降低惯性,
　　　　　　燕燕她应急断电、车头缓行。
　　　　　　我纵身一跳清除泥石排险情,
　　　　　　刹那间磐石飞砸车头毁损,
　　　　　　他二人水淹石击惨痛丧生。
田晓龙　　燕燕!我的女儿啊!
众　人　　田工!
　　　　　〔收光。

第三场　祭月训子

〔子夜,一弯残月,几缕寒光,失事动车现场拉起了警戒布条。

田晓龙　　(内唱)凄风起月牙残严霜陡降,(上)
　　　　　(接唱)喜堂惊变、噩耗传扬,

　　　　　　天公不公、车损人亡。
　　　　　　万师傅临危不惧勇救车辆，
　　　　　　小燕儿痛折双翅再难飞翔。
　　　　　　十年前，花季少女失母爱，
　　　　　　老爸我，既当爹来又当娘。
　　　　　　那年春节父女双双逛商场，
　　　　　　你手捧小火车欣喜若狂。
　　　　　　儿言道长大和爸一个样，
　　　　　　读博士造高铁无上荣光。
　　　　　　父望女穿婚纱漂漂亮亮，
　　　　　　父盼望送女出阁做新娘。
　　　　　　父指望婚礼中美酒满上，
　　　　　　父指望眼噙热泪发喜糖！
　　　　　　喜乐未奏哀乐响，
　　　　　　红盖头未揭白幡扬。
　　　　　　喜堂变灵堂，
　　　　　　父为女吊丧。
　　　　　　白发反送青丝女，
　　　　　　失独老人倍凄凉！
　　　　　　只觉得——
　　　　　　心里空空荡，
　　　　　　手脚冰冰凉！
燕　燕　（唱）惊魂化作单飞燕，
　　　　　　人间黄泉万里云。
　　　　　　孤身的老爸体多病，
　　　　　　女儿远去心不宁。
　　　　　　此去泉台寻娘亲，

　　　　　　爸呀爸，美凤阿姨可贴心？
　　　　　　今生的遗憾来生补，
　　　　　　来世的婚礼更温馨。
　　　　　　下辈子还做你的乖乖女，
　　　　　　下辈子燕燕还做高铁人。（隐去）

田晓龙　　燕燕！
　　　　〔田晓龙颓然倒地。
　　　　〔救护车音效。
　　　　〔暗转医院病房。

田晓龙　　燕燕、万师傅！都是我的错，一定是我设计上出了问题！都怪我啊。（昏迷）

方美凤　　晓龙！
　　　　（唱）晓龙晕厥住医院，
　　　　　　　高铁出事彻骨寒。
　　　　　　　他殚精竭虑二十载，
　　　　　　　车毁人亡一旦间。
　　　　　　　方美凤且放下恩恩怨怨，
　　　　　　　拉晓龙出苦海度过难关。
　　　　　　　老年失爱女，恶风摧娇兰。
　　　　　　　纵有千金方，不及灵妙丹，
　　　　　　　心药治心患，向他吐真言。
　　　　　　　失女又得女，定然悲转欢。
　　　　　　　迈过这心病、身病两道坎，
　　　　　　　但愿他早散阴霾柳暗花明语报平安。

田晓龙　　（说胡话）燕燕、万师傅！
方美凤　　唉，晓龙，我是美凤（搀田晓龙下床）。晓龙，有件要紧的事，我要与你谈。

田晓龙　　要紧的事？

方美凤　　开心的事？

田晓龙　　开心？我只有倒霉的事儿。（又眩晕起来）提速，提速！

〔陈医生上。

陈医生　　（进病房）田工，您怎么哪？

方美凤　　他时而清醒，时而昏眩，发高烧，说胡话。

陈医生　　这是退烧药、镇静药，赶快服用。您是家属吧？

方美凤　　我，我是。

陈医生　　你来一下。

〔方美凤随医生走出病房并关上门，田晓龙不经意地走近。

方美凤　　陈主任，田工不要紧吧？

陈医生　　经全面检查，他患了心肌冠状动脉痉挛。

田晓龙　　（不相信自己的耳朵）啊！

方美凤　　（震惊）什么，心肌冠状动脉痉挛？

陈医生　　这个病必须马上手术，否则会引发心肌梗塞，造成猝死。

〔陈医生下，田晓龙闻之呆若木鸡。

方美凤　　唉！

（唱）霜打雪压龙卷风，

　　　灾祸一重接一重。

　　　爱女死、事业崩，

　　　心肌梗塞征兆凶，

　　　老天对他太不公。

　　　国内外有人瞎起哄，

　　　晓龙深陷漩涡中。

　　　张三说好大喜功瞎胡摆弄，

　　　李四怨酿成车祸国法难容。

　　　罢罢罢，劝他随我德国去，

走走走，帮他摆脱荆棘丛。
烦恼抛到九霄外，
父女相认乐融融。
先进医学数欧盟，
良医妙手回春风！
晓龙，你身体感觉怎么样？

田晓龙　还好。

方美凤　依我看，不好！

田晓龙　唉！

方美凤　晓龙，咱们出国去，散散心？
〔手机铃声响，詹姆斯、山崎一郎先后显现。

方美凤　詹姆斯的电话。

詹姆斯　（唱）学弟啊——
蛟龙出海别样景，
路大请你去领军。
新建田氏实验室，
经费充裕设施精。

方美凤　一郎的电话。

山崎一郎　（唱）新干线敞怀抱高薪聘请，
请学霸展才华驾临东瀛。

田晓龙　谢谢你们，好意心领！美凤——
（唱）出事故人亡车损终生抱恨，
染重病身心交瘁祸不单行。

方美凤　（唱）自古道碧水长流宝树长青，
到欧盟身心痊愈再转国门。

田晓龙　我也知道欧盟的心内科世界一流。

方美凤　晓龙，留得青山在，自有又一春。随我去德国吧，换个环境养病，等你病好了再回来，我绝不拦你。

田晓龙　真的不拦我？

方美凤　真的不拦你。

田晓龙　走？

方美凤　走。我马上安排你的行程。（下）

〔田晓龙拿风衣，走出病房。

〔暗转，至万家。

〔万勇家。客厅摆放着万师傅的遗像。万勇母子上香哀悼亲人。

万　母　老万哪，你开了几十年的火车，这回总算是到站了！

万　勇　爸爸！您二十多年安全驾驶。可这一次踏上了不归之路！

万　母　唉，天灾啊。

万　勇　什么天灾？是人祸。是田工他们设计的控制系统有问题！

万　母　小勇啊，人是没了，可咱也不敢胡乱攀扯啊。

〔田晓龙上。

万　母　田工，您！

〔田晓龙向万师傅遗像鞠躬。

万　勇　姓田的，

（唱）万小勇见田某火冒三丈，

　　　胡设计害我老爸一命亡。

　　　驾驶安全无保障，

　　　狗屁列车太荒唐，

　　　万勇我先给你一巴掌。

万　母　（阻拦）打不得呀——

万　勇　（接唱）人命关天怎抵偿？

〔万勇欲打田晓龙，万母拦住。田晓龙自责地打自己。

万　母　田工！

田晓龙　　我该打！我该打！

　　　　　（唱）是我让湘洲高铁遭痛创，
　　　　　　　　是我让国人颜面也丢光。
　　　　　　　　鲜活的生命逝水淌，
　　　　　　　　失爱的亲人同感伤！
　　　　　　　　万师傅技术精良老当益壮，
　　　　　　　　为高铁出谋划策鼎力相帮。
　　　　　　　　妻贤子孝家合美，
　　　　　　　　想不到——
　　　　　　　　当日一班岗，
　　　　　　　　罹难成永殇！

万　母　　田工你不要过于自责，事故责任还没查清！

田晓龙　　作为总工程师，我难辞其咎。

万　勇　　你，还我爸爸，还我爸爸呀！

万　母　　小勇啊小勇，田万两家，宿命相同；你失老爸胸中苦，他丧爱女心头痛，我们两姓四代人，与铁路生死与共啊。

万　勇　　生死与共？

万　母　　那是1936年的冬天，湘洲机车厂奠基落成。你曾祖父和工人师傅们高举木夯，唱着打硪歌：嗨、哟、呼哟……

　　　　　〔画外音：（打硪歌）嗨、哟、呼哟……

万　母　　打下了湘洲机车厂的第一根基桩。

田晓龙　　这根迟到的基桩啊——比西方国家整整落后了一百年！

万　勇　　比西方国家整整落后了一百年？

田晓龙　　当时条件差、技术设备落后。机车厂刚刚起步，就遭遇日寇飞机的轮番轰炸。

万　勇　　轮番轰炸？

万　母　　为了保护机床，田工的爷爷和你曾祖父高举信号灯，引开敌机。敌机俯冲追击，连投数弹，他二人中弹身亡，尸骨未存！

万　勇　啊！

田晓龙　机车厂一波三折，湘洲人奋发图强。1958年"韶山号"在湘洲机车厂生产出品。这是新中国的第一台电动机车啊！可这个时候，日本已进入了高铁时代。

万　勇　啊，日本已进入了高铁时代？

田晓龙　人家笑话我们是慢吞吞的小脚女人。

万　勇　嗐！

万　母　小勇啊，哪一辈湘江人不是在困境中挺起啊？哪一辈湘江人不是在灾难中重生？

（唱）车祸中你父亲捐躯遇难，
　　　保动车忘生死义薄云天。
　　　我万家四代男子汉，
　　　与列车结下了不解之缘。
　　　你曾祖父清宫列车当教练，
　　　为湘洲保机车血洒铁道边。
　　　你爷爷一辈子驾车京广线，
　　　车速慢摇摇晃晃受尽颠连。
　　　乘客们抢车就像上前线，
　　　翻车窗抢过道挤得冒烟。
　　　田叔他留洋归来湘洲请战，
　　　造高铁南来北往万家欢颜。
　　　人人出行多方便，
　　　年年春运无难关。
　　　你父亲鸟枪换炮遂心愿，
　　　当上了首批驾驶员。

　　　　　　承父业来接班如你所愿，
　　　　　　驾驶员与列车紧紧相连。
　　　　　　船失舵车脱辕终归难免，
　　　　　　依我看田总功劳大如天。
　　　　　　灾难中他失爱女我失伴，
　　　　　　切莫往流血的伤口再撒盐！

田晓龙　　嫂子！

　　　　（唱）你含悲愤深明大义泣血训子，
　　　　　　田晓龙心震颤如受雷击。
　　　　　　年迈人失伴苦强压心底，
　　　　　　顾大局识大体宽厚仁慈。
　　　　　　万嫂她尚有这宏大胸臆，
　　　　　　实令我又羞又愧百感交集。
　　　　　　我若是危难时刻撂挑子，
　　　　　　赴德国休养逃避荒唐无稽！
　　　　　　哪里跌倒哪站起，
　　　　　　查找祸因莫迟疑。

　　　　〔收光。

第四场　峰回路转

〔实验室与接待室。

〔万勇提一罐鸡汤上。

万　勇　（唱）只怪万勇太莽撞，
　　　　　　　　一时冲动惹祸殃。
　　　　　　　　赔礼道歉来探望，
　　　　　　　　送上一罐土鸡汤。

　　　　　（按电铃）田叔！田叔！（进接待室）

田晓龙　（从实验室走出）哦，是小勇啊，快坐下。

万　勇　田叔啊，我从病房找到机房，从南苑奔到西岗……

田晓龙　什么事？

万　勇　妈要我给您送来一罐土鸡汤。

田晓龙　谢谢她了，不敢当啊！

万　勇　（端鸡汤）我妈说了，您要趁热喝！（盛鸡汤）

田晓龙　谢谢了。

万　勇　田叔，你还在带病工作啊！

田晓龙　查找事故原因，刻不容缓。

万　勇　田叔，有人传言动车死了人，国际影响不好，说高铁要下马？

田晓龙　我也听说了。

万　勇　田叔，我是个列车驾驶员，不会讲大道理。要是高铁下马，我爸、燕燕，死不瞑目啊！

田晓龙　（沉思良久）不能下马。过于轻率地接受失败，可能会使我们丢失已经接近于正确的机会。

〔万勇端鸡汤，放在田晓龙面前，下。

田晓龙　真是可敬可佩的母子俩啊！

（唱）手捧鸡汤热泪滚，

　　　胜似枯荷逢甘霖。

　　　此番高铁若下马，

　　　何年何月得振兴？

　　　设计图我也曾反复求证，

　　　安装时在现场精益求精。

　　　细分析、详自审——

　　　梳理关键找祸根。

　　　莫不是钢材疲劳机件磨损，

　　　莫不是处置不力调度失衡，

　　　莫不是进口系统有暗病，

　　　遇意外遭雷击制控失灵。

　　　倘若是设计方案不精准，

　　　我便是千古罪人！

〔方美凤上，打接待室内线电话。

方美凤　晓龙啊，咱说好要去德国？行程都安排好了，你怎么又跑到实验室了？

田晓龙　美凤，实在对不起！我现在正忙……

方美凤　你，你这一变，真比孙悟空变得还快呀！

田晓龙　如果我跟您出国走人，对不起死去的老万大哥，也对不起燕燕！湘洲的高铁离不开我，我也离不开湘洲。

方美凤　田晓龙啊田晓龙！你口口声声对不起这个，对不起那个，你对得起自己、你对得起我吗？

（接唱）恍然间又出现当年情景，

不商量西门辞职一根牛筋。
说恩爱道情怀生生世世，
刹那间天各一方两离分。
慕尼黑长亭外扬镳分道，
十月后瓜熟蒂落诞莺莺。
只说是两情相守各自珍重，
又谁知山转水转隐情转殷！
倒不如打开窗子说亮话，
慕尼黑有你的爱情与亲情。

〔手机铃骤响，美凤接听。

（英语："西门子公司总部，我是方美凤。啊……好！"）

（接唱）西门子急电催促紧，
火速登机返波恩。
起飞时间已迫近，
晓龙病重怎放心！
这……有了。
让莺莺先考晓龙博士后，
彼此间先建立师生之情。
待时机让他俩父女相认，
但愿得心灵伤痛渐渐抚平。

〔张新运上。张鹏、王书记随上。

张新运 方工。

方美凤 新运，西门子总部急电催我回公司，你能尽快送我到机场吗？

张新运 好！这是中铁总公司王书记，专程来看田老师。

王书记 方工。

方美凤 啊，王书记，对不起，我要去赶回德的航班了。晓龙他，

	是好人！（回眸一瞥，止不住饮泪而下。新运随下。）
张　鹏	（目送方美凤远去，打内线电话）田工，总公司的王凯书记来看你了！
王书记	田工，上级领导委托我来看你！
田晓龙	（从实验室出来）谢谢王书记，谢谢领导的关心！可事故原因未明，我心中难受啊……
王书记	田晓龙同志，我现在代表组织，宣布事故调查结论。
	（唱）调查组严肃认真查因果，
	对现场蛛丝马迹细追溯。
	控制器失灵后如船失舵，
	有一个零部件来自岛国。
	雷电泥石酿灾祸，
	制动调控出差错。
	万师傅、田燕燕追认烈士，
	田总工领军高铁利剑再磨。
田晓龙	谢谢！谢谢上级的信任！
张　鹏	晓龙，事故原因已作结论，你该轻松些了！
田晓龙	我不但没有轻松，反而更加沉重。
王书记	人类要奋斗，总要付出代价。1998年6月3日德国慕尼黑开往汉堡的特快列车脱轨，101人死亡、194人伤残。
张　鹏	日本新干线也多次发生联轴烧焦、边梁断裂、转向架龟裂……
王书记	中国高铁纵横交错，线路最长。每十亿公里旅客伤亡率仅为0.015，在世界上安全系数最高。
田晓龙	即使是这样，我们也不能降低标准，原谅自己！王书记、张董事长，我要求成立攻关组，自己研发关键部件，升级芯片控制系统。

王书记　　田晓龙同志，您的事惊动了上级领导。领导专门致电总部，决定让您暂停工作。

田晓龙　　啊？暂停工作！

王书记　　晓龙同志！出于对你身体状况的考虑，组织上决定让你先把工作放一放，全力配合医生治疗，上级已经邀请了全国最好的专家，为你的手术保驾护航。

田晓龙　　王书记，我的病情我知道。

王书记　　你知道？知道了怎么还不配合医生抓紧治疗。

田晓龙　　我怕！

王书记　　现在医术高明，你不用怕。

田晓龙　　王书记，我是怕上了手术台就再也下不来！

张　鹏　　田工！

田晓龙　　倘若研发计划半途而废，我会死不瞑目。

王书记　　田工，你……

田晓龙　　王书记，我不能放下工作，不然，我会急出病来，加重病情。

王书记　　田工啊——

　　　　　（唱）湘洲水牵动着中南海的涟漪，
　　　　　　　　要调集医学专家化险为夷。
　　　　　　　　解除病痛细调理，
　　　　　　　　尽快手术莫迟疑！

田晓龙　　（唱）寒冬里迎来了三春暖意，
　　　　　　　　困顿中再崛起大展旌旗。
　　　　　　　　自研发核心部件刻不容缓，
　　　　　　　　求推迟手术时间两月为期。

王书记　　你呀！

　　　　　〔收光。

第五场　柳暗花明

〔数月后。中铁集团湘洲公司莺莺宿舍。

莺　莺　　（唱）莺莺我来湘洲一月已满，
　　　　　　　　学习上虽紧张收获连连。
　　　　　　　　新运哥关心我多有照看，
　　　　　　　　妈妈她越洋电话萦绕耳边。
　　　　　　　　她要我导师身边多陪伴，
　　　　　　　　监管他按时服药少加班。
　　　　　　　　田教授带病攻关在一线，
　　　　　　　　实验室夜以继日令人心悬。
　　　　　　　　隔门隔窗隔不断心中的挂牵，

张新运　　（上，唱）给师妹送资料把喜讯传。
　　　　　莺莺，这是你要的资料，都在这儿。哎，告诉你一个好消息，核心控制技术已经攻克！

莺　莺　　（高兴地）啊，太好了！

张新运　　田老师真是了不起啊——
　　　　　（唱）恩师好比擎天柱，
　　　　　　　　中流急水显傲骨。
　　　　　　　　学识渊博纳百川，
　　　　　　　　高屋建瓴揽全局。
　　　　　　　　强忍心头痛与苦，
　　　　　　　　笑傲病魔不服输。
　　　　　　　　攻克高端拦路虎，

　　　　　领军高铁主心骨。

　　　　　志存高远感肺腑，

　　　　　身为学子也幸福！

莺　莺　　是啊，能成为田老师的一名学生我也深感荣幸！

张新运　　就是嘛！

莺　莺　　师哥，我来湘洲一个月来，学习上多亏你的帮助。谢谢了！

张新运　　不用客气呢，你大老远从德国来到湘洲，边学习边照顾田老师。身为师哥帮帮你完全是应该的。喂，老师让你统计的数据，你完成了吗？我帮你看看。

莺　莺　　请师哥检查作业。啊，为了表达我的谢意，今晚特意订了一家西餐厅，希望你能赏光！

张新运　　今晚？……

莺　莺　　不要辜负我的盛情啊！

张新运　　今晚真不巧，老师给我安排了任务，晚上我还要加班。

莺　莺　　张新运，我约了几次你都说没时间，可不能拒人于千里之外！

张新运　　最近科研攻关都到了关键……老师……

莺　莺　　少拿老师搪塞我，我不管，餐厅我都订好了，反正今晚你必须去！

张新运　　莺莺，你的心意我心领了，可是……

莺　莺　　张新运先生，你不简单啊！

张新运　　莺莺，我是一个蛮简单的人，非常简单！（下）

莺　莺　　张新运，我越看你越不简单！

　　　　　〔收光。暗转。

　　　　　〔机车车间。田晓龙、张新运与万勇匍匐检验、查看。

　　　　　〔王书记、张鹏、莺莺等人上。

王书记　　（唱）一月满手术准备俱已到位，

张　鹏	（接唱）田工他做实验不顾安危。
王书记	（接唱）国宝级大专家可钦可佩，
王书记 张　鹏	（合唱）听军令遵医嘱岂能再推？
莺　莺	老师！
王书记	田工——
张　鹏	田工，可把您给找到了！
田晓龙	王书记、张董事长，控制系统的关键技术已经攻克，调试安装一切就绪。
张新运	老师带着我们反复验证，可以试车。
张　鹏	小万师傅，你看？
万　勇	万事俱备，只欠东风！
王书记	张总，你的意见？
张　鹏	报告上级，此次试车，已经过实验室模拟测试。报请总部专家与交大教授攻关组联合论证，论证结果是"科学严谨、切实可行"。
王书记	好，何时试车？
田晓龙	明天试车。
张　鹏	明天，明天有特大雷雨。
张新运	老师就是选定这雷雨天，对控制系统进行雷击测试。
王书记	田工啊，一定要慎之又慎！
田晓龙	王书记、张董请放心！
王书记	通知试车沿线，做好应急预案。试车人员，组织上还要研究决定。
张　鹏	我这就去布置。
莺　莺	老师，让我也参加试车吧。
田晓龙	小姑娘家，你就别去了。

莺　莺　　老师，你性别歧视，您不公平……（哭下）
田晓龙　　新运、万勇，今天休息，蓄精养锐，万事俱备，明天试车！
　　　　　〔切光。

第六场　认女试车

〔莺莺拉着行李箱，手捧鲜花上。
莺　莺　　（唱）只说是名师高徒有成就，
　　　　　　　　考田工博士后大有前途。
　　　　　　　　不料想核心技术不让插手，
　　　　　　　　关键课题怀抱琵琶半遮羞。
　　　　　　　　明日里英雄试车关键火候，
　　　　　　　　巧推诿任凭莺莺再三请求。
　　　　　　　　回德国当面向妈把苦诉，
　　　　　　　　却为何步履沉沉欲走还休？
　　　　　（开手机发微信）师哥，在吗？
张新运　　（开微信）师妹，请指示。
莺　莺　　谢谢你对我的关心与照顾，我会想你的。
张新运　　云里雾里的，听不懂。
莺　莺　　我要回德国了，这就算跟你告别！
张新运　　啊，你开玩笑吧？
莺　莺　　机票我都订好了，你看。（发图）
张新运　　田老师知道吗？你现在在哪里？
莺　莺　　我在疗养院，给老师送花后就告辞。
张新运　　你等等，我马上就到。（碰面）莺莺，你不开心？

莺　莺　　　没有！

张新运　　　你妈同意你走？

莺　莺　　　前两天打电话给她说了。

张新运　　　她同意吗？

莺　莺　　　哼，我先斩后奏。

张新运　　　你要走的原因是……

莺　莺　　　原因，难道你真不知道？

张新运　　　高铁核心技术升级研发，没让你参加，你生气了？

莺　莺　　　何止生气，我是绝望！

张新运　　　莺莺，也许下一个重大课题就该轮到你了。

莺　莺　　　明天试车又不让我参加，这……

张新运　　　我们一起去求求老师，让他同意你参加试车，走！

〔方美凤、田晓龙上。

张新运　　　方阿姨！

莺　莺　　　妈！您怎么来了？连招呼都不打一声。

方美凤　　　你这状况我能不来吗？

莺　莺　　　妈！

张新运　　　方阿姨，您和莺莺一个来一个去，差点走岔了。

田晓龙　　　走岔了？

张新运　　　（指行李箱）莺莺想要逃学了。

田晓龙　　　莺莺要逃学，怎么啦？

方美凤　　　她在你身边你都不知道，可我在德国都感觉到了。

田晓龙　　　知女莫如母嘛。

方美凤　　　知女莫如父嘛。

田晓龙　　　这也是，师徒如父子，是我关心不够。

方美凤　　　莺莺、新运，你们回避一下，我要和你老师谈谈家事。

〔张新运、莺莺下。

田晓龙　　家事……什么家事？

方美凤　　莺莺从德国回到中国，是冲着你来的。你为什么在研究核心技术时不让她参加？

田晓龙　　这，你问的直接，我也回答干脆：莺莺是……德国籍。

方美凤　　如果换成燕燕，你会让她参加吗？

田晓龙　　燕燕，燕燕可是中国科学家。

方美凤　　好，我今天就把憋在心里二十五年的事告诉你？

田晓龙　　美凤，什么事让你憋了整整二十五年？

方美凤　　莺莺她是中国科学家的亲生女儿！

田晓龙　　啊，我晕，难道说莺莺是我的亲生女儿？

方美凤　　二十五年了，那些事就像发生在昨天！

（唱）当年你交大公派出国门，
　　　我和你相恋在森林之城。
　　　伊萨河倒映着你我倩影，
　　　施瓦本回荡着琅琅书声。
　　　初恋味道最清纯，
　　　初恋之爱梅子青。
　　　初恋感觉最甜美，
　　　初恋情景记忆深。
　　　相激励同收获硕士文凭，
　　　十字路两分手陡起纷争。
　　　西门子对我俩发出邀请，
　　　纳英才求学霸许诺前程。
　　　管理层看你我恋人情分，
　　　抓凤翅牵龙心一起升腾。
　　　你放弃橄榄枝婉言拒聘，
　　　探亲去撇下我孤身一人。

田晓龙　　美凤啊——

　　　　　　（唱）田晓龙出生在湘西小镇，
　　　　　　　　　老爸是迎来送往养路工人。
　　　　　　　　　十字镐信号灯伴我成长，
　　　　　　　　　听惯了火车轰轰汽笛鸣。
　　　　　　　　　十八岁考入交大全站振奋，
　　　　　　　　　道碴堆里出了个大学生。
　　　　　　　　　护路工友齐欢庆，
　　　　　　　　　敲锣打鼓送出门。
　　　　　　　　　亲人的厚望不可负，
　　　　　　　　　祖辈的遗愿胸中铭。
　　　　　　　　　公派深造德意志，
　　　　　　　　　饮水思源感召人。
　　　　　　　　　家国情愫难撒下，
　　　　　　　　　对不起卿卿我我初恋恩。

方美凤　（唱）二十年般般苦水道不尽，
　　　　　　　你一句对不起鸿毛太轻。
　　　　　　　机场别你飞回湘西古镇，
　　　　　　　痴情人望穿秋水杳无讯音。
　　　　　　　偏与你冤孽未尽有身孕，
　　　　　　　我成了怨妇思夫盼归人。
　　　　　　　人言道将为人母三分喜，
　　　　　　　我却是十月怀胎苦十分。
　　　　　　　山崎君频频追求表心境，
　　　　　　　父母亲劝我堕胎另嫁人。
　　　　　　　我好比牧羊病犬孤零零，
　　　　　　　惨戚戚躲在墙角舔伤痕。

自酿苦酒自己咽，
单亲妈妈抚莺莺。
人笑莺莺私生女，
莺莺向我要父亲。
哑口无言风雨紧，
母女相抱泪盈盈。
抚女儿生活工作两头紧，
西门子公司业绩靠比拼。
我盼盼盼、等等等——
等得我青春少女成老媪，
等得我满头青丝雪染鬓，
你问天问地扪心问，
举头三尺有神明，
你对我母女太亏心！

田晓龙 （唱） 廊桥旧梦今方醒，
长亭芳草再返春。
手扪前胸自叩问，
愧对美凤与莺莺。
十月怀胎多辛苦，
万千苦楚一人吞。
抚育女儿读博士，
当妈作爸一人撑。
此生欠下亲情债，
三生三世也还不清。
——美凤啊！
异国毕竟他乡境，
漂泊无根似浮萍。

　　　　　　原谅我——
　　　　　　舍弃小家奔大爱，
　　　　　　顾了事业忘恩情。

莺　莺　　妈！

田晓龙　　莺莺，我的女儿啊！

莺　莺　　你，哼！你不是我爸！

　　　（唱）听妈妈诉苦情含冤饮恨，
　　　　　　眼前人竟是我生身父亲。
　　　　　　虽说你在业界大名鼎鼎，
　　　　　　我看你只可敬并不可亲。
　　　　　　为人夫你可曾承担责任？
　　　　　　为人父你只能打个零分。
　　　　　　二十五岁春秋过，
　　　　　　何曾见过你现身？
　　　　　　贴心的母爱知热冷，
　　　　　　厚重的父爱何处寻？
　　　　　　人说父爱最温馨，
　　　　　　你飘渺天外似流云。
　　　　　　人说父爱是靠山，
　　　　　　你山高水远难依存。
　　　　　　人说父爱挡风浪，
　　　　　　浪打船摇靠何人？
　　　　　　求学之路无止境，
　　　　　　你可曾出过半分文？
　　　　　　抚育之恩深似海，
　　　　　　你何曾尽到半点心？
　　　　　　同学骂我是野种，

> 野种从来无父亲。
>
> 这样的父亲我不认,
>
> 唯有这遮风挡雨相依为命母女情。

方美凤　莺莺,他不仅是你生父,还是你的导师!

莺　莺　导师?他是新运的亲导师,我是他的外围人。

田晓龙　女儿啊,你不仅是外围人,而是外国人!

方美凤　倘若莺莺归化祖国?

田晓龙　莺莺,只要你回来,就是不认我这个父亲,我也高兴!留洋求学终归是异乡的游子,回归兴业方能做国家的主人!

方美凤
莺　莺　(合)留洋求学终归是异乡的游子,回归兴业方能做国家的主人!

〔田书记、张鹏与万勇同上。

张　鹏　张新运同志——

张新运　到。

张　鹏　万勇同志——

万　勇　到!

张　鹏　经组织决定,由张新运担任技术领衔,万勇担任驾驶员,前线试车。

田晓龙　王书记,田晓龙申请前线试车!

张　鹏　田工,京沪的专家都在医院等着你,今天必须马上手术!

田晓龙　张董事长、王书记,这机车是我亲手设计的,制动故障是我亲自解决的。它就像是我的孩子,我只有亲自试车,看着它跑起来,才放心啊!

王书记　田工,可你这身体……你说你上了手术台怕下不来,我担心你上了机车下不来!

方美凤　晓龙,你的身体经不起颠簸了,听领导的话吧。

张新运　　老师，放心地做手术去吧。
万　勇　　田工，请您相信我们。
田晓龙　　王书记，哪怕是最后一搏，我也心甘情愿！
　　　　（唱）人人心中有梦想，
　　　　　　　我的梦想非寻常。
　　　　　　　小梦伴随大梦长，
　　　　　　　一梦更比一梦强。
　　　　　　　初梦能把大学上，
　　　　　　　再梦硕博去留洋。
　　　　　　　孝子送终魂梦断，
　　　　　　　晓龙愧疚梦老娘。
　　　　　　　高铁铸梦潇湘往，
　　　　　　　美凤德国痛肝肠。
　　　　　　　三杯酒不赌酒量赌气量，
　　　　　　　洗屈辱追梦超车勇担当。
　　　　　　　不料灾祸降，
　　　　　　　梦断燕燕殇。
　　　　　　　死神伸魔掌，
　　　　　　　竞跑抢时光。
　　　　　　　靠外援核心技术绝无保障，
　　　　　　　自研发控制系统大梦图强。
　　　　　　　试车中珍贵数据了如指掌，
　　　　　　　纵然是以身殉梦又有何妨！
　　　　　　　昔日失女今得女，
　　　　　　　噩梦逝去美梦偿。
　　　　　　　高铁梦连中国梦，
　　　　　　　一代更比一代强。

莺　莺	（撕心裂肺地）爸爸！
田晓龙	莺莺，好女儿！（父女相抱，方美凤过来，三人拥抱）
张　鹏	爸爸？女儿？
方美凤	田晓龙是莺莺的亲生父亲，莺莺已经决定归化祖国，照顾父亲。
莺　莺	领导，为了圆我爸、我姐和万师傅的高铁梦，让他去试吧。
张　鹏	书记，您看？
王书记	组织上已经收到莺莺的归化申请，湘洲公司将要向莺莺发放中国第一张绿卡！
莺　莺	请求组织，上阵还得父女兵，让我陪着老爸去试车吧。
王书记	好。我答应你们父女俩。不过试车回来，田工必须即刻手术。
田晓龙	一言为定！
王书记	那咱们抓紧时间，今天试车！
众　人	好。

〔暗转：机车内。试车进行中，晓龙、新运、万勇、莺莺四人配合默契"机车舞"。

〔万勇驾驶列车，田晓龙检测仪表，莺莺、新运随其左右。

田晓龙　（唱）驾苍龙跨碧海穿山越岭，

　　　　　　　笑对病魔、竞跑死神、天道酬勤。

　　　　莺莺、新运你们看——

　　　　（接唱）列车飞驰快又稳，

　　　　　　　三晕先生不觉晕。

　　　　　　　今日高铁龙门跃，

　　　　　　　驾雾腾云浪里行。（向莺莺嘱咐试车要点）

莺　莺　（接唱）谆谆教诲多温润，

　　　　　　　缕缕阳光暖身心。

　　　　　　　　盼到云开日又出，
　　　　　　　　芳草萋萋阴转晴。
田晓龙　　（接唱）叫死神，请退让，
　　　　　　　　呼病魔，快消停。
　　　　　　　　老夫聊发少年兴，
　　　　　　　　迎战风雨搏雷霆。（雷雨交加）
张新运　　雷电交加，暴雨降临。
田晓龙　　雷电测试，提速前进！
　　　　（接唱）金鞭催我御风行，
　　　　　　　　暴雨为我洗征尘。
　　　　　　　　我虽有病车无病，
　　　　　　　　机车无病我的病转轻。
　　　　　　　　朝发南岳衡山境，
　　　　　　　　暮达北国游帝京。
　　　　　　　　电闪千巡无所惧，
　　　　　　　　雷霆万钧且安宁。
莺　莺　　雷击检测正常。
张新运　　时速300公里，运行平稳。
万　勇　　前方有弯道……
田晓龙　　（拍案而起）弯道控车，时速350公里，提速！
万　勇　　明白，时速350公里，平稳提速。
张新运
莺　莺　　（合）前方是千米隧道。
田晓龙　　时速400公里，隧道提速。
万　勇　　明白，时速400公里。
莺　莺　　车行平稳，运行正常。
田晓龙　　好啊！时速450公里，提——速！

〔田晓龙大笑:"哈哈……"倒地。

莺　　莺　爸——爸!(抱住老爸)

〔伴唱:时代铸工匠,

　　　　民族挺脊梁!

　　　　玉龙飞舞翔天宇,

　　　　凤鸟翱翔向辉煌。

〔大屏:沙特阿拉伯高铁98亿美元,中铁公司中标!

　马来西亚六组四节高铁列车、摩洛哥高铁,花落中铁!

　土耳其185公里高铁、印尼雅万高铁,中铁公司中标!

　俄罗斯首条770公里高铁162亿,中铁中标!

　中铁进军英国,百亿大单,中标!

　2018年金秋,朝发夕至的京港高铁,开通!

〔收光。

尾声　玉龙飞驰

〔高铁婚礼现场。

〔彩花纷飞,喜气盈盈,宾客满堂。众人闹新房……

〔田晓龙、张鹏佩戴大红花。

〔方美凤、詹姆斯担任主持人、主婚人。

方　美　凤　莺莺、新运喜成亲,妈妈来当主持人。

詹　姆　斯　我詹姆斯来证婚,

〔山崎一郎拿白酒上。

山崎一郎　自罚三杯头发晕。

方　美　凤　婚宴无酒你寒碜人?

山崎一郎　　兑现罚酒认输赢。

田晓龙　　良辰美景，洞房花烛，此时此刻，恍然梦中……

方美凤　　老田，人同此心心同此理，我们都怀念高铁功臣万师傅和小燕子！

詹姆斯　　我提议，大家向为人类高铁事业做出贡献的万师傅、燕燕和诸多功臣们默哀致敬……

〔天幕上或鲜花丛中，万师傅与燕燕出现。

詹姆斯　　礼毕，我也代表国际轨道协会，向莺莺、新运这一对高铁新人表示祝福！

山崎一郎　　我代表亚洲同行，向中国特色的高铁婚礼表示赞赏。我也要迎头赶上，比翼双飞。

方美凤　　好啊，我们也会到东京去参加你的高铁婚礼。

张鹏　　现在我宣布世界各地发来的贺电与喜讯。

工友甲　　（举"标书"兴冲冲地上）沙特阿拉伯高铁98亿美元，中铁公司中——标！

众人　　（喝彩）好啊！干杯！

工友乙　　（举"标书"兴冲冲地上）土耳其185公里高铁，中铁公司中标，印尼雅万高铁，中铁公司中——标！

众人　　（喝彩）好啊！再干杯！

工友丙　　（举"标书"兴冲冲地上）报！马来西亚六组四节高铁列车、摩洛哥高铁，花——落——中——铁！

工友丁　　（举"标书"兴冲冲地上）报！俄罗斯首条770公里高铁162亿大单，中标中——铁！

工友戊　　（举"标书"兴冲冲地上）中铁蓬勃，进军欧洲，百亿大单，雪片飘落！

众人　　京港高铁金秋通车，举国欢腾。

〔五颜六色的订单彩纸纷纷扬扬从天而降，似花瓣、似彩带。

众　　人　干杯、干杯、干杯!

山崎一郎　一拜天地、二拜高堂、夫妻对拜,散发喜糖啊!

方　美　凤　好好好,算你嗓音大,叫得及时。

张　新　运
莺　　莺　(合)看,新闻联播:习总书记陪同俄罗斯总统乘坐高铁。

〔显示屏上　李克强总理:中国高铁的稳定性和先进性世界第一。我向全世界推荐安全、高效、快捷的中国高铁。

〔伴唱:世界高铁锦标赛,
　　　　中国标准夺金牌。
　　　　一带一路连四海,
　　　　玉龙飞驰向未来!

〔众人依次谢幕。

〔剧终〕

2018年9月18日,中国戏曲学院

大型现代戏

敦 煌 绝 恋

人物表

樊锦诗　　上海人，敦煌研究院第三任院长
彭金章　　河北人，樊锦诗丈夫，武汉大学、敦煌研究院
　　　　　教授
大　敦
二　煌　　樊锦诗与彭金章的一对儿子
常书鸿　　杭州人，敦煌研究院首任院长
陈芝秀　　浙江诸暨人，书鸿首任妻子
李乘仙　　重庆人，书鸿后任妻子
段文杰　　四川人，敦煌研究院第二任院长
龙　嫂　　龙时英，段文杰之妻
董主任　　敦煌研究院主任，后来升任市、省办公厅主任
歌　队　　各声部演唱之外，还可分别扮演各色人物

序　幕

〔主题歌：
　　　　两千年人类，沐浴佛光，
　　　　全世界佛窟，仰望敦煌。
　　　　盛极而衰兮遇难呈祥，
　　　　三代贤人兮万载芬芳。
　　　　生死绝恋，飞天彷徨；
　　　　人间护法，盛世开光。
　　　　漫天锦诗谱写出金章，
　　　　万千祥云护卫着东方。

〔人民大会堂
中央改革开放 40 周年表彰者大会：
文物有效保护的探索者——樊锦诗。
樊锦诗领奖的画面。

〔北京大学英杰交流中心阳光厅。
樊锦诗等 11 位改革先锋在报告会上先后发言。
手捧奖牌，樊锦诗抚今追昔，感慨万千：
"我这一块奖牌，不仅是属于我的，它更属于北大，属于敦煌，属于三代敦煌人及其家属的青春芳华和生死绝恋"。

〔独唱伴唱:

　　　　明晃晃庄严会堂，

　　　　沉甸甸先锋奖章。

　　　　悲欣交集多少事，

　　　　敦煌绝恋唱沧桑。

第一幕　敦煌的召唤

〔北大图书馆，1963年。
〔彭金章背着书包上。

彭金章　莫道君行早，更有早起郎。
　　　　率先占座位，心中有阳光！（将绣花手帕放在对面座椅上）
　　　　〔排队的同学们鱼贯涌入，纷纷抢到座位。

女生甲　来晚一步，手帕占座好夸张。
　　　　同学你好，锦绣手帕可分享？（欲取对面的手帕）

彭金章　先来后到，排队看短长，
　　　　手帕有主，何劳校花香。
　　　　〔樊锦诗上。

彭金章　同学，你的手帕依旧安放，

樊锦诗　多谢，学姐在先我且退场。

女生甲　（唱）哈哈，好一对幸福的鸳鸯，
　　　　　　红脸人不会撒谎，
　　　　　　书中自有颜如玉，
　　　　　　祝福你们俩，
　　　　　　相对话儿长。

〔下。

彭金章　（唱）知道你手帕常伴映书香，
樊锦诗　（唱）难得你花团锦簇有眼光。
彭金章　（唱）河北乡下娃，我跑遍了琉璃厂，
樊锦诗　（唱）九层莫高窟，你审美不寻常。
二　人　（合唱）一方手帕情意长，
　　　　　　　　四目相对两心彰。
　　　　　　　　上海的妹子河北的娃，
　　　　　　　　青春的憧憬同学的热肠。
樊锦诗　嘘，轻点，同学们都已经进场。
彭金章　给，你昨天说起过敦煌，我就给你准备了书刊，这一堆精神食粮。
樊锦诗　啊，好有心的金章。你看，常书鸿的画作驰名于巴黎洋场……
彭金章　妻子陈芝秀多才多艺，活色生香。
樊锦诗　他们在巴黎的塞纳河畔，
彭金章　女儿诞生，谐音沙娜，辉映着点点波光！
〔巴黎吉美博物馆敦煌绢画展览，1936年。
伴　唱　一个是青年画家，美术界前途无量，
　　　　一个是东方美女，歌舞场的偶像，
　　　　夫为敦煌绢画狂，
　　　　妻因飞天姿态忙。
常书鸿　心中有片圣地，那就是祖国敦煌。
陈芝秀　（舞蹈）反弹琵琶有模有样，自由飞天不慌不忙！
〔陈芝秀脚一滑，常书鸿忙扶住。
常书鸿　（唱）顷刻之间血脉偾张，
　　　　　　　追求艺术必须返乡。

陈芝秀	（唱）冲动是魔鬼，请多思量，
	巴黎是魔都，富贵堂皇！
常书鸿	（唱）莫高窟的艺术，举世无双，
	绘画人的信仰，胜过天堂。
陈芝秀	（唱）上流社会喜欢你，你横扫巴黎的画廊，
常书鸿	（唱）千年古国召唤我，那是我前世的行藏。
陈芝秀	（唱）你若铁心自己走，
常书鸿	（唱）一刻难以误时光。
陈芝秀	（唱）原本是疯子，又变成癫狂，
常书鸿	（唱）绘画的疯子，艺术的癫狂！
陈芝秀	（唱）不是女儿舍不得，我怎肯跟你到敦煌。
常书鸿	（唱）只要跟我到敦煌，从此妻女变女王。

〔切光。

樊锦诗	好感人的场面，花前月下都比不上寻根之旅。
彭金章	太美好的回归，沙漠之舟载得下富贵的鸳鸯？
樊锦诗	韦庄的《菩萨蛮》说，未老莫还乡，还乡须断肠。这对游子，我好向往。
彭金章	大话切莫讲，大漠荒原，怎接纳你这娇娇滴滴的上海姑娘？
樊锦诗	家有保姆，把我娇养，可我偏要北上西进，领略北国风光。
彭金章	无论你在哪里，我都愿意与你有难同当。
樊锦诗	但愿两情长久时，那就是有福同享。

〔女生乙上

女生乙	锦诗、金章，这对鸳鸯，工作分配报到书，学校盖好了章！

〔递过去，下。

樊锦诗	咱们两个信封，你先拆吧。
彭金章	天灵灵，地灵灵，保佑你我分到称心如意的地方。

樊锦诗　　武汉大学，珞珈山庄？祝福你！

彭金章　　你呢？我来帮你的忙。哎呀呀，心里发毛，堵得慌。

樊锦诗　　（闭上眼睛）读给我听吧，我与你，一样的紧张。

彭金章　　兹介绍我校考古系樊锦诗同学，毕业分配前往敦煌！

樊锦诗　　祝福我吧，老彭，好同学金章！

彭金章　　锦诗，你这是在蒙我啊，欺负我农村孩子，样样好商量。

樊锦诗　　我签署过协议，情愿到最艰苦的地方。

彭金章　　那我也要向学校讲，重新言讲，彼此相帮。

樊锦诗　　武大要建考古专业，那也要马壮兵强。

彭金章　　人家常书鸿先生都是夫妻同往，

樊锦诗　　经得起时间熔炉的考验，才称得上百炼成钢。

彭金章　　（唱）你说过，伯父附信给北大，盼儿回申江；

樊锦诗　　（唱）我最终，扣住家书不信访，一心向敦煌。

彭金章　　这不可能，这太荒唐！

　　　　　（唱）一场梦终成泡影，

　　　　　　　　两离分棒打鸳鸯。

　　　　　　　　三星照你我倩影，

　　　　　　　　四年来成对成双。

樊锦诗　　（唱）有情人终成眷属，

　　　　　　　　无缘伴异梦同床。

　　　　　　　　三载为期，老彭，你可不可以等我三年？

彭金章　　三年？就是漫长的1095天！到那时，我们从北大同学算起，已经认识了2555天。

樊锦诗　　知道你数学好，就一千个日日夜夜，你还等不得？那就去找其她的姑娘。

彭金章　　等等等，莫说是三年了，就是三生三世，我也一直等，不彷徨。

〔两人击掌盟约,相互拥抱。

合　唱　　一千天相爱不相忘,
　　　　　一千夜思念共韶光。
　　　　　两情设若是久长,
　　　　　珞珈山结缘到敦煌,到敦煌。
　　　　〔切光。

第二幕　莫高窟的苦乐

〔独唱合唱:《向敦煌》
　　　向敦煌,人烟少,天地莽苍苍。
　　　去敦煌,路途远,祁连山茫茫。
　　　咔嚓咔嚓绿皮列车停停走走坐得人绝望,
　　　咚呛咚呛手扶拖拉机腾腾挪挪呕断肝肠。
　　　哗啦啦沙坡塌陷开不动,
　　　晃摇摇老牛拉车奔前方。
　　　唐僧取经九九八十一难,
　　　樊锦诗护法去千路漫长。
　　　千辛万苦到敦煌,
　　　三危山的圣境,莫高窟的神秘,
　　　晚霞万道,闪烁佛光。

樊锦诗　　大美敦煌,美不胜收!再苦再累,也值当。
常书鸿　　一路风尘,先住下来,早点进房。
段文杰　　是啊,窑洞已经安排好了。
樊锦诗　　不,我要先去莫高窟拜望。到底是在敦煌,连老工友说话都文质彬彬的，真是不可思议的地方。

段文杰　　老工友？

樊锦诗　　是啊，多亏了这位老师傅，一路上他牵牛，我却带着行李坐在牛车上。

段文杰　　樊大小姐，我来介绍一下：接您的师傅啊，就是常书鸿院长。

樊锦诗　　您就是大名鼎鼎、享誉国际的常先生，美术界的人称常大王？

常书鸿　　是啊，是啊，莫强调，很正常。

樊锦诗　　哎呀，得罪了，您且受我一拜！这才是真人不露相。

段文杰　　您年轻，没见到过常院长年轻时的的风流倜傥，

常书鸿　　哎，时间是把雕刻刀，老朽已经久经风霜。

樊锦诗　　风度俱在，气宇轩昂！

常书鸿　　惭愧惭愧。这是段文杰副院长。

段文杰　　小樊，咱们先安顿下来？

常书鸿　　不，文杰，你陪小樊先去洞窟里转转、望望。

樊锦诗　　常院长，您怎么明察秋毫之末，知道我心里的念想？

常院长　　你，文杰，还有我，所有到敦煌的朝圣者，全都一样。

樊锦诗　　这就是敦煌石窟的巨大磁场。

常书鸿　　先去看宝窟佛像吧。

樊锦诗　　（跳起来）得令！

常书鸿　　早看早回。今晚若能适应窑洞里的土炕，就能够亲近敦煌。〔下。

段文杰　　小樊，这边就是莫高窟千佛洞。

樊锦诗　　呀，

　　　　　（唱）屏住了呼吸，超越了想象，
　　　　　　　　收敛住翅膀，颤抖着心房……

       莫高石窟高百丈，

段文杰　　（唱）最小宝洞一平方。

樊锦诗　　（唱）千百年开凿了千座窟，

段文杰　　（唱）千万人到此拜佛堂。

樊锦诗　　（唱）大佛庄严端坐在中央，

段文杰　　（唱）天王力士护卫在两旁。

樊锦诗　　（唱）轻盈的飞天善歌舞，

段文杰　　（唱）玉麒麟端卧在文殊堂。

樊锦诗　　（唱）人类瑰宝，宝像珠光，

       叹为观止，气象泱泱，

       壁画雕塑，经卷宝藏。

       庄严佛法，大美敦煌。

段文杰　　小樊，下次再看吧。咱这里天黑得早，眼见得暗淡了夕阳。

樊锦诗　　天黑不要紧，电灯也可以照亮。

段文杰　　这里离县城还有好几十里，还没有通电借光。

樊锦诗　　啊？那咱们赶紧走。

段文杰　　也没几步路，龙嫂给您收拾的窑洞，敞亮。

樊锦诗　　住窑洞？我，我听说了，住窑洞冬暖夏凉。喔，到了，段老师再见。

段文杰　　再见，晚安。

〔下。

〔樊锦诗窑洞。

樊锦诗　　（唱）一灯如豆照土炕，

       粗布被子也带香。

       敦煌武大千里远，

       电灯光怎比我红烛光。

〔彭金章幻影。

彭金章　　（唱）金章我京广线路多通畅，
　　　　　　　　锦诗她远征到遥远的地方。
　　　　　　　　哪怕是天涯海角绝不改真情意，
　　　　　　　　鸣沙山的风沙会不会吓到我的好姑娘？
樊锦诗　　（唱）蓦然间与老彭说说唱唱，
　　　　　　　　图书馆依旧是人群熙攘。
　　　　　　　　珞珈山怎看到真佛的模样，
　　　　　　　　莫高窟的神奇自带着光芒！
彭金章　　（唱）武汉敦煌千万里，
樊锦诗　　（唱）千山万水共一方。
　　　　　　　　（狂风吹灭烛光）
　　　　　　　　好梦终归短，
　　　　　　　　黑夜太漫长。
　　　　　　　　西北的风沙掩星光，
　　　　　　　　苦涩的碱水翻肚肠。
　　　　　　　　顾不得恐惧害怕门外走，
　　　　　　　　找厕所沙丘绕行我好彷徨。
　　　　　　　　冷不丁，一双眼珠贼发亮，
　　　　　　　　哎呀呀，该不是遭遇了沙漠的狼？
　　　　　　　　来人哪，救命，有狼！
　　　　　　　〔龙嫂与李承仙闻声，提着马灯前来救援。
龙　嫂　　吃我一棒！咦，哪来的野狼？
李承仙　　龙嫂别打，这是拉车的老牛，系在窝棚的桩上。
龙　嫂　　是啊，哪有沙漠狼，是老牛的眼珠闪闪发亮。
樊锦诗　　都是我大惊小怪，惭愧难当。
龙　嫂　　初来乍到，胆子小也正常。
李承仙　　干脆我们都陪你，大家都上炕。

龙　嫂	三个女人一台戏，婆姨相聚吵破房。
李承仙	我是常院长的学生李承仙……
樊锦诗	李老师我知道，您就是常院长当年的小仙女，人称敦煌之光！
李承仙	喔，小仙女早变成孩他娘啦。这是龙嫂，段老师的爱人，都是敦煌之光。
龙　嫂	啥子爱人啊，遮光啊，我是段文杰的婆娘。闺女，你的头发好长好亮。
李承仙	是啊，想当年，我的头发也是这样长，
龙　嫂	我的头发，也曾这般油光发亮。
李承仙	（唱）想当年，长发飘飘仙女样，
龙　嫂	（唱）我也曾，知识少来头发长。
樊锦诗	那你们现如今，怎么都变成了齐耳的短发？
李承仙	（唱）敦煌之水比油贵，
龙　嫂	（唱）碱水洗头硬邦邦。
李承仙	（唱）痛下决心剪短发，
龙　嫂	（唱）女汉子变成了男人帮。
樊锦诗	（唱）把发剪，随俗入乡，
龙　嫂	（唱）把发剪，我来帮忙。
李承仙	（唱）把发剪，委屈了小姑娘，
三　人	（合唱）把发剪，三女闹敦煌！

　　　　　　　短发女人精神好，
　　　　　　莫高窟的花小也芬芳。

| 樊锦诗 | （唱）镜中羞见俏模样， |

　　　　　　上海小姑娘，看齐男人帮。
　　　　　　长发养来不容易，
　　　　　　天天梳洗美容光。

姐姐啊，再难为我理花黄，
姆妈啊，只怕见了我泪汪汪。
这模样，探亲若是武大往，
只怕吓坏了彭金章。

龙　嫂　（唱）说对象，道对象，
早婚早育莫商量。

樊锦诗　（唱）初来乍到事业重，
小女子不敢负韶光。
再等三年成婚配，
二十九岁我做新娘。

龙　嫂　要是你那对象在大武汉，被其他姑娘追啊追，那可怎办呢？

樊锦诗　借他天大的胆子，谅他也不敢。

李承仙　（唱）瓜熟蒂落看情况，
时机成熟两不慌。
莫高窟难留苦行僧，
结婚生子理应当。

龙　嫂　啊呀，天都朦朦亮，食堂煮粥我担纲。

李承仙
樊锦诗　（合唱）姐妹去帮忙，人多粥更香。

〔三人开门，只见常院长、段文杰抬水桶上。

常院长
段文杰　（合）三位女宾早安，我们俩工友送洗脸水来啦。

樊锦诗　常院长恕我眼拙，小女子赔礼赔罪，赶急赶忙。

龙　嫂　别赔罪了，你俩不就是给小樊抬水，顺便来找你们的婆娘吗？

樊锦诗　谢谢二位老师，就冲二位夫人陪夜、二位领导送水的古道

　　　　　热肠……
众　　人　怎么啦？
樊锦诗　　我樊锦诗就下定决心，陪着大家坚守敦煌。
常书鸿　　守得住一夜，就能守得住漫长的时光。
龙　　嫂　且慢，你要守容易，可你那对象同意吗？
樊锦诗　　我情愿说服彭金章，一夜、三年和一辈子，与大家一起看守敦煌。
常书鸿　　好，有了北大来的年轻人，有了小樊、小彭和更多年轻的鸳鸯，敦煌就有了希望，有了朝阳。
段文杰　　常院长吩咐，明天日本专家过来，小樊一起会商。
　　　〔众人鼓掌欢呼。
　　　〔切光。

第三幕　为人父母的无奈

　　　〔合唱：
　　　　　唱不尽的青春貌美，
　　　　　挡不住的岁月如梭。
　　　　　有情人终成眷属，
　　　　　分居苦饱受折磨。
　　　　　久旱逢甘霖，
　　　　　苦瓜也结果。
　　　　　大敦二煌哥俩好，
　　　　　起名敦煌寓意多。
　　　　　科研带儿总耽误，

　　　　　　一根绳子床头绑，

　　　　　　哎呀呀，俏闺女熬成了黄脸婆。

　　　　〔敦煌，樊锦诗窑洞。

　　　　〔彭金章与董主任上。

董主任　　彭教授，您一路辛苦了，樊老师和孩子都等着您，快回家去吧。

彭金章　　多谢董主任！

　　　　（唱）走过千道山，

　　　　　　跨过万道河。

　　　　　　火车汽车连轴转，

　　　　　　一脚跺进大沙漠。

　　　　　　老婆儿子在等我，

　　　　　　敦煌探亲我不寂寞。

　　　　　　小樊，开门啦，开门。

　　　　〔董主任下。

大　敦　　（唱）叔叔伯伯，快来救我，

　　　　　　火星怕怕，烧我胳膊。

彭金章　　（唱）听哭声，止不住心急如火，

　　　　　　踢房门，救我的心肝宝贝肉坨坨。

大　墩　　叔叔你好，我的胳膊疼不过。

彭金章　　大墩不怕，我是爸爸，我来来给你把煤油抹。（吹气）

大　墩　　爸爸、爸爸，我要武汉的麻花糖、香果果。

彭金章　　莫急莫急，一会有的吃，有的喝。

　　　　　　哎呀呀，你真调皮，一根绳子团团绑，偏把自己锁。

大　墩　　嘘，有秘密，莫说破，

　　　　　　妈妈拿绳子绑住我。

　　　　　　爸爸若把绳索解，

　　　　　　妈妈会搔我的胳肢窝。

彭金章　　　爸爸保护你，不怕妈妈说。

　　　　　〔父子两人躲猫猫，玩游戏。

　　　　　〔樊锦诗上。

樊锦诗　　　老彭来啦，我刚才去接待美国来敦煌考察的专家，没接你，是我错。

大　墩　　　哎呀呀，妈妈来抓痒痒啦，赶快躲一躲。（急忙藏在爸爸身后）

彭金章　　　樊锦诗同志，

　　　　　（唱）壁画要保护，重担你挑着，

　　　　　　　　可大墩的安危，咱俩都推不脱。

樊锦诗　　（唱）窑洞皲裂块，沙尘掩大佛，

　　　　　　　　心急如火烧，日子快如梭。

　　　　　　　　东洋西洋要支援，

　　　　　　　　欧洲北美专家多，

　　　　　　　　宾客络绎来敦煌，

　　　　　　　　主人相陪要解说。

彭金章　　（唱）主人相陪没有错，

　　　　　　　　亲生的儿子受折磨。

　　　　　　　　自古无情是水火，

　　　　　　　　倘若烫伤怎生活？

樊锦诗　　（唱）乖宝胳膊痛，

　　　　　　　　疼在我心窝，

　　　　　　　　轻轻抚，慢慢摸，（轻抚儿子，大墩护疼）

　　　　　　　　心已碎，委屈多。

彭金章　　（唱）还把大墩绑墙角，

樊锦诗　　（唱）怕他去玩火，

　　　　　　　　把绳来解脱。

彭金章　　（唱）父母对儿不负责，
　　　　　　　　捆绑儿子要记过。
樊锦诗　　（唱）带儿工作两头忙，
　　　　　　　　只争朝夕为护佛。
大　墩　　（唱）爸爸妈妈都太忙，何必生下我？
　　　　　　　　你们各忙各的事，我去找外婆。
樊锦诗　　也好，敦煌要发展，姆妈事情多。
　　　　　　大墩送外婆，姑妈可拜托。
大　墩　　外婆的大白兔奶糖，爸爸的麻花糖，都是世界上最好吃的糖果。
彭金章　　（唱）大墩去上海滩，二煌在黄土坡。
　　　　　　　　我在武大教考古，你在敦煌守大佛。
樊锦诗　　（唱）你我一对忙事业，两个儿子苦奔波！
　　　　　　　　全家四口各分散，思念的热泪流成河。
彭金章　　当今之计，也只得如此。
　　　　　　大墩送外婆，锦诗你送啵？
樊锦诗　　常院长、段院长为莫高窟废寝忘食，中外穿梭，我怎能忍心去请假，把送儿的话题去说？
彭金章　　我的小樊同学，大墩送上海，有我；河北老家看二煌，还是我、我、我！
樊锦诗　　还是老彭同学心疼他的妻子，支持敦煌的工作。（二人拥抱）
大　墩　　大家快来看，爸爸妈妈要好了，我爸要送我去上海，看外婆。
　　　　　　〔常书鸿与李承仙、段文杰与龙嫂夫妻上。
常书鸿　　（抱起大墩）大墩宝贝，我支持你妈送你去上海，看外婆。
樊锦诗　　常院长，段院长，固沙方案还没落实，头绪太多，我真的走不脱。

段文杰 小樊，院里已定，让你到上海交大、同济，还有浙大，寻找技术合作。

彭金章 多谢院领导，支持小樊还有我。

段文杰 武大是小樊的婆家，敦煌也盼着彭主任来此大展身手，考古腾挪。

常书鸿 （唱）洛珈山上书声琅，

　　　　千佛窟里春秋多。

　　　　只盼着锦诗抒写金章美，

　　　　只盼着敦煌人团圆灯火过上好生活。

　　　　北区佛窟知多少，

　　　　倒塌掩埋待救活。

　　　　小彭你考古发掘挑重担，

　　　　老夫我枕笔待旦绘睡佛。

彭金章 多谢常院邀请，只是武大的考古刚建设起来，眼下还走不脱。

龙　嫂 我们来帮助收拾行李，

李承仙 送大墩到上海安心生活。

龙　嫂 回来时可别忘了带上海的……什么糖？

李承仙 大白兔奶糖，给我们分享，让大家快乐。

樊锦诗 一定一定。

常书鸿 大墩送到大上海学文化，这主意倒不错；

段文杰 二煌还放在河北农村，扮家家躲躲，把泥巴搓搓？

彭金章 老家的哥嫂，带他在过。

常书鸿 远离父母时间长，性格会倒错。

段文杰 近朱者赤近墨者黑，长此以往，唯恐蹉跎！

龙　嫂 城里的孩子享福，农村的孩子好养，撒泼！

	彭老师还不是从乡下考到北大的……
段文杰	高材生,好楷模。
彭金章	可四乡八里,只出了我一个。
	〔董主任上。
董主任	樊老师,彭老师河北老家给院部打来电话(欲言又止)……
彭金章	董主任,有什么,您就直说。
董主任	说二煌的腿摔伤了,疼的直叫唤,已经急送到县医院骨科。
樊锦诗	啊!煌儿出事,寸心如割。
	怕瘫怕跛,浑身哆嗦。
大　墩	妈妈,弟弟摔伤了,我要去看他,怕他受折磨。
彭金章	煌煌闯了祸,我赶紧回家着?
常书鸿	董主任,
董主任	到。
常书鸿	赶快改车票,先送小樊三口到河北,莫把最佳救治时间错过。
董主任	是!
	〔下。
段文杰	我来开车送,无缝来接驳。
樊锦诗	谢谢二位院长,都怪孩子小,闯了大祸。
彭金章	实在过意不去,此刻心乱如梭。
常书鸿	(唱)人生坎坷,好事多磨,
	看管孩子,战胜病魔。
	且等后方安顿好,
	云淡风轻护佛陀。
李承仙 龙　嫂	(合唱)腿伤务必治好,方可走遍山河。
	成长总要吃苦,人生难免坎坷。

董主任　（上）票改好了！

段文杰　及时上车，害少吉多。

常书鸿　慢，身上钱够吗？（翻遍自己口袋）
　　　　哎呀，我又没带咯。

董主任　（递钱）临时先备用，看病花钱多。

常书鸿　如果不够，尽管直说。

樊锦诗　多谢院长，我先拿着。

众　人　一路走好。

樊锦诗
彭金章　（合唱）谢谢大家伙，恩情难言说。
　　　　　　　　大爱如大佛，铭记在心窝。

〔幕落。

第四幕　明月相照凰就凤

〔大上海。

〔合唱：
　　　　谁人没有亲父母，
　　　　春晖寸草向阳松。
　　　　谁家没有烦恼账，
　　　　落难之家各不同。

大　墩　（唱）都市生活急匆匆，
　　　　　　　外婆年老夕阳红。
　　　　　　　姑妈疼我当个宝，
　　　　　　　同学骂我乡下虫。

〔画外音：
侬这个小赤佬，小瘪三，
乡下小臭虫。
敦煌沙漠喝西北风，
到阿拉上海要服凶。
今天若是不下跪，
打他这个没爹没娘的小孬种。

大　墩　（唱）外地人就是北方人，
　　　　　　　北方人就是乡下虫？
　　　　　　　宁愿挨打不下跪，
　　　　　　　男儿自古要称雄。
　　　　　　　心头更比身上痛，
　　　　　　　头破血流怎与外婆姑妈解释清楚脑壳红。
　　　　　　　忽听火车汽笛响，
　　　　　　　想爹娘，恨不得片刻就相逢。
　　　　　　　我爹是武大的名教授，
　　　　　　　我妈是敦煌的院长有勋功。
　　　　　　　去年我坐火车来，
　　　　　　　现在我，顺着铁轨往前冲，
　　　　　　　忍饥要饭我不怕啊，
　　　　　　　咬定青山我不放松，
　　　　　　　只要往前走，
　　　　　　　母子会相逢。
　　　　　〔下。
　　　　　〔武大，珞珈山，历史系考古教研室。

彭金章　（唱）今夜明月来相照，
　　　　　　　珞珈山上秋意浓。

　　　　　　树叶起舞禅意动，
　　　　　　片片飘落在湖东，
　　　　　　江山点点红。
　　　　　　考古专业组建好，
　　　　　　楚国观物便从容。
　　　　　　千年遗址细挖掘，
　　　　　　地下几多九重宫。
　　　　　　新专业前途无量杂事无穷，
　　　　　　忽然心惊肉跳急急风，
　　　　　　夫妻孩子武汉敦煌河北上海四面八方难于把面碰，
　　　　　　除非梦中喜相逢。
　　　　〔急促的电话铃声。

樊锦诗　老彭，大墩是否去武大，与你相逢？
彭金章　唉，大墩在上海，锦诗你有话慢慢讲，别老是急匆匆。
樊锦诗　上海姑姑急电，大墩未回家中。
　　　　　现在已经半夜，上海卷起大风。
彭金章　真是糟糕透顶，而大墩忽然失踪。
　　　　　你千万莫急躁，我赶去上海急急风。
　　　　〔伴唱：可怜天下父母，
　　　　　　　儿女常挂心中。
　　　　　　　北大伴侣事业重，
　　　　　　　四海为家难相逢。
　　　　　　　今夜遭遇险情，
　　　　　　　只觉心头酸痛。
　　　　　　　莫高窟的菩萨开开眼啊，
　　　　　　　保佑大墩大吉祥，无小凶。
　　　　　　　自古好人有好报，

　　　　　　　　燕园的孩子福无穷。

樊锦诗　　（来电）找到了，遇难呈祥，逢吉化凶。

彭金章　　大墩真的找到了？遇难呈祥，逢吉化凶，

　　　　　金章我瘫倒在地心脏砰砰，

　　　　　父子连心难得再从容。

樊锦诗　　聪明的姑姑报了警，上海公安把路封。

　　　　　各区总动员，全市紧追踪。

彭金章　　上海的警察高效率，有丰功。

樊锦诗　　市局说，上海的女儿守敦煌，

　　　　　我们就认她为英雄。

　　　　　英雄的孩子在上海，

　　　　　岂容他失踪？

彭金章　　多谢上海警方，要送锦旗飘红。

　　　　　那……警方在哪找到孩子的呢？

樊锦诗　　真如站头为避风，

　　　　　大墩睡在垃圾桶，

　　　　　警察找到他，

　　　　　他还在梦中！

彭金章　　大笑三声无厘头，

　　　　　我打小也曾打架逃学玩失踪，

　　　　　老爸追打我，

　　　　　我还牛皮哄。

　　　　　遗传基因在，

　　　　　这是我的种！

樊锦诗　　亏你还笑得动，

　　　　　外婆姑姑哭得凶。

　　　　　大悲大喜难遭逢，

　　　　　　　带孩的责任比山重，
　　　　　　　走失的痛苦铭心中。
　　　　　　　一定要把大墩送，
　　　　　　　送到父母怀抱中。
彭金章　　（唱）珞珈红叶秋意美，
　　　　　　　接儿回到此山中。
　　　　　　　三年等妻返武大，
　　　　　　　一家四口团团圆圆扫落红。
樊锦诗　　（唱）大墩二煌同待遇，
　　　　　　　老彭你当爹当妈教书考古科研建组都难放松，
　　　　　　　为人妻母我不称职啊，
　　　　　　　真的想左牵敦，右挽煌，
　　　　　　　夕阳晚照小鸟依人，
　　　　　　　全家依偎在你怀中。
彭金章　　（唱）有了贤妻这一句话，
　　　　　　　为夫温暖力无穷。
　　　　　　　武大三次下调令，
　　　　　　　夫妻团圆期待中。
樊锦诗　　（唱）敦煌也三次写调令，
　　　　　　　商调你老彭敦煌考古再现佛窟把法弘。
　　　　　　　我压住调令不敢发啊，
　　　　　　　怕影响你彭大教授的事业如日中天正火红。
彭金章　　（唱）一语惊宿梦，
樊锦诗　　（唱）两心总相通。
彭金章　　（唱）三生结缘缘不断，
樊锦诗　　（唱）四口朝夕盼相逢。
彭金章　　（唱）五体投地啊你投身敦煌不回返，

樊锦诗　（唱）六神有主佛光无限诸事总无穷。
彭金章　（唱）七上八下终无用，
　　　　　　　　九九归一我化飞鸿，
　　　　　　　　飞到敦煌去考古，
　　　　　　　　夫妻双双守定护佛山今生今世不放松。
樊锦诗　（唱）感君情谊重，
　　　　　　　　心海雷声隆。
　　　　　　　　两地分居八千里，
　　　　　　　　岁月如刀剪面容。
　　　　　　　　敦煌珞珈佛缘动，
　　　　　　　　彩霞飞天花语丰，
　　　　　　　　人间幸福莫过此，
　　　　　　　　一家四口喜相逢，
　　　　　　　　咬住舌头全不痛，
　　　　　　　　不在幻梦中！
夫妻合唱　（合唱）廿三年雨夹风，
　　　　　　　　　　夫妻各西东。
　　　　　　　　　　两地分居八千里，
　　　　　　　　　　岁月如刀剪面容。
　　　　　　　　　　敦煌珞珈佛缘动，
　　　　　　　　　　彩云飞天花语丰，
　　　　　　　　　　明月相照凰就凤，
　　　　　　　　　　夫妻双双喜相逢。
　　　　　　　　　　咬住舌头不觉痛，
　　　　　　　　　　胜却幻梦中！
　　　　　　　　〔幕落。

第五幕　母狮子般的愤怒

　　〔办公室。
董主任　（接电话）三大利好，吉星高照。
　　　　敦煌莫高窟股份有限公司批下来了？
　　　　任命我做总经理？愧不敢当，谢谢领导。
　　　　第二，莫高窟股票，可以筹备上市，红线领跑？
　　　　第三，铁路修到莫高窟，人头簇拥旅游胜地经济效益高。
　　　　（唱）全民经商涌浪潮，
　　　　　　　敦煌岂能慢步摇？
　　　　　　　守着佛山赚钱快，
　　　　　　　要为三宝解辛劳。
　　〔龙嫂上。
龙　嫂　天天风沙多，日日勤打扫。
　　　　请问董主任，敦煌有哪三宝？
董主任　呃，莫喊主任，与时俱进，叫我董总更好。
龙　嫂　董总，您莫非身体不好，脸上肿还是腿脚肿？要看病，要吃药。
董主任　唉，龙嫂啊，董总，就是董总经理的简称。
龙　嫂　喔，董总董总，我们四川人分不清，您莫见怪。这三宝是哪三宝呢？
董主任　第一宝，常院长献身敦煌成国宝。为守敦煌把妻抛。
龙　嫂　莫乱讲哟，当心李承仙大姐揍你。
董主任　（唱）大夫人若天仙青春美貌，

		能绘画会雕塑才华更高。
		从巴黎到敦煌战火烟硝,
		整三年苦守佛窟从夕到朝。
龙　嫂		我们家老段提过一嘴,这陈芝秀啊,真是江南飞去、巴黎飞来的好大嫂。
董主任	（念）	神仙眷侣安逸少,
		跟着庶务私奔了。
		常院长纵马追妻找不到,
		沙漠戈壁云路遥,
		跌落马背死一遭!
龙　嫂	（念）	开花结了果,儿女把膝绕。
		天要下雨娘要嫁,时间就差半分毫。
		多亏了李大姐,承仙腾云下九霄。
李承仙	（幕间唱）	缘分总归天照应,
		常院长死去活来理战袍。
		敦煌也要添人手,
		他到四川把工招。
		报名应聘我福气好,
		跟定常院长,前世修行高。
		敦煌守佛窟,再苦也自豪。
		过去哪有电灯照,
		自有佛光照逍遥。
龙　嫂		我们老家叫公不离婆,秤不离砣。
董主任		这就是敦煌绝恋,鞍不离马,马不离槽。
龙　嫂		那,陈芝秀大嫂以后生活得好吗?
董主任		那位庶务……因历史问题死在大牢,
陈大嫂		羞愧贫困只求温饱。

龙　嫂	她与常院长生的一对儿女呢？
董主任	娘想见儿儿不见，仇恨复气恼；
	亲娘街头紧跟踪，捶胸顿足暗哭嚎，暗哭嚎。
龙　嫂	女儿常沙娜呢？
董主任	沙娜见娘把孽遭，常给娘，塞红包。
龙　嫂	母女心连心，不觉热泪浇。
董主任	常院长父女临摹敦煌笔画，在东洋展览，被称之为世界之最，佛国之宝。
龙　嫂	那敦煌的第二宝呢？
董主任	第二宝啊，段院长国际交流本事高。
龙　嫂	我们当家的啊，他一天到晚满世界出差，算什么宝啊。
董主任	东洋西洋，专家博士俱来到，敦煌遍地跑。
	走出去傲娇，请进来逍遥，
	国际交流称大佬。
龙　嫂	那可算不上，老段退休了，不提也好。
	那这第三宝啊，我知道，
	刚上任的敦煌院长樊锦诗妹妹，她勤勤恳恳兢兢业业尽心尽力任怨任劳，大家都夸她为女人之超、超……
董主任	是女超人。樊院长当之无愧第三宝。
	北大毕业素质好，做事敬业心气高。
	上海姑娘能吃苦，千人难觅百里挑。只是啊……
	〔樊锦诗上。
龙　嫂	樊院长千斤担子一人挑，你还把理挑？
董主任	心肝大敦上海跑，宝贝二煌河北叫，
	亲生父母难管教，做娘的，心不焦？
龙　嫂	是啊，上次二煌腿摔断，父母心头苦，四行热泪浇。
樊锦诗	董主任言之有理。

龙　嫂　　现在叫董肿啦。

董主任　　不提不提了，樊院长面前，叫什么都好。

樊锦诗　　喔，不提家事了，关于敦煌的保护与传承，董总有何见教？

董主任　　我倒先愿意听樊院长的开导。

龙　嫂　　听你们知识分子说话，就像我们家老段一样，把人急得不得了。这样吧，你俩写下来，立马见……

樊锦诗　　分晓。

龙　嫂　　是的，见分晓。

各拿一张纸，三字看诀窍。（分别递纸笔）

樊锦诗　　妙妙妙。（亮纸牌）

龙　嫂　　数码化。

董主任　　好好好。（亮纸牌）

龙　嫂　　资金潮。

董主任　　女士优先，愿闻门道。

樊锦诗　　（唱）敦煌佛窟千年遥，

　　　　　方圆百里到今朝。

　　　　　山体裂缝与年俱增咔咔响，

　　　　　壁画脱落修修补补仍在掉。

　　　　　曾记得文殊洞里麒麟好，

　　　　　菩萨威严复逍遥。

　　　　　岁月如刀天天削，

　　　　　半根尾巴神兽消，

　　　　　寸心如割警钟敲。

　　　　　大自然的规律难违拗，

　　　　　数字化虚拟敦煌责任在肩启程驰道，

　　　　　与时间赛跑，

　　　　　岂容晚分毫。

董主任 好，实在是好。高，实在是高。

（唱）敦煌院长有三宝，

三任院长节节高。

常院长敦煌绘画东瀛引人潮，

段院他边画边讲敦煌学派根基牢。

樊院你数码保存要过细扫描，

人类在敦煌在佛光昭昭。

研究院的摊子大，

加固山体保护佛像，

水比油贵菜比钱贵笔笔都是大开销。

国家拨款不够用，

海外基金用途刁，

巧妇难做无米饭，

远洋难熬海底捞。

樊院你，新官上任三把火，

金钱扇，煽风生火节节高。

若不盘活资金潮，

您说你能有什么招？

樊锦诗 如何盘活资金潮？

董主任 （指墙上铁路图）中央批准规划好，

振兴西北交通遥。

铁路设站莫高窟，

人潮秒变资金潮。

樊锦诗 是否还有第二条？

董主任 莫高窟公司筹备上市，A股吸引资金潮。

樊锦诗 这都是您的创意？

董主任 更归功于省市领导。

樊锦诗　　此话当真?
董主任　　省里领导已经确认,红头文件,马上送到。
樊锦诗　　无耻,胡闹,荒唐,搞笑!(拍案而起,跳上桌,用红笔划出敦煌保护区)

　　　　　(唱)敦煌站点须改道,
　　　　　　　破坏生态引导流沙毁灭佛窟弥天大罪不可饶。
　　　　　　　拜佛者每日千人不嫌少,
　　　　　　　人一多二氧化碳毁灭壁画责任难逃。
　　　　　　　敦煌开公司,上市皆胡闹,
　　　　　　　菩萨岂可卖,遗产无价宝。
　　　　　　　举国经商未必好,
　　　　　　　敦煌千年劫难遭。
　　　　　　　人类败家子,
　　　　　　　青史记分毫。
　　　　　　　全球会耻笑,
　　　　　　　骂声逐浪高。
　　　　　　　常院长尸骨未寒山头罩,
　　　　　　　看守敦煌神未消。
　　　　　　　段院长风烛残年风骨在,
　　　　　　　岂容尔等乱招摇。
　　　　　　　樊锦诗只要还剩一口气,
　　　　　　　丹心化虹螳臂挡车越级上告,
　　　　　　　嫦娥奔月丹心化虹银河滔滔……
　　　　　　　要学那孙大圣飞天起跳,
　　　　　　　哪怕那老君炉里苦煎熬……
　　　　　　　哪怕丢了乌纱帽,
　　　　　　　也要挡住你的资金潮。

〔龙嫂帮樊院长，跳下桌子。

董主任　哎呀，我的樊院长，

　　　　　吓我一大跳。

　　　　　上海的大淑女，

　　　　　北大的女同胞，

　　　　　从来温良恭俭让，

　　　　　今日里，有若母狮子在咆哮。

　　　　　轻声提醒一句好，

　　　　　不尊重省里市里的大领导，

　　　　　敦煌的前景会糟糕。

樊锦诗　董主任，请你立刻订机票，

　　　　　我立马飞北京，

　　　　　请示大领导。

　　　　　敦煌危机在，

　　　　　必须走一遭！

　　　　　不为埋汰谁，

　　　　　要把敦煌保。

　　　　　此番告御状，

　　　　　为的是，制止拜金主义胡乱搞！

董主任　这个……

樊锦诗　《敦煌莫高窟保护条例》已经立法，不可撼摇！

龙　嫂　樊院长说的是，我一个大老粗，其它说不好。

　　　　　敦煌不可卖，这点我知道。

董主任　（狼狈地）樊院长，您是全国的党代表和三八红旗手，

　　　　　拜请高抬贵手把我饶，

　　　　　我刚刚上任，我根基不牢。

　　　　　我遵旨，我订票。

| 龙　　嫂 | 董总真的不要乌纱帽？
| 董主任 | 嘘，千万千万莫提了，
好笑，搞笑，
苦恼人的笑。
〔幕落。

第六幕　跨国视频茶酒会

〔敦煌北区废墟，工棚。
〔幕后合唱：

　　　　日月如梭近晚霞，
　　　　锦诗金章连理葩。
　　　　聚少离多事业重，
　　　　视频相约斗酒茶。

| 大　　墩 | （唱）最是心疼我老爸，
敦煌考古把洞挖。
天天一把洛阳铲，
浑身上下皆泥沙。
一次次晕倒在洞里，
一回回飙升了高血压。
想当初，武大翩翩男子汉，
到如今，青丝老早换白发，换白发。
我妈她推广敦煌全球跑，
老爸他领军在此把根扎。
浑身是病还不服输，

　　　　　　只把洞窟当自家。

　　　　　　敦煌玉液酿美酒，

　　　　　　且与老爸把话拉。

　　　　　　老爸，天黑了，工人们都下班啦。

　　　　　　你在哪，吃饭啦。

彭金章　（从侧面石窟跳出来，拍大墩肩）远在天边，近在圪笪，欢迎大学生回家。

大　墩　淘气的爸爸，还把我惊吓。（父子同笑）

彭金章　二煌怎么没回来？

大　墩　兰州到敦煌，横穿1100公里，为了省路费，兄弟相约，轮流回家。

彭金章　真是好孩子。今天老爸又发现，北区的佛窟佛画，成百上千，无际无涯。

大　墩　我知道，敦煌伟大，您更伟大，

　　　　伟人也要把酒饭加。

彭金章　酒？（一把将酒夺过来）

大　墩　呵呵，藏不住啊，生姜还是老的辣。

彭金章　敦煌玉液，月牙泉圣水酿佳话。

大　墩　宝洞千佛，大乘教卷经响鸣沙。

彭金章　哈哈，我的大墩长进了，一眨眼变成了国学家。

大　墩　惭愧惭愧，现学现挂。（倒酒）

彭金章　可惜没有下酒菜。

大　墩　酒泉的花生一大把，

彭金章　羊肉泡馍香喷喷，

大　墩　父子同饮笑哈哈。

彭金章　乐极便会生悲，

大　墩　老爸心里有话。

彭金章　　有人要公司上市把敦煌卖，
　　　　　有人要火车一响黄金万两佛窟设站伤筋动骨引流沙。
　　　　　有人要千佛生钱振兴省市，
　　　　　桩桩件件件件桩桩难为了你的妈。
　　　　　〔樊锦诗从纽约打来视频电话。
大　墩　　（跳起来）妈妈，你老不在，我在陪爸爸。
彭金章　　（坦白）父子喝点小酒，权当收工解乏。
樊锦诗　　好，你们父子喝酒，我在纽约喝茶。
大　墩　　三人茶酒会，跨国话桑麻。
樊锦诗　　大墩长进了。老彭啊。
　　　　　（唱）飞来喜事比天大，
　　　　　　　　敦格铁路（敦煌至格尔木）改规划，
　　　　　　　　绕敦煌，转圈子，
　　　　　　　　为保惊世千佛画，
　　　　　　　　十万亿投资，中央已追加。
　　　　　　　　上市公司成泡影，
　　　　　　　　遗产本无价，
　　　　　　　　海角共天涯。
彭金章
大　墩　　（合唱）喜事比天大，
　　　　　　　　我们干杯！你饮茶。

樊锦诗　　（唱）北区考古一开挖，
　　　　　　　　万水千山传佳话。
　　　　　　　　老彭你领军在前沿，
　　　　　　　　轻铲土来细细抹，
　　　　　　　　弯腰猴背颈椎痛啊，
　　　　　　　　低血糖来高血压。

翻身绞痛一阵阵，

梦中犹在划泥巴，

呻吟声声把穴道掐。

疼老彭，病痛在你身上爬，

为妻的，犹如钢针把心扎。

白天你比民工苦，

晚上科研你眼熬瞎。

为妻不该调你来啊，

自古掘洞损寿算，

阴霾瘴气纷至沓。

明知道，老彭你清理佛窟功绩大，

忍不住，背地里珠泪滚滚任飘洒。

彭金章　（唱）锦诗啊，此生我何幸，

与你成一家。

河北一介小农民，

高攀上海小姐女娇娃。

想不到，你娇小的身躯有志气，

想不到，你守卫敦煌的志向永不塌。

远去了南京路的繁华，

陪伴着戈壁大漠的黄沙。

说好三年回武大，

如今一生护菩萨。

我不陪你谁陪你，

敦煌的女婿我笑哈哈。

累死累活我不怕，

对得起你，对得起佛，

对得起燕园与珞珈。

	来，喝酒，干！
樊锦诗	我也干杯，饮茶！
樊、彭	（唱）243座佛窟清理好，
	佛像巍巍笑烟霞。
	千万佛像拱敦煌，
	宇宙只有这一家。
	多少苦与累，全球皆惊诧，
	多少血与汗，学界起喧哗。
	佛光既在敦煌照，
	中国的学者责无旁贷代代相传拓展佛光绽新芽。
彭金章	金章此刻，忽觉压力山大！
樊锦诗	在美国，蒂保护研究所（GCI）、梅隆基金会和西北大学与我们合作研究、派遣博士、召开会议，追加基金，层层加码。
彭金章	这真是得道多助，吾道不寡。
	那，敦煌学的日本重镇呢？
樊锦诗	在日本，国立文化财研究所、东京艺术大学、大阪大学，从个人到大学，从大学到基金会，从考古界到书画家，处处振奋，笔笔支持，景仰佛家。
彭金章	是了，前几天还有日本代表团到此，询问是否允许，
	再把新洞挖，再将壁画画。
樊锦诗	联合国教科文组织资助我们，举办"石窟文物保护研究培训班"，为全世界的文物考古，培育人才，锦上添花。
	（唱）得道多助敦煌美，
	全球敬仰助中华。
	盼只盼，佛窟早日数字化，
	拯救飞天与菩萨，

	人类遗产随时看，
	惊鸿一瞥眼不眨。
	日月在、佛画在、信仰犹在，
	不怕它山呼海啸波涛汹涌地陷与天塌。
彭金章	我们武大的李德仁院士，他也在仔细规划，
	利用遥感测绘，对莫高窟进行数字描画，
	让文化遗产在数字中永生，纵然历经劫火，也会坚韧不拔。
樊锦诗	太好了，从武大到浙大，从东京到京华，
	窟外遥感定位，洞内精细描画，
	内外结合，远近算掐，
	千佛洞又将拥有，一个数码化的新家。
大　墩	敬爱的老爸，
	亲爱的老妈，
	你们不仅是我的亲生父母，
	还是保护敦煌的飞天菩萨。
樊、彭	父母欠儿多少债，
	经不起，儿来夸。
大　墩	爸妈注意，又有信号进来，请求视频说话。
樊锦诗	是董主任的视频，我看还是加他。
董主任	樊院长，知道您在纽约，得到联合国的支持，功劳大大。
	我来给您念叨省政府的舆情一匝。
樊锦诗	呵呵，祝贺董主任官运亨通，为省府代言说话。
董主任	哪里哪里，一向承蒙您举荐，这才得以提拔。
	小董为专家服务，为敦煌服务，三生有幸，荣幸有加。
樊锦诗	什么舆情，您就直说吧。
董主任	（唱）有人说樊院长加快推动敦煌佛窟数字化，
	分明是将中华遗产拱手相送全球共享无错差。

樊锦诗　这是第一条。还有第二款？

董主任　（唱）有人说东洋西洋都是鬼子，
　　　　　　　掠我敦煌劣迹斑斑贼心不死，
　　　　　　　岂能够接捐款使用基金握手言欢，
　　　　　　　毫无原则共同搞开发。

樊锦诗　受教了。这第三？

董主任　（唱）有人说彭教授敦煌考古急功近利求胜心大，
　　　　　　　清佛窟不可再生难于保护过大于功要彻查。

　　　　　〔彭金章怒捶桌子，被大墩按下。

樊锦诗　（唱）佛教本是舶来品，
　　　　　　　全球共享岂错差？
　　　　　　　绘画固沙终有尽，
　　　　　　　数码敦煌永烁华。

董主任　樊院长说得对。

樊锦诗　（唱）昔日敦煌遭劫难，
　　　　　　　东西鬼子盗奇葩。
　　　　　　　今朝合作原则大，
　　　　　　　无论基金捐多少，
　　　　　　　核心机密不外拿。

彭金章　昔日北大的辩论女神，就是你妈妈，
　　　　　　平常不开口，开口就有条有理晴天霹雳知识智慧大轰炸。

樊锦诗　（唱）老彭清窟近三百，
　　　　　　　备案论证十七夏。
　　　　　　　国家项目来支持，
　　　　　　　专著论文称方家。
　　　　　　　北大人考古有章法，
　　　　　　　不怕八方来考察。

董主任	我要的就是您这一席话。
	季羡林老先生曾高度赞誉你"功德无量",绝不浮夸。
	原谅我按程序进行,冒犯了大家。
	现在我宣布甘肃省委省政府的特大喜讯:
	樊院长入选中宣部中组部为新中国做出突出贡献的百名大家!
樊锦诗	谢谢组织上的信任,都是敦煌人的荣誉与芳华。
董主任	祝贺,再见!
大　墩	恭喜妈妈,贺喜妈妈!
彭金章	祝贺锦诗!（悲喜交加,颓然倒下）
大　墩	爸爸!（怕妈妈担心,及时掐断网络）
	〔幕落。

第七幕　敦煌哭灵

〔2019年初。敦煌,三危山。

〔合唱：大雪纷飞彻骨寒,
　　　　金沙银雪正斑斓。
　　　　月牙泉水接天碧,
　　　　琉璃争辉二圣坛。

〔樊锦诗上。

樊锦诗　（唱）大雪飘天地暗玉龙环山,
　　　　莫高窟披银袍北风卷翻。
　　　　手捧着奖牌一面心潮奔涌,
　　　　怀揣着老彭遗像双双回还。

要看望老院长焚香顶礼，
要为那敦煌的英烈嘘暖问寒。
深一脚浅一脚脚脚踩稳，
左一滑又一溜步履蹒跚。

这是常书鸿老院长的陵墓！常院长，李阿姨，我与老彭，带着中央发给咱敦煌的奖牌，来看你们啦。

瑞雪兆丰年，
金犬近年关，
阔别廿五年，
年年拜圣坛。
若非您老声声唤，
若非您老步步搀，
锦诗我怎能来敦煌，敬佛窟，
五十五载如一年，
三代接力无遗憾，
敦煌学矗立在人间。
阴曹地府您有事啊，
老彭他出力跑腿在黄泉，
他大力不亏，做事不困难，不困难。

〔常书鸿、李承仙上。

常书鸿　　（合唱）三代护佛路，
李承仙　　　　　　步步不平坦。
　　　　　　　　　　如今了却平生愿，
　　　　　　　　　　一代更比一带欢。

李承仙　　（唱）小樊秉正气，
常书鸿　　（唱）承仙也不凡，

	两个江南女,
	同出上海滩。
常书鸿 李承仙	（合唱）天雨花事繁,
	护法有飞天。
	敦煌的女婿同照应,
	锦诗啊，天冷早回还。
	莫高窟护法感天地,
	既在人间，也在阴间！

〔同下。

樊锦诗	（唱）拜别二老在一边,
	想起了陈芝秀阿姨命难堪,
	老彭啊，若非画报感肺腑,
	咱俩怎能北大毕业归佛坛。
	不以成败论美女,
	咱俩也来焚香顶礼拜一番。

〔陈芝秀上。

陈芝秀	（唱）都说锦诗登大殿,
	国家的功臣心胸宽。
	愧无坚守敦煌志,
	晚景凄凉我好可怜。
	在生儿子不认我,
	我死后他要见我难上难。
	代问我女儿沙娜好,
	她是我生死的指路帆。
	老常携承仙，飘飘登仙班,
	人生没有后悔药啊，

我在生无可恋，死后也惨然。

〔下。

樊锦诗 （唱）是非功过千秋谈，
　　　　　　沧海变关山。
　　　　　　转头再把段院拜，
　　　　　　多谢老前辈来引领，
　　　　　　敦煌学如今灿人寰。
　　　　　　生死看守莫高窟，
　　　　　　道德文章盖海山。

〔段院长与龙嫂上。

段文杰 （唱）小樊老彭送温暖，
　　　　　　三九不觉寒。
　　　　　　国之奖牌分量重，
　　　　　　敦煌美名传。
　　　　　　三代院长皆努力，
　　　　　　夕阳山外山！

龙　嫂 你就别絮絮叨叨辞藻繁。在我看来，樊院长初看是个江南的小娇娥、女钗鬟，看久了，却是一个女中豪杰人，巾帼英雄汉，比老爷们儿还要坚韧不拔，气势如山。到了年关，咱们赶紧让樊院长和彭教授说说体己话，赶紧去团年。

〔段院、龙嫂夫妻同下。

樊锦诗 （唱）祭拜过常段两院与家眷，
　　　　　　携老彭同甘共苦历饥寒。
　　　　　　生死原来不相隔，
　　　　　　魂梦交感也扶搀。

　　　　　　　老彭啊，若不是迁就我来敦煌日夜奋战，
　　　　　　　若不是随我吃苦共忧烦，
　　　　　　　若不是聚少离多缺水饿饭，
　　　　　　　若还在山水形胜书声琅琅的珞珈山，
　　　　　　　长寿基因你原本有啊，
　　　　　　　却为何抛妻离子别人寰。
　　　　　　　此生你为我付出把我高看，
　　　　　　　此生你佛窟考古功在人寰。
　　　　　　　金色的奖牌有你一半，
　　　　　　　你我的荣耀归于燕园。
　　　　　　　到来世还要做夫妻，
　　　　　　　夫唱妻随常团圆。

彭金章　（唱）小樊同学，
　　　　　　　你知我笨嘴拙舌不会侃，
　　　　　　　你知我妇唱夫随到佛山。
　　　　　　　你知我不为名利为知己，
　　　　　　　你知我先到阴间心愧惭。
　　　　　　　说好的白头偕老今生未能酬誓愿，
　　　　　　　说好的相濡以沫今世未有问饥寒。
　　　　　　　说好的携手旅游未兑现，
　　　　　　　说好的年年都照全家欢……
　　　　　　　一人撒手去，举家都不欢。
　　　　　　　金色的奖牌功在佛窟，
　　　　　　　你我的荣耀归于燕园。
　　　　　　　到来世还要做夫妻，
　　　　　　　妻唱夫随永团圆。

〔夫妻二人紧紧相拥。
〔切光。

余 韵

〔央视屏幕。

撒贝宁 樊院长,我知道您与彭金章主任,都是北大的校友之光。

樊锦诗 贝宁啊,咱们都是燕园人,最多说我们学长。

撒贝宁 好,我觉得,樊学长与彭学长的一生,恰如一曲敦煌恋歌,威武雄壮。
大家以为怎样?

北大女生 撒学长,作为北大的女生,我认为敦煌的三任院长,常书鸿先生与李承仙女士,段文杰先生与龙时英女士,还有樊锦诗与彭金章学长,不仅是敦煌恋歌,还是敦煌的绝恋,是生死的绝唱。

撒贝宁 好好好,敦煌绝恋,生死绝唱,是三对伉俪,三对鸳鸯,这正是:莫高窟护佑生死恋,
　　　　　樊锦诗抒写彭金章。

〔主题歌:

　　　两千年人类,沐浴佛光,
　　　全世界佛窟,仰望敦煌。
　　　盛极而衰兮遇难呈祥,
　　　三代贤人兮万载芬芳。
　　　生死绝恋,飞天彷徨;
　　　人间护法,盛世开光。

漫天锦诗谱写出金章，
万千祥云护卫着东方。

〔剧终〕

2018年12月31日构思于燕园
2019年4月11日写成于国戏